d

Donna Leon

Endlich mein

Commissario Brunettis vierundzwanzigster Fall

Roman
Aus dem Amerikanischen
von Werner Schmitz

Diogenes

Titel des Originals:
›Falling in Love‹
Umschlagfoto: Mark Delavan
and Adrianne Pieczonka
Canadian Opera Company's 2012
production of *Tosca*

Foto: Copyright © Michael Cooper

Das Motto aus: Georg Friedrich Händel:
Rodelinda, 2. Akt, 4. Szene
Das Sonett von Petrarca aus:
Le rime di Francesco Petrarca/
Francesco Petrarcas italienische Gedichte,
übersetzt und mit erläuternden Anmerkungen
begleitet von Karl Förster, Leipzig F. A. Brockhaus 1819

Für Ada Pesch

Copyright © 2015
Diogenes Verlag AG Zürich
www.diogenes.ch
1200/15/44/1
ISBN 978 3 257 06943 3

Le voci di virtù
Non cura amante cor, o pur non sente.

Die Stimme der Tugend
hilft dem verliebten Herz nicht,
oder es hört nicht auf sie.
GEORG FRIEDRICH HÄNDEL, RODELINDA

Die Frau kniete über ihrem Geliebten, ihr Gesicht, ihr ganzer Körper versteinert vor Entsetzen, starrte sie auf das Blut an ihrer Hand. Er lag auf dem Rücken, einen Arm ausgestreckt, die Handfläche nach oben, als erflehe er etwas; vielleicht sein Leben. Sie hatte ihn an der Brust gepackt, um ihn aufzurütteln, wollte mit ihm fliehen, doch er hatte sich nicht gerührt, und dann hatte sie ihn geschüttelt, den alten Langschläfer, der nie aus den Federn zu kriegen war.

Doch da bemerkte sie das Blut und schlug unwillkürlich die Hand vor den Mund, um einen Schrei zu unterdrücken, sie durfte kein Geräusch machen, die andern durften nicht wissen, dass sie hier war. Dann aber siegte das Grauen über ihre Vorsicht, und sie schrie seinen Namen, schrie und schrie, denn sie wusste, er war tot, das war das Ende; das blutige Ende.

Sie sah dorthin, wo ihre Hand gewesen war, und bemerkte die roten Stellen auf seiner Brust: Wie konnte so viel Blut aus ihnen strömen, sie waren doch so klein, so klein? Sie fuhr sich mit der anderen Hand über den Mund, und schon war auch diese rot vom Blut in ihrem Gesicht. In Panik, die Augen starr auf das Blut gerichtet, sagte sie seinen Namen. Es war aus, vorbei. Wieder sprach sie seinen Namen, lauter diesmal, aber er konnte sie nicht mehr hören, ihr nicht mehr antworten, niemandem mehr. Ohne zu überlegen, beugte sie sich über ihn, wollte ihn küssen, packte ihn an den Schultern, wie um etwas Leben in ihn hineinzuschütteln, aber es gab kein Leben mehr, für sie beide nicht mehr.

Von links erscholl ein lauter Ruf vom Anführer der Bande, die ihn getötet hatte, und sie presste eine Hand gegen die Brust. Vor Angst versagte ihr die Stimme, sie konnte nur stöhnen, wie ein wundes Tier. Sie drehte sich um und sah die Bande, hörte ihr Gebrüll, verstand aber kein Wort davon: Sie empfand nichts als Entsetzen und plötzlich, da er nun tot war, auch Angst um sich selbst, Angst vor dem, was jene mit ihr vorhatten.

Sie stemmte sich hoch und wich zurück: nur ja kein Blick zurück. Er war tot, alles war dahin: jegliche Hoffnung, jegliche Zukunft, aus und vorbei.

Die Männer, vier von links, fünf weitere von rechts, erschienen auf dem staubigen Dach, wo der Mord stattgefunden hatte. Der Anführer brüllte etwas, das nicht mehr zu ihr vordrang, genauso wenig wie alles andere. Sie hatte nur noch das Bedürfnis zu fliehen, aber die Männer versperrten ihr von allen Seiten den Weg. Sie wandte sich um, aber da war nur die Brüstung, kein anderes Gebäude weit und breit: nichts, wo sie Zuflucht suchen, nichts, wo sie sich verstecken konnte.

Sie hatte die Wahl, doch im Grunde hatte sie keine Wahl: Der Tod war besser als alles, was hier geschehen war oder mit Sicherheit noch geschehen würde, sobald diese Männer sie in ihrer Gewalt hätten. Sie lief los, stolperte einmal, zweimal, erreichte die Brüstung, stieg mit verblüffender Anmut hinauf und sah nach den Männern, die auf sie zugerannt kamen. »*O Scarpia, avanti a Dio*«, rief sie und sprang.

Die Musik brauste noch einmal auf, gipfelte in ein paar Paukenschlägen, und dann war er vorbei, dieser raffiniert gemachte Reißer, es herrschte sekundenlang benommene Stille, während den Zuschauern aufging, was sie da soeben gehört und gesehen hatten. Seit den Zeiten der Callas – und das war ein halbes Jahrhundert her – hatte man eine solche *Tosca* nicht mehr erlebt. Tosca hatte den Polizeichef Scarpia wirklich getötet! Und ihr Geliebter war wirklich von diesen uniformierten Schuften erschossen worden! Und sie war wirklich in den Tiber gesprungen. Bei Gott, was für eine Schauspielerin, und vor allem, was für eine Sängerin! Alles vollkommen real: der Mord, die Scheinhinrichtung, die sich als echt erwies, und schließlich ihr Sprung, als sie alles verloren hatte und ihr keine Hoffnung mehr blieb. Ein Melodram jenseits aller Glaubwürdigkeit – aber warum klatscht sich das Publikum die Hände wund und schreit sich die Seele aus dem Leib?

Der Vorhang teilte sich langsam in der Mitte, und Flavia Petrelli glitt durch die Öffnung. Sie trug Rot, ein leuchtendes Rot, und ein Diadem, das ihren Sturz in den Fluss unversehrt überstanden hatte. Ihr Blick schweifte über das Publikum, und ein Ausdruck freudiger Verblüffung erhellte ihr Gesicht. Für mich? All dieser Aufruhr für *mich*? Ihr Lächeln wurde breiter, sie hob eine Hand – wie durch Zauber frei von Blut oder dem, was man stattdessen verwendet hatte – und presste sie gegen ihr Herz, als müsse sie es mit Gewalt daran hindern, ihr angesichts all dieses Jubels die Brust zu sprengen.

Sie nahm die Hand vom Herz, streckte erst einen Arm

aus, dann beide, als wolle sie die Anwesenden umarmen, worauf der Beifall gegen ihren ganzen Körper brandete. Dann nahm sie beide Hände vor die Brust und machte eine Bewegung nach vorn, halb Verbeugung, halb Kniefall. Der Applaus steigerte sich, und Stimmen, männliche und weibliche, riefen »Brava« oder, wer blind oder kein Italiener war, »Bravo«. Was ihr nichts auszumachen schien, solange sie nur riefen. Noch eine Verbeugung, dann hielt sie ihr Gesicht dem prasselnden Beifall entgegen wie einem warmen Regenguss.

Da fiel die erste Rose, langstielig und goldgelb wie die Sonne, vor ihr nieder. Unwillkürlich zog sie den Fuß zurück, als fürchte sie, die Rose zu verletzen – oder sich an ihr –, und dann bückte sie sich so langsam, dass die Bewegung wie einstudiert wirkte, und hob sie auf. Sie hielt die Rose mit gekreuzten Händen über ihrer Brust. Ihr Lächeln war kurz erstarrt, als die Rose ihr vor die Füße fiel – »Die ist für mich? Für mich?« –, doch das Gesicht, das sie den oberen Rängen zeigte, strahlte vor Freude.

Wie von ihrem Strahlen ermutigt, kamen jetzt weitere Rosen geflogen: erst zwei, dann drei, einzeln von der rechten Seite, und dann immer mehr und mehr, bis Dutzende ihr zu Füßen lagen, so wie der Scheiterhaufen, der Jeanne d'Arc bis zu den Knöcheln, ja noch höher gereicht hatte.

Flavia lächelte in den donnernden Applaus, verbeugte sich abermals, machte ein paar Schritte zurück und schlüpfte durch den Vorhang. Sekunden später erschien sie wieder, mit ihrem wiederauferstandenen Geliebten an der Hand. Bei seinem Anblick schwoll der Beifall an wie vorher das Gebrüll von Scarpias Schergen und strebte jener

Raserei entgegen, wie sie häufig nach dem Auftritt eines gutaussehenden jungen Tenors zu hören ist, der alle hohen Töne beherrscht und gerne damit angibt. Die beiden sahen nervös zu Boden, wie um den Rosen auszuweichen, dann gaben sie es auf und zertrampelten den Blumenteppich.

Als eine Nuance im Applaus Flavia zu erkennen gab, dass der Beifall nun dem Tenor galt, trat sie einen Schritt zurück und klatschte ihm mit hocherhobenen Händen zu. Genau in dem Moment, als der Applaus nachzulassen begann, stellte sie sich wieder neben ihn, hakte sich unter, lehnte sich zu ihm hinüber und küsste ihn auf die Wange, ein kameradschaftliches Küsschen, wie man es einem Bruder oder einem guten Kollegen gibt. Darauf fasste er ihre Hand und riss sie zusammen mit seiner eigenen in die Höhe, als verkünde er den Gewinner eines Wettbewerbs.

Der Tenor zertrat noch mehr Rosen, als er Flavia den Vortritt ließ, die ihm voran durch den Vorhang verschwand. Kurz darauf kam der wiederauferstandene Scarpia in seiner noch blutgetränkten Brokatjacke heraus und trat, am Rand des Rosenteppichs entlang, an die Rampe. Er verbeugte sich, einmal, zweimal, kreuzte zum Zeichen seiner Dankbarkeit die Hände vor der blutigen Brust, kehrte zu der Öffnung im Vorhang zurück, griff hinein und zog Flavia hervor, die wiederum den jungen Tenor an der Hand hatte. Scarpia führte die Polonaise dreier Lebender an den vorderen Bühnenrand und zertrampelte dabei Blüten, die der Saum von Flavias Kleid beiseitefegte. Vereint hoben sie die Hände, verbeugten sich und strahlten vor Freude über die Anerkennung des Publikums dankbar um die Wette.

Flavia löste sich von den beiden Männern, schlüpfte

durch den Vorhang und erschien gleich darauf Hand in Hand mit dem Dirigenten. Er war der Jüngste auf der Bühne, stand jedoch den älteren Kollegen an Selbstbewusstsein in nichts nach. Er schritt nach vorn, ohne die Rosen auch nur eines Blickes zu würdigen, und schaute in den Saal. Nach einer lächelnden Verbeugung bedeutete er den Orchestermusikern mit einem Wink, sich zu erheben und ihren Teil des Beifalls entgegenzunehmen. Nach einer weiteren Verbeugung reihte der Dirigent sich zwischen Flavia und dem Tenor ein. Die vier traten vor und verbeugten sich mehrmals, immer noch freudig erregt. Genau in dem Moment, als der Beifall abzuebben begann, winkte Flavia wie zum Abschied vor einer Zug- oder Schiffsreise noch einmal fröhlich ins Publikum, dann führte sie ihre männlichen Kollegen hinter den Vorhang. Der Applaus flaute ab und legte, da die Sänger verschwunden blieben, sich schließlich ganz, bis ein Mann aus dem ersten Rang mit lauter Stimme »*Evviva Flavia*« rief, was noch einmal wildes Klatschen aufbranden ließ. Danach Stille und nur noch das leise Gemurmel der Zuschauer, die zu den Ausgängen drängten.

2

Hinter dem Vorhang war Schluss mit der Schauspielerei. Flavia entfernte sich grußlos von den drei Männern und eilte zu ihrer Garderobe. Der Tenor sah ihr nach und machte ein Gesicht wie Cavaradossi, als der an ihre »*dolci baci, o languide carezze*« dachte, auf die verzichten zu müssen schlimmer wäre als der Tod. Scarpia zückte sein *telefonino* und teilte seiner Frau mit, er sei in zwanzig Minuten im Restaurant. Der Dirigent, den an Flavia nur interessierte, dass sie seinen *tempi* folgte und ordentlich sang, nickte den Kollegen stumm zu und machte sich auf den Weg zu seiner Garderobe.

Auf dem Korridor blieb Flavia mit dem Absatz im Saum ihres tiefroten Gewandes hängen, geriet ins Stolpern und stürzte nur deswegen nicht, weil sie sich gerade noch an einer Kostümassistentin festhalten konnte. Die junge Frau erwies sich als überraschend kräftig und geistesgegenwärtig: Sie umschlang die Sängerin mit beiden Armen und fing so ihr Gewicht und die Wucht auf, ohne dass sie beide zu Boden gingen.

Sowie Flavia wieder sicher stand, löste sie sich aus der Umarmung der Jüngeren und fragte: »Sie haben sich doch nichts getan?«

»Nichts passiert, Signora«, sagte die Assistentin und rieb sich die Schulter.

Flavia legte ihr eine Hand auf den Unterarm. »Danke, das war Rettung in höchster Not.«

»Ich habe gar nicht nachgedacht, ich habe einfach zuge-packt. Ein Sturz reicht für heute, finden Sie nicht?«

Flavia nickte, bedankte sich noch einmal und ging weiter zu ihrer Garderobe. Sie wollte schon die Tür öffnen, doch da erfasste sie ein Zittern, das sie innehalten ließ, von dem knapp verhinderten Sturz, aber auch all dem Adrenalin, mit dem eine Aufführung ihren Körper überflutete. Be-nommen stützte sie sich mit einer Hand am Türpfosten ab und schloss sekundenlang die Augen. Erst als am Ende des Korridors Stimmen ertönten, riss sie sich zusammen, öff-nete die Tür und ging hinein.

Rosen hier, Rosen da, Rosen, Rosen überall. Es ver-schlug ihr den Atem, der ganze Raum war vollgestellt mit Vasen, deren jede Dutzende von Rosen enthielt. Sie schloss die Tür hinter sich. Regungslos musterte sie das gelbe Blü-tenmeer, und ihr Unbehagen wuchs noch, als sie bemerkte, dass es sich bei den Vasen nicht um die üblichen billigen Dinger handelte, wie sie die meisten Theater für alle Fälle in Reserve haben: angeschlagen oder mit Farbe beschmiert, und deshalb aus der Requisite aussortiert.

»*Oddio*«, flüsterte sie und wich durch die Tür zurück, die sich soeben für die Garderobiere geöffnet hatte. Die dunkelhaarige Frau war alt genug, dass sie die Mutter der Kostümassistentin hätte sein können, die Flavia eben vor dem Sturz bewahrt hatte. Wie nach jeder Vorstellung wollte sie Flavias Kostüm und Perücke abholen und in den Fundus zurückbringen.

Flavia trat zur Seite und fragte mit einer Handbewegung, die das Zimmer umfasste: »Marina, haben Sie gesehen, wer diese Blumen gebracht hat?«

»*O, che belle*«, rief Marina. »Was die gekostet haben müssen! Das sind ja Hunderte!« Und dann fielen auch ihr die Vasen auf. »Wo kommen die denn her?«, fragte sie.

»Gehören die nicht dem Theater?«

Marina schüttelte den Kopf. »Nein. So etwas haben wir nicht. Die hier sind echt.« Als Flavia verwirrt dreinsah, zeigte Marina auf eine große Vase, auf der sich weiße und durchsichtige Streifen abwechselten. »Aus Glas, meine ich. Die ist von Venini«, erklärte sie. »Lucio hat dort gearbeitet, daher weiß ich das.«

Flavia, die sich nur wundern konnte, wie das Gespräch sich entwickelte, wandte der Frau den Rücken zu und bat: »Können Sie mir den Reißverschluss öffnen?«

Sie hob die Arme, und Marina half ihr aus Schuhen und Kostüm. In ihrem Morgenmantel setzte Flavia sich vor den Spiegel und begann sich abzuschminken. Marina hängte das Kleid an die Tür, trat hinter Flavia und half ihr beim Abnehmen der Perücke, indem sie mit den Fingern von hinten unter die Perücke fuhr und sie hochhob. Nachdem das geschafft war, schälte sie ihr die engsitzende Gummikappe von den Haaren. Endlich! Flavia seufzte erleichtert auf und massierte sich eine volle Minute lang mit beiden Händen die Kopfhaut.

»Alle sagen, das ist das Schlimmste«, meinte Marina. »Die Perücke. Ich kann mir gar nicht vorstellen, wie Sie alle das aushalten.«

Flavia spreizte die Finger und fuhr sich mehrmals durchs Haar; in dem überheizten Raum würde es schnell trocknen. Es war kurz wie das eines Jungen, einer der Gründe, warum sie auf der Straße so selten erkannt wurde, denn ihre Fans hatten natürlich immer die langhaarige Schönheit auf der Bühne vor Augen, nicht diese Frau mit kurzem Lockenschopf, die bereits einzelne graue Haare hatte. Sie rubbelte fester und stellte erleichtert fest, dass ihre Frisur schon fast trocken war.

Das Telefon klingelte; zögernd meldete sie sich mit ihrem Namen.

»Signora, können Sie mir sagen, wie lange Sie noch brauchen?«, fragte eine Männerstimme.

»Fünf Minuten«, antwortete sie wie immer, ganz gleich, ob sie tatsächlich nur noch fünf Minuten brauchte oder eine halbe Stunde. Die anderen würden warten.

»Dario«, sagte sie, bevor er auflegen konnte. »Wer hat diese Blumen gebracht?«

»Die wurden mit einem Boot angeliefert.«

Was in Venedig ja wohl auch kaum anders möglich war, doch sie fragte nur: »Wissen Sie, wer sie geschickt hat? Wessen Boot das war?«

»Keine Ahnung, Signora. Zwei Männer haben alles hier vor die Tür gestellt.« Dann fiel ihm noch ein: »Das Boot habe ich nicht gesehen.«

»Haben sie einen Namen genannt?«

»Nein, Signora. Ich dachte … na ja, ich dachte, bei so vielen Blumen werden Sie schon wissen, von wem sie kommen.«

Flavia ignorierte das. »Fünf Minuten«, wiederholte sie und legte auf. Marina war mit Kleid und Perücke verschwunden, Flavia blieb allein in der stillen Garderobe zurück.

Sie starrte in den Spiegel, nahm eine Handvoll Papiertücher und reinigte ihr Gesicht, bis der größte Teil der Schminke entfernt war. Am Ausgang würden womöglich Fans auf sie warten, also legte sie Mascara auf, überdeckte die Spuren von Müdigkeit um ihre Augen mit etwas Make-up und schminkte sich sorgfältig die Lippen. Völlig erschöpft schloss sie die Augen und hoffte, das Adrenalin werde sie schon wieder munter machen. Schließlich schlug sie die Augen wieder auf und besah sich die Gegenstände auf dem Tisch, dann zog sie ihre Umhängetasche aus der Schublade und fegte alles hinein – Make-up, Kamm, Bürste, Taschentuch. Irgendwelche wertvollen Dinge nahm sie schon seit langem nicht mehr ins Theater mit. In Covent Garden hatte man ihren Mantel gestohlen; im Palais Garnier ihr Adressbuch, sonst nichts, alles andere hatte der Dieb in ihrer Handtasche gelassen. Wer um Himmels willen konnte etwas mit ihrem Adressbuch anfangen? Sie hatte es seit Ewigkeiten, kein Mensch war imstande, das Chaos von durchgestrichenen Namen und Anschriften mit den dazwischengequetschten neuen E-Mail-Adressen und Telefonnummern zu entziffern – ihre einzige Verbindung zu den ständig auf der ganzen Welt umherreisenden Kollegen in diesem seltsamen Beruf. Zum Glück hatte sie die meisten Angaben auch in ihrem Computer, aber es dauerte Wochen, bis sie die fehlenden halbwegs wieder beisammenhatte. Und da sie kein neues Adressbuch fand, das ihr gefiel, beschloss sie, ganz auf ihren Computer zu vertrauen, und konnte nur beten, dass kein Virus oder Absturz ihr alles auf einen Schlag nehmen würde.

Die heutige Vorstellung war erst die dritte ihres Gastspiels, also warteten draußen bestimmt noch Fans. Sie zog eine schwarze Strumpfhose an, darüber den Rock und den Pullover, in denen sie gekommen war. Sie schlüpfte in ihre Schuhe, nahm den Mantel aus dem Schrank und schlang sich einen Wollschal – rot wie ihr Bühnenkostüm – um den Hals. Ein Schal war für Flavia so etwas wie ein Hidschab: Ohne ging sie nicht aus dem Haus.

An der Tür blieb sie stehen und sah sich noch einmal um: War dies die Wirklichkeit, als die sich der Traum vom Erfolg entpuppte? Eine kleine, unpersönliche Kammer, die nacheinander von verschiedenen Leuten benutzt wurde? Ein Schrank; ein von Glühbirnen umrahmter Spiegel, genau wie im Kino; kein Teppich; ein winziges Bad mit Dusche und Waschbecken. Sonst nicht viel: Und das machte einen zum Star? Sie hatte es, also musste sie ein Star sein. Aber sie fühlte sich nicht so, nur – sie sah dieser Tatsache bewusst ins Gesicht – wie eine Frau in den Vierzigern, die gut zwei Stunden lang geschuftet hatte wie ein Tier und jetzt hinausgehen und irgendwelchen namenlosen Leuten zulächeln musste, die sich nach ihr sehnten, die ihr Freund, ihr Vertrauter oder womöglich gar ihr Geliebter sein wollten.

Sie selbst wollte nur ins nächstbeste Restaurant, etwas essen und trinken, dann nach Hause, ihre beiden Kinder anrufen, hören, wie es ihnen ging, und ihnen gute Nacht sagen. Schließlich, wenn das Adrenalin sich verflüchtigte, wieder ein wenig Normalität eintrat, zu Bett gehen und hoffentlich etwas Schlaf finden. Bei Inszenierungen, an denen ihr bekannte oder befreundete Kollegen mitwirkten, freute sie sich immer auf die gesellige Runde beim gemeinsamen Essen nach der Vorstellung, die Scherze und Anekdoten über Agenten, Intendanten und Regisseure, das

Zusammensein mit Menschen, mit denen sie das Wunder des Musizierens erlebt hatte. Aber hier in Venedig, einer Stadt, in der sie viel Zeit verbracht hatte und eine Menge Leute kannte, scheute sie den Kontakt zu ihren Kollegen: einem Bariton, der nur von seinen Erfolgen sprach, einem Dirigenten, der sein Desinteresse kaum verhehlen konnte, und einem Tenor, der sich offenbar Hoffnungen machte – ganz gewiss ohne ihr Zutun, dachte sie und sah sich dabei fest in die Augen. Schließlich war er gerade mal zehn Jahre älter als ihr Sohn und viel zu naiv, um für sie in Frage zu kommen.

Während sie noch da stand, fiel ihr auf, dass sie die Blumen erfolgreich verdrängt hatte. Und die Vasen. Für den Fall, dass der Mann, der das alles geschickt hatte, am Ausgang wartete, sollte sie sich beim Verlassen des Theaters eigentlich mit wenigstens einem der Sträuße blicken lassen. »Zum Teufel mit ihm«, sagte sie zu der Frau im Spiegel, die ihr mit weisem Nicken zustimmte.

Begonnen hatte es vor zwei Monaten in London, nach der letzten Vorstellung der *Hochzeit des Figaro*, als ihr beim ersten Vorhang und dann bei allen weiteren gelbe Rosen vor die Füße regneten. Kurz darauf, bei einem Soloauftritt in St. Petersburg, kamen sie zusammen mit einer Menge konventionellerer Sträuße. Sie war gerührt gewesen, als etliche Russen, hauptsächlich Frauen, nach der Vorstellung zur Bühne drängten und ihr die Sträuße heraufreichten. Flavia sah gern die Augen der Leute, die ihr Blumen schenkten oder Komplimente machten: Das war irgendwie menschlicher.

Und hier ging es weiter, schon bei der Premiere, Dutzende Rosen, die wie ein gelber Regen auf die Bühne niedergingen, aber noch keine nach der Vorstellung in ihrer Garderobe. Und dann das heute Abend. Kein Name, kein Hinweis, keine Karte, die eine so übertriebene Geste erklärte.

Sie zögerte, sie wollte jetzt nicht entscheiden, was mit den Blumen zu tun sei, sie hatte auch keine Lust, Programmhefte zu signieren und mit Fremden oder, was manchmal noch schlimmer war, mit gewissen Fans zu plaudern, die immer wieder zu ihren Vorstellungen kamen und sich einbildeten, das allein berechtige sie zu plumpen Vertraulichkeiten.

Sie hängte die Baumwolltasche über ihre Schulter und fuhr sich noch einmal durchs Haar; es war trocken. Dann brach sie auf, und als sie am Ende des Korridors die Garderobiere sah, rief sie nach ihr.

»Sì, Signora«, antwortete die Frau und kam auf sie zu.

»Marina, Sie können die Rosen gern mit nach Hause nehmen, wenn Sie wollen. Sie und Ihre Kolleginnen, alle, die sie haben möchten.«

Zu Flavias Überraschung antwortete Marina nicht sofort. Wie oft bekamen Frauen Dutzende Rosen geschenkt? Dann aber strahlte Marinas Miene in heller Freude auf. »Das ist sehr nett von Ihnen, Signora, aber möchten Sie nicht auch welche mitnehmen?« Sie zeigte in den Raum, der von den Rosen geradezu erleuchtet wurde.

Flavia schüttelte eilig den Kopf. »Nein, Sie können sie alle haben.«

»Aber Ihre Vasen?«, fragte Marina. »Denken Sie, die sind hier sicher?«

»Das sind nicht meine. Die können Sie auch mitnehmen, wenn Sie wollen«, sagte Flavia, tätschelte Marinas Arm und fügte freundlich hinzu: »Sie nehmen die Venini, ja?« Und damit ging sie zum Aufzug, der sie zu den wartenden Fans bringen würde.

3

Flavia wusste, sie hatte sehr lange zum Umkleiden gebraucht, und hoffte, wenigstens einige von den Leuten, die warteten, hätten mittlerweile aufgegeben und seien entmutigt nach Hause gegangen. Sie war müde und hungrig: Nach fünf Stunden in einem vollen Theater, bedrängt von allen Seiten, hinter, auf und vor der Bühne, ersehnte sie ein ruhiges Plätzchen, wo sie ungestört essen konnte.

Im Erdgeschoss angekommen, ging sie den langen Flur zur Pförtnerloge hinunter, vor der die Besucher warteten. Sie begannen schon zu klatschen, als Flavia noch zehn Meter von ihnen entfernt war, und Flavia setzte ihr strahlendstes, nur für ihre Fans bestimmtes Lächeln auf. Jetzt war sie froh, dass sie die Spuren der Erschöpfung so gut es ging übermalt hatte. Sie beschleunigte ihren Schritt, ganz die Sängerin, die freudig ihren Fans entgegeneilt, um mit ihnen zu plaudern, Autogramme zu geben und ihnen für ihre Geduld zu danken.

Zu Beginn ihrer Karriere hatten Flavia diese Begegnungen immer in Hochstimmung versetzt: Die Leute warteten, weil ihnen so viel an ihr lag, sie wollten ihre Anerkennung, ihre Aufmerksamkeit, irgendein Zeichen, dass ihr Zuspruch Flavia etwas bedeutete. So war es damals, so war es jetzt. Flavia war ehrlich genug, sich einzugestehen, dass sie diesen Zuspruch immer noch brauchte. Wenn sie es nur ein wenig schneller erledigen könnten: einfach sagen, wie sehr ihnen die Oper oder ihr Gesang gefallen habe, ihr die Hand geben und gehen.

Zwei erkannte sie schon von weitem, ein Ehepaar – alt und geschrumpft seit ihrer ersten Begegnung vor mehreren Jahren. Sie lebten in Mailand, kamen zu vielen von Flavias Vorstellungen und schauten hinterher kurz vorbei, um ihr die Hand zu geben und sich zu bedanken. Sie hatte sie all die Jahre gesehen, wusste aber immer noch nicht den Namen. Hinter ihnen stand noch ein Paar, jünger und weniger bereit, nur kurz danke zu sagen. Bernardo, der mit dem Bart – daran erinnerte sie sich, weil beides mit B anfing –, begann jedes Mal mit Lob für eine bestimmte Stelle oder auch nur einen einzelnen Ton, offenkundig zum Beweis, dass er von Musik genauso viel verstand wie sie. Der andere, Gilberto, stand daneben und fotografierte, während sie das Programmheft signierte, gab ihr die Hand und bedankte sich pauschal, nachdem Bernardo sich um die Details gekümmert hatte.

Nächster in der Reihe war ein großer Mann mit einem leichten Mantel über den Schultern. Flavia bemerkte den Samtkragen und versuchte sich zu erinnern, wann sie so etwas das letzte Mal gesehen hatte, wohl eher nach einer Premiere oder einem Galakonzert. Sein weißes Haar bildete einen starken Kontrast zu den gebräunten Zügen. Er küsste ihr die Hand, sagte, vor einem halben Jahrhundert habe er in Covent Garden die Callas in dieser Rolle gehört, und dankte ihr, ohne sie durch irgendwelche Vergleiche in Verlegenheit zu bringen, ein Zartgefühl, das sie zu schätzen wusste.

Dann eine junge Frau mit zartem Gesicht, braunen Haaren und schlechtgewähltem Lippenstift, der so gar nicht zu ihrem blassen Teint passen wollte. Vermutlich eigens für die Begegnung mit mir aufgelegt, dachte Flavia. Sie gab ihr die Hand und versuchte mit einem Blick über deren Schulter unauffällig herauszufinden, wie viele Leute noch hinter ihr warteten. Als die junge Frau – sie konnte nicht viel älter als zwanzig sein – von der Oper zu schwärmen begann, staunte Flavia über ihre Stimme, die schönste Sprechstimme, die sie je gehört hatte. Ein tiefer, samtener, warmer Alt, der so gar nicht zu ihrem offenbar noch sehr jungen Alter passen wollte. Flavia lauschte elektrisiert, als würde ihr Gesicht von einem Kaschmirschal gestreichelt. Oder von einer Hand.

»Sind Sie Sängerin?«, fragte Flavia unwillkürlich.

»Gesangsschülerin, Signora«, sagte die andere, und die schlichte Antwort traf Flavia im Innersten wie der tiefste Ton eines Cellos.

»Wo?«

»Am Pariser Konservatorium, Signora. Ich bin im letzten Jahr.« Flavia entging nicht, dass die junge Frau vor Nervosität schwitzte, aber ihre volltönende Stimme schwankte so wenig wie ein Schlachtschiff bei stiller See. Während sie sich weiter unterhielten, begann Flavia die zunehmende Unruhe im Rest der Schlange zu spüren.

»Also dann, alles Gute«, sagte Flavia und gab ihrem Gegenüber noch einmal die Hand. Wenn sie mit dieser Stimme auch sang – was nicht so oft vorkam –, stünde in wenigen Jahren sie hier an ihrer Stelle; dann wäre sie es, die ihren dankbaren Fans Freundlichkeiten sagte und mit den Kollegen essen ging, statt verschüchtert vor ihr zu stehen.

Tapfer machte Flavia weiter, schüttelte Hände, lächelte, plauderte, dankte für anerkennende und wohlwollende Worte und das lange Warten. Wenn sie Programmhefte und CDs signierte, erkundigte sie sich jedes Mal nach dem Namen der Leute, denen die Widmung gelten sollte. Ungeduld oder mangelnde Bereitschaft, sich die Geschichten ihrer Fans anzuhören, war ihr nicht anzumerken. Es war, als stünde ihr »Sprecht mit mir« auf die Stirn geschrieben, so sehr glaubten die Leute daran, dass Flavia an ihren Lippen hing. Allein durch ihr Können als Sängerin verdiente sie das Vertrauen und die Zuneigung dieser Menschen. Und, dachte sie, ihr Können als Schauspielerin. Jetzt fielen ihr die Augen zu, und sie strich sich mit den Fingern darüber, als sei ihr etwas hineingeflogen. Sie blinzelte ein paarmal und strahlte in die Runde.

Im Hintergrund der noch Herumstehenden bemerkte sie einen dunkelhaarigen Mann mittleren Alters, der mit gesenktem Kopf einer Frau neben ihm zuhörte. Die Frau war interessanter: naturblond, kräftige Nase, helle Augen, wahrscheinlich älter, als sie aussah. Sie lächelte über irgendeine Bemerkung des Mannes, stupste ihn mit dem Kopf mehrmals an der Schulter, trat dann zurück und sah zu ihm auf. Der Mann legte einen Arm um sie und zog sie an sich, bevor er sich reckte und nachsah, was sich vorne an der Schlange abspielte.

Jetzt erkannte sie ihn, obwohl es Jahre her war, dass sie ihn zuletzt gesehen hatte. Sein Haar hatte mittlerweile graue Strähnen, sein Gesicht war schmaler geworden, und vom linken Mundwinkel bis zum Kinn hinunter zog sich eine Falte, die dort früher nicht gewesen war.

»Signora Petrelli«, sagte ein junger Mann, der sich irgendwie ihrer Hand bemächtigt hatte. »Ich kann Ihnen nur sagen, es war wunderbar. Heute war ich zum ersten Mal in der Oper.« Errötete er? Das Geständnis musste ihm doch schwerfallen.

Sie erwiderte seinen Händedruck. »Schön«, sagte sie. »*Tosca* ist ein sehr guter Anfang.« Er nickte, seine Augen leuchteten vor Begeisterung. »Ich hoffe, es hat Ihnen Lust auf mehr gemacht«, fügte Flavia hinzu.

»O ja. Ich hatte keine Ahnung, wie sehr das …« Er zuckte die Schultern über sein Unvermögen, sich genauer auszudrücken, und als er noch einmal ihre Hand nahm, fürchtete sie schon fast, er werde sie an seinen Mund ziehen und küssen. Aber er ließ wieder los, sagte nur »Danke« und ging.

Nach vier weiteren Fans kamen der Mann und die blonde Frau an die Reihe. Er gab Flavia die Hand und sagte: »Flavia, ich habe dir ja gesagt, dass meine Frau und ich dich gerne einmal singen hören würden.« Sein Lächeln vertiefte die Falten in seinem Gesicht. »Das Warten hat sich gelohnt.«

»Und ich habe dir gesagt«, ging Flavia über das Kompliment hinweg, »dass ich dich und deine Frau gern zu einer Vorstellung einladen würde.« Sie reichte seiner Begleiterin die Hand und sagte: »Sie hätten mich anrufen sollen. Ich hätte Ihnen Karten besorgt. Wie versprochen.«

»Das ist sehr freundlich von Ihnen«, sagte die Frau. »Aber mein Vater hat ein *abbonamento*, er hat uns die Karten überlassen.« Als wolle sie den Eindruck verscheuchen, sie seien vielleicht nur da, weil ihre Eltern keine Lust gehabt hatten, erklärte sie: »Wir wären auch so gekommen, aber meine Eltern haben zu tun.«

Flavia nickte. Außer den beiden war niemand mehr da. Wie sollte der Abend jetzt weitergehen? Sie hatte allen Grund, diesem Mann dankbar zu sein, seitdem er sie vor Schlimmem bewahrt hatte … vor was im Einzelnen, wusste sie selbst nicht, weil seine Hilfe so schnell und so umfassend gewesen war. Zweimal hatte er sie gerettet, nicht nur einmal, und beim zweiten Mal hatte er auch den Menschen gerettet, der ihr damals am meisten bedeutet hatte. Danach hatte sie ihn noch einmal zum Kaffee getroffen, und dann war er verschwunden; beziehungsweise sie hatte es anderswohin verschlagen im Zuge ihrer kometenhaften Karriere, mit Engagements in anderen Städten und an anderen Theatern, fern dieser Provinzstadt und dieses sehr provinziellen Theaters. Ihr Lebensradius, ihr Horizont, ihr Talent – alles war weitreichender geworden, und sie hatte seit Jahren nicht mehr an ihn gedacht.

»Es war hinreißend«, sagte die Frau. »Eigentlich mag ich diese Oper nicht so sehr, aber heute kam sie mir ganz wirklich vor, sehr bewegend. Jetzt verstehe ich, warum sich so viele Leute dafür begeistern.« An ihren Mann gewandt, meinte sie: »Obwohl der Polizist ja nicht sehr gut wegkommt, oder?«

»Ein typischer Arbeitstag, meine Liebe, mit allem, was wir so gut können«, erwiderte jener freundlich. »Sexuelle Nötigung, versuchte Vergewaltigung, Mord, Amtsmissbrauch.« Und zu Flavia: »Ich habe mich wie zu Hause gefühlt.«

Sie lachte laut auf und erinnerte sich, dass er ein Mann

war, der sich selbst nicht zu wichtig nahm. Sollte sie die beiden zum Essen einladen? Sie wären bestimmt eine angenehme Gesellschaft, aber im Grunde wollte sie jetzt gar keine Gesellschaft, nicht nach der Vorstellung und dem Anblick der vielen Blumen.

Er bemerkte ihre Unentschlossenheit und nahm ihr die Entscheidung ab. »Und genau da müssen wir jetzt hin«, sagte er. »Nach Hause.« Dass er nicht drum herumredete, nahm sie dankbar zur Kenntnis.

Sie gerieten ins Stocken, und Flavia fiel nur noch ein: »Ich bin noch eine Woche hier. Vielleicht können wir uns auf einen Drink treffen?«

Die Frau überraschte sie mit der Frage: »Dürfen wir Sie für Sonntagabend zum Essen einladen?«

Flavia hatte mit den Jahren eine Verzögerungstaktik entwickelt und schützte gewöhnlich eine andere Einladung vor, wenn sie nicht sicher war, ob sie ein Angebot annehmen sollte, oder noch Zeit zum Überlegen brauchte. Jetzt aber dachte sie an die Rosen und dass sie ihm davon erzählen könnte. »Ja, gern«, sagte sie. Damit die beiden nicht auf die Idee kämen, sie fühle sich einsam und verlassen in dieser Stadt, fügte sie hinzu: »Morgen Abend habe ich zu tun – aber Sonntag passt mir sehr gut.«

»Hätten Sie etwas dagegen, uns bei meinen Eltern zu treffen? Nächste Woche«, erklärte die Frau, »fahren sie nach London, und das ist unsere einzige Chance, sie vor der Abreise noch einmal zu sehen.«

»Können Sie mich denn einfach so …?«, fing Flavia an. Sie siezte die Frau, während sie den Mann geduzt hatte.

»Einladen? Aber ja«, erklärte die Frau resolut. »Glauben Sie mir, die beiden würden sich sehr über Ihren Besuch freuen. Mein Vater schwärmt seit Jahren von Ihnen, und meine Mutter spricht heute noch von Ihrer Violetta.«

»Wenn das so ist«, sagte Flavia, »komme ich gern.«

»Wenn du jemanden mitbringen möchtest«, begann der Mann, brach dann aber ab.

»Sehr freundlich«, sagte sie höflich, »aber ich komme allein.«

»Aha«, sagte er, und ihr entging sein Tonfall nicht.

»Das Haus steht in Dorsoduro, nicht weit vom Campo San Barnaba«, erklärte seine Frau und ging nun ebenfalls dazu über, Flavia zu duzen: »Du nimmst die *calle* links von der Kirche, auf der anderen Seite des Kanals. Die letzte Tür links. Falier.«

»Um wie viel Uhr?«, fragte Flavia, die wusste, wo das war.

»Halb neun«, kam die Antwort, worauf der Mann sein *telefonino* hervorzog und sie die Nummern austauschten.

»Gut«, sagte Flavia, nachdem sie die Nummern der beiden eingegeben hatte, »danke für die Einladung.« Innerlich noch immer mit der Frage nach der Herkunft der Blumen beschäftigt, sagte sie: »Ich muss noch mit dem Pförtner sprechen.«

Flavia Petrelli gab ihnen die Hand und wandte sich der Pförtnerloge zu, während Paola Falier und Guido Brunetti nach Hause gingen.

4

Der Pförtner saß nicht am Platz, vielleicht machte er noch eine Runde durchs Theater, oder aber er war schon nach Hause gegangen. Sie hätte ihn befragen wollen, wie genau die Rosen angeliefert worden waren und wie die Männer ausgesehen hatten. Und von welchem Blumenhändler sie kamen. Biancat, ihr Lieblingsladen, existierte nicht mehr: Das hatte sie am Tag nach ihrer Ankunft festgestellt, als sie Blumen für die Wohnung kaufen wollte und die üppige Blütenpracht des Floristen von chinesischen Handtaschen und Portemonnaies verdrängt sah. Die Farben im Schaufenster erinnerten Flavia an die billigen Süßigkeiten, die ihre Kinder so geliebt hatten, als sie ganz klein waren: quietschrot, giftgrün, alles sehr vulgär. Die Taschen waren aus einem Material gefertigt, das sich mit seinen grellen Farben vergeblich Mühe gab, irgendwie anders auszusehen als Plastik.

Ihre Fragen an den Pförtner konnten warten, entschied sie und verließ das Theater. Sie machte sich auf den Weg zu ihrer Wohnung in Dorsoduro bei der Accademia-Brücke, in einem *piano nobile*. Seit sie vor einem Monat hier angekommen war, hatten ihre venezianischen Kollegen von kaum etwas anderem gesprochen als vom Niedergang der Stadt, die langsam, aber sicher ein Disneyland an der Adria werde. Zur Mittagszeit quälte man sich im Zentrum durch Menschenmassen; die Vaporetti waren hoffnungslos überfüllt. Biancat hatte zugemacht: Aber was kümmerte sie

das? Sie war zwar Norditalienerin, aber keine Venezianerin, und warum oder an wen die Venezianer ihr Kulturgut
ausverkauften, ging sie nichts an. Stand in der Bibel nicht
etwas von einem Mann, der sein Erstgeburtsrecht für – der
Ausdruck hatte sie fasziniert, als sie ihn vor Jahrzehnten im
Katechismusunterricht zum ersten Mal hörte – ein Linsen-
gericht hergegeben hatte? Die Worte erinnerten sie daran,
wie hungrig sie war.

Am Campo Santo Stefano kehrte sie bei Beccafico ein
und verzehrte geistesabwesend eine Pasta; von ihrem
Glas Teroldego trank sie nur die Hälfte: weniger, und sie
würde nicht schlafen können, mehr, und sie würde ebenfalls nicht schlafen. Dann über die Brücke, nach links, über
die Brücke bei San Vio und in die erste *calle* links, Schlüssel ins Schloss und in die riesige Eingangshalle des Palazzo.

Nicht vor Erschöpfung, eher aus Gewohnheit blieb Flavia am Fuß der Treppe stehen. Nach jedem Auftritt versuchte sie, falls der Zeitunterschied nicht dagegensprach,
ihre beiden Kinder anzurufen, aber dazu musste sie erst
die Vorstellung, die sie gerade gegeben hatte, in Gedanken
noch einmal durchgehen. Sie rief sich den ersten Akt ins
Gedächtnis und fand nicht viel daran auszusetzen. Ebenso
der zweite. Im dritten war die Stimme des jungen Tenors
ein wenig unsicher geworden, woran allerdings auch der
Dirigent mit schuld war, der bestenfalls dessen hohe Töne
gelten ließ und ansonsten keinen Hehl aus seiner schlechten Meinung von ihm machte. Sie selbst hatte gut gesungen.
Nicht herausragend, aber gut. Im Grunde ihres Herzens
mochte sie diese Oper nicht besonders, es gab nur wenige

Stellen, wo sie glänzen konnte, aber sie hatte schon so oft mit dem Regisseur gearbeitet, dass er ihr freie Hand ließ und sie die effektvollen Momente zu ihrem Vorteil gestalten konnte.

Was den Bariton, der den Scarpia sang, anbelangte, war sie sich mit dem Regisseur einig, ließ sich ihre Meinung aber weniger anmerken. Der Regisseur hatte bestimmt, dass Tosca ihm das Messer in den Bauch, nicht in die Brust stoßen solle; und zwar mehrmals. Als der Bariton gegen einen so schmachvollen Tod Protest einlegte, erklärte der Regisseur, Toscas Brutalität müsse durch ebensolche Brutalität von Scarpias Seite in den ersten beiden Akten provoziert werden: Das biete dem Bariton Gelegenheit, schauspielerisch und stimmlich an die Grenzen zu gehen, dabei kämen seine darstellerischen Qualitäten deutlicher zum Tragen denn je.

Flavia sah die selbstgefällige Miene des Baritons aufleuchten, als ihm klar wurde, dass der Regisseur ihm die Möglichkeit gab, Tosca an die Wand zu spielen; sie hatte aber auch gesehen, wie der Regisseur ihr hinter Scarpias Rücken zuzwinkerte, als dieser sich einwickeln ließ. Sie hatte noch nicht viele Leute auf der Bühne getötet, aber ihn zu ermorden und die Vorfreude darauf, dies noch dreimal tun zu dürfen, kam ihr vor wie ein Geschenk des Himmels.

Beflügelt ging sie die Treppe hinauf; das Geländer verschmähte sie, vielmehr kostete sie die breiten Treppenstufen aus, die womöglich so angelegt waren, damit Frauen in Reifröcken bequem aneinander vorbei oder Arm in Arm hinauf- oder hinuntergehen konnten. Im ersten Stock angekommen, wandte sie sich nach rechts zu ihrer Wohnungstür.

Sie traute ihren Augen nicht. Vor der Tür lag der größte Blumenstrauß, den sie jemals gesehen hatte: gelbe Rosen – wie konnte es anders sein? –, fünf, sechs Dutzend, zusammengesteckt zu einem riesigen leuchtenden Klumpen, wobei Flavia keinerlei Freude angesichts von so viel Schönheit empfand, sondern fast schon so etwas wie nacktes Entsetzen.

Sie sah auf die Uhr: nach Mitternacht. Sie lebte allein in der Wohnung; wer auch immer die Blumen gebracht hatte, musste unten durch die Tür gekommen sein. Womöglich war er noch da. Sie atmete mehrmals tief durch, bis ihr Herz wieder im normalen Rhythmus schlug.

Dann nahm sie ihr *telefonino* und wählte die Nummer des Freundes, der ihr die Wohnung überlassen hatte. Er wohnte ein Stockwerk höher, aber sie war geistesgegenwärtig genug zu bedenken, dass ein Anruf zu dieser Stunde weniger beunruhigend wäre als das Läuten der Türglocke.

»*Pronto?*«, meldete sich eine Männerstimme nach dem vierten Klingeln.

»Freddy?«, fragte sie.

»Ja. Bist du das, Flavia?«

»Ja.«

»Hast du dich ausgesperrt?«, fragte er freundlich, beinahe väterlich: keine Spur von Tadel.

»Bist du noch auf?«, antwortete sie mit einer Gegenfrage.

»Ja.«

»Kannst du mal runterkommen?«

Er zögerte kaum merklich. »Sicher. Eine Minute. Ich sage nur Silvana Bescheid.« Und schon hatte er aufgelegt.

Flavia wich an die Wand zurück, möglichst weit weg von der Tür und diesen Blumen. Zur Ablenkung überlegte sie, was diesem gewaltigen Strauß von der Größe her ähnlich wäre. Ein Hula-Hoop-Reifen? Nein, der wäre zu groß. Ein Strandball zu klein. Ein Autoreifen: Das kam ungefähr hin. Die Blumen waren zu einem pilzförmigen Bukett geballt, einem Pilz freilich, der unförmig wucherte wie von Atomstrahlen verseuchte Lebewesen in Horrorfilmen, Filme, für die sie früher gern ins Kino gegangen war und an die sie noch heute erheitert zurückdachte.

Von oben kein Geräusch. Was war bedrohlicher: dieser stille Strauß – Schönheit, die sich durch die Umstände in ihr Gegenteil verwandelt –, oder jene Atompilze? Albernheiten dieser Art ersparten ihr Grübeleien darüber, was die Rosen zu bedeuten haben könnten oder wie jemand überhaupt Zutritt zu dem Palazzo bekommen hatte. Oder was zum Teufel hier vorging.

Jetzt tat sich oben etwas, sie hörte Stimmen, einen Mann und eine Frau. Schritte kamen die Treppe herunter. Sie spähte durchs Geländer und sah Füße in Pantoffeln, die Hosenbeine eines Schlafanzugs, den Saum und dann den Gürtel eines rotseidenen Hausmantels, eine Hand, an der ein Schlüsselbund baumelte, und schließlich das behagliche bärtige Gesicht des Marchese Federico d'Istria. Ihr Freund und ehemaliger Geliebter Freddy, widerwilliger Trauzeuge bei ihrer Hochzeit, widerwillig aber nicht aus Eifersucht, sondern, wie sie später erfahren sollte, weil er den Bräutigam nur zu gut kannte, sich jedoch moralisch verpflichtet fühlte, ihr nichts davon zu sagen – und sein Schweigen dann bitter bereute.

Er blieb auf der letzten Stufe stehen und sah von ihr zu dem Riesenstrauß vor ihrer Tür. »Hast du die mitgebracht?«

»Nein, die lagen hier. Hast du jemanden ins Haus gelassen?«

»Nein. Silvana auch nicht. Da war niemand.«

»Und die Leute oben?«, fragte sie und zeigte mit einem Finger hinauf, als wisse er nicht, wo »oben« sei.

»Die sind in London.«

»Es war also niemand da?«

»Nicht dass ich wüsste; Silvana und ich sind zur Zeit die Einzigen hier.«

Freddy kam den letzten Schritt nach unten und besah sich den Strauß genauer. Er stupste ihn mit dem Fuß an, wie einen Betrunkenen, der auf seiner Schwelle eingeschlafen war, oder wie ein verdächtiges Paket. Nichts geschah. Er sah zu Flavia hinüber und zuckte mit den Schultern, dann bückte er sich und hob den Strauß auf. Er verschwand beinahe dahinter.

»Gelbe Rosen«, bemerkte er überflüssigerweise.

»Meine Lieblingsblumen.« Kaum hatte Flavia das gesagt, erkannte sie, dass es nicht mehr stimmte.

»Soll ich sie mit reinnehmen?«, fragte er.

»Nein«, erwiderte sie heftig. »Die will ich nicht in meiner Wohnung haben. Gib sie Silvana. Oder leg sie in die *calle*.« Sie hörte die Panik in ihrer Stimme und lehnte sich mit dem Rücken an die Wand.

»Warte hier«, sagte Freddy und ging an ihr vorbei die

Treppe hinunter. Sie lauschte seinen leiser werdenden Schritten, die dann plötzlich hallten, als er den Eingang durchquerte; die Haustür ging auf und zu, und die Schritte wurden wieder lauter.

»Kommst du mit rein?«, fragte sie. Er schien überrascht, weshalb sie erklärte: »Nachsehen, ob alles in Ordnung ist. Nur für den Fall …«

»Dass die Haustür nicht die einzige war, durch die man einfach so hineinspazieren konnte?«

Sie nickte.

»Passiert das öfter, Flavia?«, fragte er.

»In letzter Zeit, ja, aber nur im Theater. Gelbe Rosen, die auf die Bühne geworfen werden, und heute Abend Dutzende Sträuße in meiner Garderobe.«

»Und du hast keine mit nach Hause genommen?«, fragte er.

»Ich wollte sie nicht. Will sie nicht«, sagte sie und fühlte Entsetzen in sich aufsteigen. Reglos stand sie da und sah ihn an, und dann brach es aus ihr heraus: »Um Gottes willen, Freddy, hilf mir.«

Er ging auf sie zu und legte ihr einen Arm um die Schultern, dann beide Arme, und sie barg schluchzend den Kopf an seiner Brust. »Freddy, wie ist er hier reingekommen? Woher weiß er, wo ich wohne? Wer ist er?«

Er hatte keine Antworten auf ihre Fragen, doch ihr Körper an dem seinen rührte alles wieder auf, was er einst für sie empfunden hatte: Liebe, Eifersucht, Zorn, Leidenschaft, aber auch alles, was nicht verglüht war, seit sie ihn verlassen hatte: Respekt, Freundschaft, Beschützerinstinkt und Vertrauen. Er liebte seine Frau, hatte aber auch immer noch

Gefühle für Flavia. Doch mittlerweile hatte Flavia zwei fast erwachsene Kinder, er hatte drei, eine Familie, der er treu ergeben war.

Er rückte ein wenig von ihr ab, behielt aber einen Arm um ihre Schulter. »Warte hier kurz, Flavia, ich geh jetzt rein und sehe nach«, sagte er. »Die Blumen lagen vor der Tür, also ist kaum anzunehmen, dass jemand drin ist, oder?« Er hob lächelnd die Achseln. Der Bodyguard im seidenen Hausmantel, dachte sie: Vielleicht kann er die Einbrecher mit einem Pantoffel verjagen.

Sie löste sich aus der Umarmung, er fand den richtigen Schlüssel und drehte ihn viermal im Schloss; einer nach dem andern glitten die Riegel aus dem Stahlrahmen. Wenn jemand in der Wohnung wäre, hätte er sich selbst einge-sperrt, dachte sie. Freddy schob die Tür auf und tastete nach dem Lichtschalter. Er machte zwei Schritte in den Flur und blieb stehen. Flavia ging ebenfalls hinein.

»Ich dachte, ich soll erst einmal nachsehen«, sagte er, fast als fürchtete er, durch ihr Eintreten sei Schutz nicht mehr gefragt.

»Immerhin ist das mein Problem«, sagte sie.

»Und mein Haus«, gab Freddy zurück. Langjährige Ver-trautheit mit der Wohnung sagte ihm, dass niemand darin war.

Zu seiner Verblüffung lachte Flavia auf. »Kaum sind wir fünf Minuten zusammen, streiten wir uns«, sagte sie.

Freddy sah sie verwundert an: Schauspielerte sie jetzt wieder? Doch sie hatte immer noch Tränen im Gesicht und die starre Miene eines Menschen, der unter Schock stand. »Bleib hier«, sagte er, »und lass die Tür auf.«

Er ging langsam durch die ganze Wohnung und spähte in den drei Schlafzimmern sogar unter die Betten. Er sah in die Schränke und ins Gästebad und öffnete die Balkontür. Da war niemand, und nichts wies darauf hin, dass jemand da gewesen wäre.

Als er in den Flur zurückkam, lehnte sie mit geschlossenen Augen an der Wand neben der Tür. »Flavia«, sagte er, »hier drin ist niemand.«

Sie versuchte zu lächeln. Vergeblich. »Danke, Freddy, und entschuldige bitte, dass ich laut geworden bin.«

»Du hast jedes Recht, laut zu werden, Flavia. Jetzt komm mit nach oben, lass uns etwas trinken und noch ein Weilchen reden.«

»Und was dann?«

»Dann gehst du in dein Bett und schläfst.«

»Warum? Wieso darf ich nicht bei dir in der Wohnung schlafen?«

Sein Blick blieb freundlich und liebevoll, und er schüttelte in gespielter Verzweiflung den Kopf. »Ich hätte wirklich mehr von dir erwartet, Flavia. Du musst in deine Wohnung zurück, sonst wirst du hier nie wieder schlafen können.« Er ging zur Tür und zeigte auf das Schloss. »Wenn du von innen abschließt, kommt nicht einmal die Feuerwehr hinein, und die können fast jedes Schloss in der Stadt aufmachen.« Er kam jedem weiteren Einwand zuvor: »Und auf den Balkon kommt auch niemand, ausgeschlossen. Dazu müsste man sich schon von unserem aus abseilen, und das halte ich für nicht sehr wahrscheinlich.«

Flavia wusste, er hatte mit jedem Wort recht, wusste, dass sie vor Erschöpfung überreagierte, kein Wunder nach dem Stress der Vorstellung und der maßlosen Angst, die sie beim Anblick der Blumen befallen hatte. Angst war ihr nicht fremd, aber wenn sie früher etwas gefürchtet hatte, war dies nie grundlos gewesen: Sie hatte gewusst, worum es ging. Aber was sollten diese Blumen, die doch eigentlich als Kompliment für ihre Kunst, als Anerkennung für ihre gelungene Vorstellung gedacht sein sollten? Stattdessen sah sie in ihnen etwas Bedrohliches, wenn nicht gar noch Schlimmeres, etwas, das an Wahnsinn grenzte, auch wenn sie keine Ahnung hatte, wie sie auf solche Gedanken kam.

Sie holte tief Luft und sah Freddy an. »Ich hatte ganz vergessen, wie gut du bist, und wie geduldig«, sagte sie und legte eine Hand auf seinen Arm. »Danke für die Einladung, aber ich denke, ich würde jetzt gern schlafen gehen. Das war alles zu viel: erst die Vorstellung und die Blumen hinterher, dann all diese Leute, und jetzt das hier.«

Sie strich sich mit den Händen übers Gesicht, und als sie sie sinken ließ, wirkte sie noch erschöpfter als zuvor.

»Gut«, sagte er. »Du hast meine Nummer. Leg das Telefon neben dein Bett und ruf mich an, wenn du willst. Jederzeit. Wenn du irgendetwas Verdächtiges hörst, ruf mich an. Ja?«

Flavia küsste ihn auf die Wange, wie alte Freunde einander küssen. »Danke, Freddy.«

Er wandte sich zur Tür. »Schließ hinter mir ab«, sagte er ohne jede Theatralik und tätschelte ihren Arm. »Und leg dich hin.«

Genau das tat sie. Vorher zog sie sich nur noch aus und streifte ein altes T-Shirt über, das sie ihrem Sohn stibitzt hatte. Sie und Micky Maus schliefen schon fast, als ihr einfiel, dass sie heute zum ersten Mal vergessen hatte, nach der Vorstellung ihre Kinder anzurufen. Mit schlechtem Gewissen sank sie in den Schlaf.

5

Als Flavia aufwachte, war sie so verkatert, als hätte sie zu viel getrunken, auch wenn das bei ihr seit Jahren nicht mehr vorgekommen war. Sie hatte Kopfschmerzen, ihre Augen waren verklebt, Rücken und Schultern steif und verspannt, als sie sich unter der Decke streckte. Konnte das wirklich am Stress liegen, wunderte sie sich, bis ihr der gestrige Abend wieder einfiel, ihr Sprung, ihr Sturz von der Engelsburg, bei dem sie auf einem Stapel Schaumstoff-matratzen gelandet war, jedoch nicht wie geplant auf dem Bauch, sondern leicht verdreht. Dass etwas schiefgegangen war, hatte sie sofort gespürt, aber der donnernde Applaus von der anderen Seite des Vorhangs hatte jeden Gedanken daran fortgeschwemmt.

In der Hoffnung, Wärme werde die Schmerzen schon vertreiben, duschte sie lange und so heiß, wie sie es gerade noch ertragen konnte, ließ das Wasser auf ihren Kopf und dann auf ihren Rücken prasseln. In ein riesiges Handtuch gehüllt, ein anderes als Turban um die Haare, ging sie in die Küche und machte Kaffee, schwarz und ohne Zucker. Bar-fuß schlenderte sie ins Wohnzimmer und schaute, während sie an ihrem zweiten Espresso nippte, durch die Fenster auf den Kanal hinunter. Nach vorne heraus hörte man die vor-beifahrenden Vaporetti, bis in die Schlafzimmer im hinte-ren Teil der Wohnung drang jedoch kaum ein Geräusch vor. Ein trüber grauer Tag lag vor ihr. Es war, als könne sie die Feuchtigkeit auf dem Balkon mit Händen greifen.

Lange stand sie so am Fenster und sah den Booten zu, die unter ihr in beiden Richtungen vorbeituckerten. Rechterhand, am anderen Ufer, war der *imbarcadero* Santa Maria del Giglio. Zwei Booten sah sie beim Anlegen zu, bevor sie ins Schlafzimmer zurückging, um nachzusehen, wie spät es war, wobei ihr unwillkürlich durch den Kopf schoss, wie gut es wäre, wenn es auch in ihrem Kopf nur zwei Richtungen gäbe.

Auf der Uhr neben dem Bett war es kurz vor elf; das Telefon daneben zeigte drei Nachrichten von Freddy an. Deren letzte besagte, wenn er bis Mittag nicht von ihr höre, werde Silvana bei ihr klingeln, er selbst sei im Büro und könne leider nicht kommen.

Sie verfasste eine SMS, er solle die Hunde zurückpfeifen, löschte das aber wieder und schrieb, sie habe bis eben geschlafen und fühle sich schon sehr viel besser. Obwohl es per *telefonino* so unpersönlich war, dankte sie ihm für seine Hilfe und seine Geduld; er sei als Freund mit Gold nicht aufzuwiegen.

Sekunden später kam die Antwort. »Ganz meinerseits, meine Liebe.« Weiter nichts, aber es verlieh ihr Flügel. Rasch zog sie sich an, ihr braunes Lieblingskleid und braune Pumps, in denen sie während der stundenlangen Proben bequem stehen konnte.

In der Bar links von der *calle*, die zur Brücke führte, bestellte sie eine Brioche und einen Kaffee, fragte sich aber im selben Augenblick, ob sie verrückt geworden sei: überzuckert und im Koffeinrausch würde sie die Probe ruinieren. Also bat sie den Barmann stattdessen lieber um ein *tramezzino* mit Schinken und Mozzarella und ein Glas Orangensaft. Jemand hatte den *Gazzettino* auf dem Tresen liegenlassen, in dem sie beim Essen herumblätterte; ein Genuss war beides nicht, weder die Zeitung noch das Sandwich, aber sie war stolz auf sich, dass sie auf Zucker und noch mehr Kaffee verzichtet hatte.

Am Theater angekommen, bat sie den Pförtner in seinem Glaskasten, ihr die Männer zu beschreiben, die die Blumen gebracht hatten, aber er wusste nur noch, dass sie zu zweit gewesen waren. Als sie nachhakte, erklärte er, ja, es seien Venezianer gewesen, er könne sich aber nicht entsinnen, dass sie früher schon einmal Blumen angeliefert hätten.

Als Flavia sich abwandte, rief der Pförtner ihr nach und fragte, ob Marina die Wahrheit gesagt habe und sie, Flavia, weder die Vasen noch die Blumen haben wolle. Ob er dann seiner Tochter bitte welche mitnehmen dürfe? Nein, seine Frau habe ihn verlassen und lebe mit einem anderen Mann zusammen, aber seine Tochter – sie sei erst fünfzehn – habe bei ihm bleiben wollen – nein, sie wolle nicht bei ihrer Mutter und dem neuen Mann wohnen, und der Richter habe gesagt, sie könne bei ihrem Vater bleiben. Sie liebe schöne Dinge, und er habe Marina gefragt, ob er eine von den Vasen und ein paar Blumen mitnehmen dürfe, und Marina habe gesagt, ja, aber nur, wenn die Signora nichts dagegen hat, denn die habe gesagt, die seien für die Garderobieren, aber von denen arbeiteten ja nur zwei für die Signora, also wolle sie welche für ihn zurücklegen, bis die Signora ihr sage, dass er sie haben könne.

Wieder einmal fragte sich Flavia, was sie an sich hatte, dass die Leute so gern mit ihr redeten – oder war es einfach so, dass unabhängig davon, wer der Zuhörer war, schon das kleinste Anzeichen von Interesse oder Neugier einen solchen Redestrom auslöste?

Sie sah lächelnd nach der Uhr an der Rückwand seines Schalters und tat überrascht, wie spät es schon war. »Sagen Sie Marina, dass Sie mit mir gesprochen haben und alles mitnehmen dürfen, was Sie möchten.«

»Ihr Pianist ist noch nicht da, Signora«, revanchierte der Pförtner sich für ihre Freundlichkeit. »Er wohnt in Dolo, deshalb kommt er häufig zu spät.«

»Aber Dolo ist doch gleich dort drüben«, sagte sie und wies ungefähr in die Richtung, in der sie das Festland vermutete.

»Ja, es sind nur knapp zwanzig Kilometer, Signora. Aber er hat kein Auto.«

Wie geriet sie nur immer in solche Gespräche? »Aber es gibt doch bestimmt einen Zug oder einen Bus.«

»Natürlich. Doch Züge fahren eigentlich kaum noch, jedenfalls nicht morgens. Und mit dem Bus braucht man über eine Stunde.«

Über eine Stunde? Hatte es sie über Nacht nach Burkina Faso verschlagen? »Na, er wird schon noch kommen.« Sie stemmte sich aus dem Treibsand der Plauderei und ging zum Aufzug.

Oben begegnete sie einer Putzfrau, die ihr berichtete, die meisten Sträuße und Vasen seien bereits verschenkt, aber zwei Vasen stünden noch unten in Marinas Spind. Bevor die Putzfrau noch weiter ausholen konnte, sah Flavia mit derselben erschrockenen Miene wie eben beim Pförtner auf die Uhr und sagte, sie sei spät dran und müsse sofort zu ihrem Pianisten.

Um den Eindruck zu vermeiden, sie sei auf der Flucht, lief Flavia langsam und ging dabei die zwei Arien durch, die sie und der Pianist sich für heute vorgenommen hatten.

Binnen einem Monat vom Verismo zum Belcanto. Nach dem Gastspiel hier eine Woche Urlaub mit den Kindern auf Sizilien, dann nach Barcelona, wo sie mit einer Mezzosopranistin auftreten sollte, die sie bewunderte, mit der sie aber noch nie zusammengearbeitet hatte. Es würde ihr erster Auftritt in Spanien sein seit der Scheidung. Ihr Exmann war ein reicher Spanier, ein cholerischer Mensch mit guten Beziehungen, und erst seit er wieder geheiratet und sich nach Argentinien hatte versetzen lassen, war sie sowohl im Liceu als auch im Teatro Real willkommen und würde dort Rollen singen können, nach denen sie sich seit Jahren sehnte: Donizettis Maria Stuarda und Anna Bolena, die beide den Kopf verlieren, jedoch aus verschiedenen Gründen und zu unterschiedlicher Musik.

La Fenice hatte ihr zur Vorbereitung auf diese Rollen einen Proberaum zur Verfügung gestellt, seitens des Theaters ein großzügiges Entgegenkommen, denn immerhin würde sie diese Stücke nicht hier, sondern in einem anderen Opernhaus vortragen. Der Raum lag am Ende des Korridors, letzte Tür rechts.

Als sie an der ersten Tür vorbeikam, erklang dahinter die lebhafte Einleitung zu einer Arie, die ihr bekannt vorkam. Das Klavier klimperte fröhlich, doch ihr musikalisches Gedächtnis warnte sie: Diese Munterkeit war trügerisch. Und kaum hatte sie das gedacht, wurden die Klänge auch schon unheilvoll. Eine tiefe Frauenstimme begann zu singen: *»Se l'inganno sortisce felice, io detesto per sempre virtù.«* Während die Sängerin dies weiter ausführte, fiel Flavia plötzlich ein, welche Arie es war. Was in Gottes Namen hatten Händel und – noch unglaublicher – Ariodantes Feind Polinesso hier zu suchen? Jetzt schraubte sich die Stimme zu Koloraturen in enorme Höhen auf, und Flavia konnte kaum glauben, dass sie immer noch einen Alt hörte – so agile Sprünge sollten von Rechts wegen einem Sopran vorbehalten sein, einem Sopran freilich, der über ein volles, sinnlich dunkel schimmerndes tiefes Register verfügte.

Sie lehnte sich an die Wand des Korridors und schloss die Augen. Flavia verstand jedes Wort: die Konsonanten sauber prononciert, die Vokale offen, aber nicht breit. »Wenn die Täuschung gelingt, werde ich die Tugend für immer hassen.« Das Tempo verlangsamte sich ein wenig, und Polinessos Stimme wurde drohender: *»Chi non vuol se non quello, che lice, vive sempre infelice quaggiù.«* Flavia genoss diesen Kontrast: die ausgelassen hüpfende Melodie und im Gegensatz dazu Polinessos Beteuerung, der Ehrliche werde in dieser Welt immer der Dumme sein.

Zurück zum A-Teil und weitere Koloraturen in sämtlichen Tonlagen, alles vollkommen mühelos, rein und klar, und wie in einem Vexierspiel. Flavia hatte *Ariodante* vor zwei Jahren in Paris gesehen, wo ein Freund die ziemlich undankbare Rolle des Lurcanio gesungen hatte: Sie erinnerte sich an drei andere Sänger, nicht aber an den Polinesso, der davon, so zu singen wie diese Stimme hier, nur hatte träumen können. Die Ausschmückungen wurden immer verrückter, die Stimme jubilierte in den höchsten Höhen und sank alsbald wieder ab in den tiefsten Bereich, der einer Altstimme zugänglich ist. Beim abschließenden Lauf bekam Flavia weiche Knie vor Entzücken und war mehr als ein wenig erleichtert, dass sie mit dieser Sängerin, wer auch immer das war, nie würde konkurrieren müssen.

Kaum war sie zu diesem Schluss gekommen, drang eine Männerstimme zu ihr vor: »Flavia, hier bin ich.«

Sie drehte sich um, stand aber noch so im Bann des Gesangs, dass sie Riccardo, den *ripetitore*, der mit ihr *Tosca* einstudiert und sich dann anerboten hatte, ihr bei der Vorbereitung der Donizetti-Oper zu helfen, nicht gleich erkannte. Klein und stämmig, mit Vollbart und schiefer Nase, wirkte Riccardo wie aus grobem Holz geschnitzt, doch sein Spiel war glasklar und gefühlvoll, vor allem in den zarten Einleitungen mancher Arien, denen seiner Meinung nach zu viele Sänger nicht genügend Aufmerksamkeit widmeten. Während ihrer wochenlangen Arbeit an der Puccini-Oper hatte er sie auf zahlreiche Nuancen in der Musik hingewiesen, die ihr weder beim Lesen der Partitur noch zu Hause beim Üben aufgefallen waren. Sein Spiel hatte diese Nuancen hörbar gemacht, indem er Passagen, die seiner Ansicht nach wichtig waren, durch dramatische Pausen hervorhob. Erst als die Premiere erfolgreich gelaufen und seine Arbeit damit praktisch beendet war, hatte er Flavia gestanden, wie sehr ihm *Tosca* missfiel. Für ihn endete die Operngeschichte mit Mozart.

Sie begrüßten sich mit Wangenküssen, und als er davon anfing, wie wunderbar sie am Abend zuvor gesungen habe, unterbrach sie ihn mit der Frage: »Wissen Sie, wer da singt?«, und zeigte auf die Tür, vor der sie stehen geblieben war.

»Nein«, antwortete Riccardo. »Aber gleich werden wir

es wissen.« Noch bevor Flavia ihn davon abhalten konnte, hatte er auch schon angeklopft.

Eine Männerstimme rief »einen Moment«, eine Frauenstimme sagte etwas, die Tür ging auf, und ein großer Mann mit Notenblättern in der Hand kam auf den Flur heraus und fragte: »Cosa c'è?« Doch als er seinen Kollegen und dann Flavia erkannte, hielt er inne und hob die Noten vor seine Brust, als wollte er sich dahinter verstecken.

»Signora Petrelli«, sagte er. Mehr brachte er vor Überraschung nicht hervor. Hinter ihm erblickte Flavia das Mädchen, das gestern nach der Vorstellung am Bühnenausgang gewartet hatte, die nervöse junge Frau mit der wunderschönen Sprechstimme. Sie hatte die Haare nach hinten gekämmt und war ungeschminkt, was ihr sehr viel besser stand. Auch sie hielt Notenblätter in der Hand, und Flavia sah ihre Augen leuchten wie die eines Menschen, der gerade gut gesungen hat und sich dessen bewusst ist.

»In Paris hat man Ihnen viel beigebracht, meine Liebe«, sagte Flavia und ging spontan auf die junge Frau zu. Sie küsste ihr beide Wangen und tätschelte ihr den Arm. »Ich kann nur staunen, dass Sie sich an dieser Rolle versuchen.« Bevor die andere sich rechtfertigen oder sonst etwas sagen konnte, fuhr Flavia fort: »Aber Sie sind genau die Richtige dafür, trotz Ihres jungen Alters. Was studieren Sie sonst noch ein?«

Das Mädchen hob stammelnd zu einer Antwort an: »Ich … ich …«, brach dann aber ab und zeigte nur auf eins ihrer Notenblätter.

»›Ottavias Klage‹«, las Flavia. »Herzzerreißend, nicht wahr?« Das Mädchen nickte, brachte aber nach wie vor kein Wort heraus, und Flavia bemerkte: »Das würde ich auch gern singen, aber für mich ist es einfach zu tief.«

Dann gab sich Flavia einen Ruck und sagte, an das Mädchen und den Pianisten gerichtet: »Entschuldigen Sie die Unterbrechung.«

»Wir wollten gerade Schluss machen«, sagte der Mann. »Der Unterricht dauert eine Stunde, und die hatten wir schon überschritten.«

Flavia sah die junge Frau an, die allmählich die Fassung wiedergefunden hatte und jetzt fragte: »Hat es Ihnen wirklich gefallen, Signora?«

Flavia stieß ein Lachen aus. »Es war wunderschön. Deswegen bin ich reingekommen, um Ihnen das zu sagen.«

Das Mädchen errötete und biss sich auf die Lippen. Es war, als kämpfte sie gegen Tränen.

»Wie heißen Sie?«, fragte Flavia.

»Francesca Santello.«

»Sie ist meine Tochter, Signora«, sagte der Klavierspieler. »Ludovico Santello«, stellte er sich vor und gab Flavia die Hand.

Flavia schüttelte ihm die Hand und dann dem Mädchen. »Ich habe jetzt auch zu arbeiten«, sagte sie lächelnd und drehte sich zu Riccardo um, der in der Tür auf sie wartete.

Sie nickte dem Mädchen freundlich zu. Kaum war die Tür hinter ihnen ins Schloss gefallen, hörte sie Vater und Tochter miteinander sprechen. Ein paar Leute kamen ihnen, ins Gespräch vertieft, auf dem Korridor entgegen, dann sagte Flavia zu Riccardo: »Das Mädchen hat eine wunderbare Stimme. Das wird einmal eine hervorragende Sängerin, denke ich.«

Riccardo nahm einen Schlüssel aus der Tasche. »Wenn Sie mir die Bemerkung gestatten, das ist sie bereits«, sagte er, drehte den Schlüssel im Schloss und hielt ihr die Tür auf.

Beim Hineingehen sagte Flavia noch: »Es kommt nicht oft vor, dass junge Leute so …« Sie verstummte beim Anblick der Blumen: ein Strauß in einer schlichten Glasvase auf dem Klavier. An der Vase lehnte ein kleiner weißer Umschlag.

Flavia ging geradewegs darauf zu. Ohne nachzudenken, hielt sie Riccardo den Umschlag hin und bat: »Würden Sie das bitte aufmachen und mir vorlesen?«

Falls er die Bitte merkwürdig fand, ließ er sich nichts anmerken. Er schob die Klappe mit dem Daumennagel auf, zog ein weißes Kärtchen hervor und las: »Ich bin enttäuscht, dass Sie die Rosen weggegeben haben. Ich hoffe, Sie tun das nie wieder.«

»Steht da ein Name?«

Riccardo drehte die Karte um, sah auch auf der Rückseite des Umschlags nach und legte dann beides auf das Klavier. »Nein. Nichts.«

Er sah sie an und fragte: »Stimmt was nicht?«

»Nein, schon gut.« Sie legte ihre Notenmappe auf den Ständer, nahm die Vase und stellte sie in den Flur. »Wenn ich nicht irre, wollten wir am Schluss des zweiten Akts arbeiten«, sagte sie.

6

Brunetti und Paola sprachen auf dem Heimweg über die Vorstellung, die beide auf ihre Weise genossen hatten. Brunetti hatte Flavia bis dahin nur einmal im Fernsehen gesehen, in der Rolle der Violetta, vor geraumer Zeit, als die Macher von RAI noch Opern brachten. Mittlerweile gab es keine mehr im Fernsehen, so wie auch die Presse nicht mehr ernsthaft darüber berichtete. Gewiss, gelegentlich erschienen noch Artikel über einzelne Aufführungen, im Allgemeinen aber interessierte man sich mehr für die Eheprobleme und Seitensprünge der Sänger als für ihre künstlerische Arbeit.

Kaum zu glauben, wie lange es her war, dass er Flavia in *La Traviata* sterben sah und selbst fast gestorben war, so gerne wollte er einschreiten und sie retten. Mit derselben Bestimmtheit, wie er wusste, dass Paolo und Francesca einander in alle Ewigkeit durch die Orkane der Hölle jagen würden, hatte er gewusst, dass Violetta noch einmal von Hoffnung belebt aufjauchzen und dann ein für allemal tot niederstürzen würde. So ging nun einmal die Geschichte. Ebenso pünktlich hatte Tosca Scarpia getötet und war in den Tod gesprungen, um wenige Minuten später wieder auf der Bühne zu stehen und lächelnd ins Publikum zu winken. Die Intensität des Mordes und ihres Selbstmordes minderte dies in keiner Weise. Was waren schon nackte Tatsachen im Vergleich zur Kunst.

Paola, die sich in den letzten Jahren immer mehr für die

Oper zu interessieren begann, bewunderte Flavias Darbietung vorbehaltlos, hielt aber die Handlung für lächerlich. »Ich würde sie gern mal in einer interessanten Oper sehen«, sagte sie, während die Brunettis über die Rialto-Brücke schlenderten.

»Aber du sagst doch, es hat dir gefallen.« Müdigkeit übermannte Brunetti, er wollte nur noch etwas trinken und sich schlafen legen.

»Ja, einige Szenen waren ergreifend«, räumte sie ein. »Aber du weißt ja, ich muss auch weinen, wenn Bambis Mutter getötet wird«, sagte sie achselzuckend.

»Und?«

»Und deshalb reißen mich Opern nie so mit wie dich. Ich kann die Handlung nie so richtig ernst nehmen.« Sie tätschelte seinen Arm, und als sie die Brücke hinunterkamen und auf die *riva* einbogen, hakte sie sich bei ihm unter. Nachdenklicher fügte sie hinzu: »Vielleicht liegt es daran, dass du dich so viel mit Geschichte beschäftigst.«

»Wie bitte?«, fragte er verblüfft.

»Die meisten Geschichtsbücher – jedenfalls von der Art, wie du sie liest – sind voller Unwahrheiten: Caesar, der wider Willen an die Macht gelangt ist; Rom brennt, und Nero zupft die Leier; Xerxes lässt die Fluten des Hellespont auspeitschen. So vieles, was in diesen Büchern für Wahrheit ausgegeben wird, beruht nur auf Gerüchten und Gerede.«

Brunetti blieb stehen und drehte sich zu ihr um. »Ich habe keine Ahnung, worauf du hinauswillst, Paola. Ich dachte, wir reden über Opern.«

Bedächtig erklärte sie: »Du bist ein sehr williger Zuhörer.« Sie ging jetzt langsamer. Brunetti erkannte, dass sie noch nicht fertig war, und schwieg folglich. »Auch in deiner Arbeit hast du es viel mit Unwahrheiten zu tun, und das hat dich gelehrt, genau auf jedes Wort zu achten.«

»Ist das gut oder schlecht?«

»Es ist immer gut, auf Worte zu achten«, antwortete sie prompt. Sie setzte sich wieder in Bewegung und zog ihn mit sich fort.

Brunetti dachte an die Zeitungen und Zeitschriften, die er las, an die Polizeiberichte und amtlichen Mitteilungen. Paola hatte recht: Meist mischten sich Fakten und Fiktion, und er war sich dessen beim Lesen bewusst. »Wohl wahr«, sagte er. »Der Unterschied ist oft kaum zu erkennen.«

»Genauso ist es in der Kunst«, sagte sie. »*Tosca* ist von A bis Z erfunden, aber was Tosca widerfährt, ist bitterernst.«

Wie prophetisch diese Worte waren, sollte Brunetti zwei Abende später entdecken, als sie sich mit Flavia zum Essen bei Paolas Eltern trafen. Er und Paola kamen um halb neun und wurden vom Conte und der Contessa im großen Salon empfangen, der auf die Palazzi am Canal Grande hinausging. Flavia Petrelli war noch nicht da.

Brunetti wunderte sich, wie leger seine Schwiegereltern gekleidet waren, bis er erkannte, was ihm diesen Eindruck vermittelte: Die Krawatte des Conte war aus Wolle, nicht aus Seide, und die Contessa trug kein Kostüm, sondern einen Hosenanzug aus schwarzer Seide. Unter dem Jackenärmel sah Brunetti das Armband hervorblitzen, das der Conte ihr vor einigen Jahren von einer Geschäftsreise aus Südafrika mitgebracht hatte. Nun, wenn er aus Zürich

Schokolade mitbrachte, warum nicht aus Südafrika Diamanten?

Die vier saßen sich auf zwei Sofas gegenüber und sprachen von den Kindern, von deren Studien und Plänen und dem, was sie selbst sich für sie erhofften: der übliche Gesprächsstoff in einer Familie. Raffis Freundin, Sara Paganuzzi, war für zwei Semester nach Paris gegangen, doch Raffi hatte sie dort noch nicht besucht, was die vier Erwachsenen endlos spekulieren ließ, ob mit den beiden noch alles in Ordnung sei. Oder nicht. Chiara schien gleichaltrigen Jünglingen immer noch nichts abgewinnen zu können, was man verstand und einmütig guthieß.

»Lange wird es nicht mehr dauern.« Paola befürchtete dies wie alle Mütter junger Mädchen. »Eines Tages wird sie in einem engen Pullover zum Frühstück auftauchen und mit doppelt so viel Schminke im Gesicht wie Sophia Loren.«

Brunetti legte stöhnend die Hände vors Gesicht und knurrte: »Ich habe ein Pistole. Ich kann ihn erschießen.« Als sich drei Köpfe zu ihm hindrehten, ließ er die Hände langsam sinken und grinste in die Runde. »Erwartet man das nicht vom Vater einer Tochter?«

Der Conte trank einen Schluck Prosecco und bemerkte trocken: »Hätte ich das doch nur mit dir getan, als Paola dich zum ersten Mal nach Hause gebracht hat, Guido.«

»Lass das, Orazio«, sagte die Contessa. »Du weißt, du hast nach einigen Jahren aufgehört, Guido für einen Eindringling zu halten.« Eilig tätschelte seine Schwiegermutter Brunetti beschwichtigend das Knie: »Nein, so lang ging es nun auch wieder nicht, Guido.«

Schön wär's, dachte Brunetti.

Die Contessa verstummte, denn in diesem Augenblick führte das Dienstmädchen Flavia Petrelli herein. Flavia wirkte nicht so erschöpft wie neulich und lächelte ihnen freundlich zu. Der Conte sprang auf und ging ihr entgegen. »Ah, Signora Petrelli, Sie ahnen nicht, wie entzückt ich bin über Ihr Kommen.« Er nahm ihre Hand und hauchte einen Kuss darauf, reichte ihr den Arm und führte sie zu den anderen, stolz wie ein Jäger, der einen fetten Fasan zum Essen nach Hause bringt.

Brunetti erhob sich, begnügte sich aber mit einem Händedruck und sagte, es freue ihn sehr, sie wiederzusehen. Auch Paola stand auf und begrüßte Flavia mit Wangenküssen. Die Contessa blieb sitzen, klopfte aber auf das Sofa und bat Signora Petrelli, neben ihr Platz zu nehmen. Dann erklärte die Contessa, sie bewundere Flavias Gesang schon seit ihrem Debüt in La Fenice als Zerlina. Das Jahr dieses Debüts ließ sie unerwähnt, was Brunetti daran erinnerte, dass die Familie der Contessa eine große Zahl Diplomaten hervorgebracht hatte, sowohl für den Vatikan als auch für den italienischen Staat.

»Das war eine wunderbare Inszenierung, oder?«, fragte Flavia und eröffnete damit eine Debatte über Dramaturgie, Bühnenbildnerei und Aufführungspraxis und schließlich über die Qualitäten der anderen Sänger. Brunetti fiel auf, dass Flavia nie von sich selber sprach und nicht das Bedürfnis zu haben schien, für ihre eigene Leistung gepriesen zu werden. Er erinnerte sich daran, wie sie vor Jahren allen anderen die Show gestohlen hatte, und fragte sich, wo diese Frau geblieben war oder ob ihre Bescheidenheit Teil jener außerordentlichen Schauspielkunst war, die er damals so an ihr bewundert hatte.

Der Conte reichte Flavia ein Glas Prosecco, nahm ihr gegenüber Platz und überließ es seiner Frau, mit der Sängerin über eine Aufführung zu plaudern, die er selbst nicht gesehen hatte. Als sie auf *Tosca* zu sprechen kamen, sagte er, er habe bereits Karten für die letzte Vorstellung bestellt; sie hätten ihre Pläne geändert und würden nur kurz in London bleiben.

»Hoffen wir, dass es dazu noch kommt«, sagte Flavia zur allgemeinen Verwirrung.

»Verzeihung?«, sagte der Conte.

»Es könnte sein, dass die letzten zwei Vorstellungen bestreikt werden. Das Übliche: Ein Vertrag wurde nicht verlängert, und jetzt wollen sie die Arbeit niederlegen.« Bevor die anderen ihre Überraschung äußern konnten, hob Flavia beschwichtigend die Hände: »Nur die Bühnenarbeiter, und aller Voraussicht nach werden die anderen sich ihnen nicht anschließen. Sollte es also zum Streik kommen, können wir immer noch auf der Bühne stehen und singen.«

Das Dienstmädchen kam herein und verkündete, das Essen sei bereit. Der Conte erhob sich und reichte Flavia den Arm, Brunetti seinen der Schwiegermutter, dann – ein Verstoß gegen jede Etikette – zog er Paola mit der anderen Hand vom Sofa hoch und führte beide Frauen ins Speisezimmer. Der drohende Streik wurde nicht mehr erwähnt.

Brunetti kam gegenüber von Flavia zu sitzen, die sich weiter mit der Contessa unterhielt; jetzt ging es um Flavias Eindruck von der Stadt, nachdem sie so lange nicht mehr da gewesen war.

Während die *involtini* mit dem ersten grünen Spargel der Saison serviert wurden, sah Flavia von einem zum anderen. »Sie sind Venezianer«, sagte sie, »also sollte ich meine Meinung vielleicht für mich behalten.«

Alles schwieg. Die anderen widmeten sich der Vorspeise, und Brunetti nutzte die Pause, Flavia genauer zu betrachten. Seine ursprüngliche Einschätzung war falsch: Flavia machte keinen gelösten Eindruck, vielmehr stand sie unter Hochspannung. Sie aß kaum etwas und hatte ihren Wein nicht angerührt. Er erinnerte sich, wie sehr ihn vor Jahren ihre Stimme beeindruckt hatte, nicht nur der Tonfall, sondern auch die Gewandtheit, mit der sie die Sätze aneinanderreihte, und wie sie jedes einzelne Wort deutlich artikulierte. Heute Abend war sie schon mehrmals ins Stocken geraten und hatte einmal sogar mitten im Satz abgebrochen, als wisse sie nicht mehr weiter. Nur der pfirsichsamtene Tonfall war derselbe wie damals.

Brunetti fragte sich, ob Opernsänger vor dem Abschluss einer Aufführungsreihe sich je entspannten, oder erst dann, wenn sie sich keine Sorgen mehr über ihre Gesundheit, ihre Stimme, das Wetter und ihre Kollegen machen müssten. Er versuchte sich vorzustellen, wie es wäre, den ganzen Tag daran zu denken, dass man am Abend auftreten muss – wie ein Sportler, der einem Wettkampf entgegenfiebert.

Er tauchte aus seinen Grübeleien auf und hörte Flavia den Conte fragen, welche Opern sie in dieser Saison gesehen hätten.

»Ach«, sagte er mit einem Blick zu seiner Frau, räusperte sich und meinte lächelnd: »Ich muss gestehen, ich habe bis jetzt noch gar nichts sehen können.« Brunetti vernahm in seiner Stimme die gleiche Nervosität wie bei Flavia. »Sie werden die erste sein.«

Flavias Blick sprach ihn frei. »Das ehrt mich.« Sie wollte noch etwas sagen, doch da kam das Dienstmädchen und räumte die Teller ab. Gleich darauf wurden die Platten mit *merluzzo con spinaci* aufgetragen.

Der Conte kostete den Fisch, nickte und sagte: »Im Gegenteil, Signora. Für das Theater ist es eine Ehre, Sie auf der Bühne zu haben.«

Flavia hob skeptisch eine Augenbraue und sah Brunetti an, sprach aber zu dem Conte. »Davon kann nicht die Rede sein, Signor Conte. Aber danke für das Kompliment.« Ernster fügte sie hinzu: »Vor vierzig, fünfzig Jahren war das der Fall. *Das* waren Sänger. Jedes Theater hat sich geehrt gefühlt, sie zu empfangen.«

Während Brunetti sich mit dem Gedanken anzufreunden begann, dass auch Sänger bescheiden sein konnten, fragte die Contessa: »Ist das eine Spitze gegen La Fenice?«

»Ich habe es mir zur Gewohnheit gemacht«, sagte Flavia an die Contessa gerichtet, doch es galt bestimmt der ganzen Runde, »mich nie über meine Arbeitgeber zu äußern.« Und dann gab sie die Frage an den Conte weiter: »Sie sind mit La Fenice aufgewachsen, Conte. Sie wissen aus eigener Anschauung, wie sich die Sänger entwickelt haben.« Da er nicht reagierte, fügte sie hinzu: »Sie haben ein *abbonamento*, also kann Ihnen die Veränderung im Lauf der Jahre nicht entgangen sein.« Die Frage, warum er in dieser Saison nicht in die Oper gegangen sei, stellte sie hingegen nicht.

Der Conte lehnte sich zurück und trank einen kleinen Schluck Wein. »Ich glaube, mit La Fenice verhält es sich wie mit einem Cousin, der auf die schiefe Bahn geraten ist: die Familie bestohlen, sich mit losen Frauen eingelassen und dann alles abgestritten hat und nur deshalb nicht im Gefängnis gelandet ist, weil die Familie Geld hat.« Lächelnd nippte er, sichtlich angetan von diesem Vergleich, an seinem Wein: »Was er auch anstellt und wie viel er gestohlen haben mag, man erinnert sich immer daran, wie reizend er in früheren Jahren war und was für schöne Zeiten man mit ihm und seinen Freunden in der Jugend verbracht hat. Und wenn er morgens um zwei halb betrunken anruft und von einer großartigen neuen Geschäftsidee erzählt, oder von einer neuen Frau, die er heiraten möchte, aber dafür brauche er einfach etwas Geld, nun, dann gibt man es ihm wider besseres Wissen. Er wird es für einen teuren Urlaub ausgeben, mit der neuen Frau oder mit einer Verflossenen, und es nie zurückzahlen; und nach sechs Monaten oder einem Jahr beginnt das Ganze von neuem.« Der Conte stellte sein Glas auf den Tisch, schüttelte in gespielter Verzweiflung den Kopf und sah sie alle der Reihe nach an. »Familie. Was will man machen?«

»Großer Gott«, sagte Flavia lachend. »Hoffentlich muss ich daran nicht denken, wenn ich dem Direktor gegenüberstehe.« Sie musste so sehr lachen, dass sie sich ihre Serviette vorhielt. Schließlich hob sie den Blick und sah den Conte an. »Man könnte fast meinen, Sie hätten dort gearbeitet.«

7

Nach diesem Bonmot von Flavia wechselten sie das Thema. Paola erkundigte sich nach Flavias Kindern: Der Sohn war im selben Alter wie Chiara, die Tochter etwas jünger als Raffi. Sichtlich stolz erzählte Flavia von den guten Leistungen der beiden auf der internationalen Schule in Mailand, wo Flavia den größten Teil des Jahres lebte; natürlich komme ihnen dabei zugute, dass sie Italienisch, Spanisch und Englisch schon mitbrächten, erklärte Flavia, um nicht als Angeberin dazustehen. Ihr Exmann fand nur insofern Erwähnung, als er Spanier war.

Das Gespräch wandte sich allgemeinen Themen zu. Brunetti, der nur ab und zu etwas einwarf, spürte immer deutlicher, wie nervös die Sängerin war. Nach der Vorstellung neulich hatte sie sich aufrichtig gefreut, ihn zu sehen, also konnte es nicht daran liegen, dass er von früher her viel über ihr Privatleben wusste. Und seine Schwiegereltern könnten mit ihrer abgeklärten Art sogar einen Windhund beruhigen, zumal ein Hund sich durch das Tizian-Porträt an der Wand und das mit dem Familienwappen verzierte Besteck nicht beeindrucken ließ. Paola wiederum tauschte sich mit Flavia als die Mutter mit Kindern aus.

Auf die Frage der Contessa, wo sie als Nächstes auftreten werde, antwortete Flavia, sie habe noch eine Woche mit *Tosca* zu tun, dann ein paar Tage frei, und anschließend gehe es nach Barcelona. Brunetti fiel auf, dass sie nicht verriet, was genau sie nach Venedig vorhatte und was sie in

Spanien singen werde. Seiner Erfahrung nach redeten die meisten Leute nur zu gern von sich selbst: Und von einer Diva erwartete man erst recht keine Zurückhaltung.

Paola sagte zur allgemeinen Überraschung: »Das muss ein schwieriges Leben sein.«

Flavias Kopf schnellte in Paolas Richtung, dann aber senkte sie den Blick und griff nach ihrem Wein. Sie nahm betont langsam einen Schluck, stellte das Glas hin und sagte: »Ja, durchaus. Das ständige Reisen und wochenlange Alleinsein in irgendeiner Stadt. Die Kinder fehlen mir, andererseits sind sie in einem Alter, wo man seine Freizeit nicht unbedingt mit der Mutter verbringen möchte.«

Um nicht larmoyant zu erscheinen, fügte sie rasch hinzu: »Aber nachdem ich so viele Jahre lang mit so vielen Leuten gearbeitet habe, gibt es in jeder Stadt jemanden, den ich kenne. Das macht es leichter.«

»Was ist das Schlimmste, wenn ich fragen darf?«, wollte die Contessa wissen, schwächte die Frage aber sofort mit der Bemerkung ab: »Ich bin so selten für mich allein, dass das für mich beinahe verlockend klingt.«

»Das Schlimmste? Da fällt mir nichts ein«, antwortete Flavia, und Brunetti hatte den Eindruck, dass sie dabei ihre wahren Gefühle offenbarte. »Ich glaube, es gibt gar nichts ganz Schlimmes. Ich jammere einfach nur.«

Sie sah in die Runde, alle lauschten gespannt. »Der Auftritt macht immer Freude, besonders wenn man weiß, dass man ordentlich gesungen hat, und wenn einem gute Kollegen zur Seite stehen.« Sie trank einen Schluck Wasser. »Wahrscheinlich ist es nicht viel anders als jede andere Arbeit, die viel Hingabe und Konzentration erfordert – zum

Beispiel Gemälde restaurieren oder Schuhe anfertigen: Es ist eine lange Lehrzeit, aber am Ende hat man etwas Schönes in der Hand.«

Brunetti fand den Vergleich nicht ganz treffend. Ein Gemälde oder ein Paar Schuhe waren etwas Gegenständliches, dem Sänger aber blieb nur die Erinnerung. Zumindest bis zur Erfindung von YouTube.

Flavia war noch nicht fertig. »Die Tage können einem lang werden, wenn man allein in einer fremden Stadt ist. Oder in einer, die einem nicht gefällt. Das könnte man als das Schlimme an meinem Beruf bezeichnen.«

»Welche Städte sind das?«, schaltete Brunetti sich ein.

»Brüssel«, sagte sie wie aus der Pistole geschossen. »Und Mailand.«

Die mochte Brunetti auch nicht, er verkniff sich aber die Frage, warum sie dann in Mailand lebe.

»Sind Sie es nicht leid, dauernd zu hören zu bekommen, was für ein aufregendes Leben Sie führen?«, fragte die Contessa neugierig und trostbereit zugleich.

Flavia lachte. »Das habe ich schon unzählige Male gehört. Vielleicht sagt man das immer zu Leuten, die viel reisen.«

»Aber niemand würde das zu einem Wirtschaftsprüfer oder Handelsvertreter sagen, oder?«, fragte Paola.

»Wohl kaum«, meinte Flavia. Sie dachte kurz nach. »Seltsam ist nur, dass die Leute, die so etwas sagen, nicht die leiseste Ahnung haben, wie unser Leben aussieht.«

»Wollen die Fans das überhaupt wissen?«, fragte Paola.

Unwillkürlich zuckte Flavia zurück, als versuche sie den Worten auszuweichen.

»Stimmt etwas nicht?«, fragte die Contessa – ihr Schreck so hörbar wie der Flavias sichtbar.

»Nein, nein«, sagte Flavia. »Nein, nein.«

Die Spannung im Raum war mit Händen zu greifen: Flavia brachte kein Wort mehr heraus, und die anderen vermieden es, einander anzusehen, um Flavias Reaktion herunterzuspielen. Schließlich sah Flavia Paola an und fragte mit gepresster Stimme: »Hat jemand es dir erzählt?«

»Was erzählt?«, fragte Paola verwirrt.

»Das mit den Blumen.«

Um ihr die Scheu zu nehmen, beugte Paola sich zu Flavia hinüber. »Flavia, ich weiß nicht, wovon du sprichst«, sagte sie und sah ihr dabei forschend ins Gesicht.

Langsam und deutlich fuhr Paola fort: »Ich weiß nicht, was du mit den Blumen meinst.«

Flavia senkte den Blick auf ihren leeren Teller, griff nach dem Messer und legte es waagerecht vor sich hin. Dann stieß sie es mit den Zeigefingern an, so dass es in beide Richtungen ausschlug wie das Tachometer eines Rasers. Ohne Paola anzusehen, sagte sie: »Jemand hat mir Blumen geschickt.« Das Zittern ihrer Stimme übertönte die Banalität dieses Satzes.

»Und das macht dir solche Angst?«, fragte Paola.

Flavia schob das Messer in die Senkrechte, bevor sie antwortete. »Ja. Es waren Dutzende: zehn, zwölf Sträuße. Auf der Bühne. In meiner Garderobe.« Sie sah zu Brunetti. »Vor meiner Tür.«

Brunetti fragte: »Vor der Haustür oder drinnen vor der Wohnungstür?«

»Drinnen«, sagte Flavia. »Ich habe meinen Freund gefragt, der über mir wohnt, ob er etwas davon mitbekommen habe. Hat er nicht. Niemand hat bei ihnen geläutet.«

»Wohnen noch andere Leute in dem Haus?«, fragte Brunetti, und diesmal klang er wie ein Polizist.

»Ja. Aber die sind nicht da.«

Anscheinend war es das, was ihr Sorgen machte, dachte Brunetti, der ihre offenkundige Angst nicht richtig nachvollziehen konnte. Blumen schickte man nicht als Drohung, sondern als bewundernde Anerkennung. Womöglich hatte der Lieferant die Haustür offen vorgefunden; oder ein Dienstmädchen hatte ihm aufgemacht.

Brunetti kam nicht dazu, diese Überlegungen auszusprechen, denn jetzt fragte der Conte: »Haben Sie so etwas früher schon einmal erlebt, meine Liebe?«

Seine freundliche Anteilnahme brachte Flavia endgültig aus der Fassung. Sie sah ihn an, brachte aber kein Wort hervor; ihre Augen füllten sich mit Tränen. Sie hob eine Hand, machte eine hilflose Bewegung, und der Conte griff nach seinem Glas und wartete, bis sie sich wieder gefangen hatte. Niemand sprach ein Wort.

Schließlich sagte Flavia: »Ich hatte Fans, aber die haben sich immer wie Freunde benommen. Nicht in dieser Art. Dies hier macht mir Angst.«

»Wie lange geht das schon so, meine Liebe?«, fragte der Conte und stellte sein Glas wieder ab, ohne getrunken zu haben.

»Ungefähr zwei Monate.« Und dann: »Erst in London und St. Petersburg. Und jetzt hier.«

Der Conte nickte verständnisvoll, als halte er ihre Reaktion für etwas ganz Natürliches.

»Das ist einfach zu viel«, sagte Flavia. »Zu viele Blumen, da will jemand um jeden Preis Aufmerksamkeit erregen.«

»Er will auf Sie aufmerksam machen?«, fragte der Conte.

»Nein, er will die Aufmerksamkeit auf sich selbst lenken. Das ist ja das Beunruhigende. Er hat mir eine Karte geschickt: Er wisse, dass ich die Blumen weggeworfen habe.« Ihre Stimme klang gepresst.

»Was hast du mit der Karte gemacht?«, fragte Brunetti sachlich.

Sie warf ihm einen zornigen Blick zu. »Zerrissen und in den Müll geworfen. Noch im Theater.«

Brunetti begann zu verstehen, was Flavia meinte. Normalerweise wurden Blumen am Künstlereingang übergeben, oder die Leute kamen nach vorn an die Rampe. Die Aufmerksamkeit des Publikums galt dann den Blumen und den Sängern, aber nicht demjenigen, der die Blumen brachte. »Die auf der Bühne«, sagte er. »Weißt du, wer die geworfen hat?«

»Nein.«

»Keine Idee?«, fragte Brunetti.

»Nein.« Etwas ruhiger fügte sie hinzu: »Du hast es doch neulich selbst gesehen, diese Unmengen. Ich wollte die Blumen nicht. Du hast gesehen, wie wir sie zertreten mussten, als wir vor den Vorhang kamen.« Sie verzog das Gesicht.

»Die waren alle nur für dich?«, fragte Brunetti.

»Für wen denn sonst?«, fuhr sie auf, was Brunetti an die Frau erinnerte, die er vor Jahren kennengelernt hatte. Dabei hatte Flavia nur etwas klargestellt, das sich eigentlich von selbst verstand.

»Hast du mit den Leuten dort gesprochen?«

»Der Pförtner sagt, zwei Männer, die er nicht kannte, hätten die Blumen gebracht, die dann in meiner Garderobe standen. Mehr wusste er nicht.« Sie hob eine Hand, als zeige sie zu den oberen Rängen hinauf. »Nach denen, die auf die Bühne heruntergeworfen wurden, habe ich nicht gefragt.«

Das Dienstmädchen hatte inzwischen Pfirsiche mit Sahne und Amaretti aufgetragen, doch da sich niemand dafür zu interessieren schien, stand man auf und ging zu den Sofas in den Salon zurück. Das Mädchen brachte Kaffee. Der Conte fragte, ob jemand einen Grappa mit ihm trinken wolle, aber nur Brunetti meldete sich.

Schweigen senkte sich über den Raum. Sie saßen da, lauschten den Booten auf dem Canal Grande und sahen nach den Fenstern auf der anderen Seite. Lichter gingen an und aus, sonst war hinter den Fenstern keine Bewegung zu erkennen.

Brunetti fand es bemerkenswert, wie behaglich sie miteinander schwiegen – angesichts von Ereignissen, die zumindest beunruhigend waren und im schlimmsten Fall … ja, was? Rätselhaft und bedrohlich, unvereinbar mit einer Welt, in der es darum ging, Schönes zu zeigen und Vergnügen zu bereiten.

Er dachte an einen Freund seines Vaters, beide hatten den Krieg erlebt. Angelo war mehr oder weniger Analphabet, nicht ungewöhnlich für jemanden, der in den unseligen Dreißigern geboren worden war, als Kinder schon mit zehn Jahren arbeiten mussten. Für Lesen und Schreiben war seine Frau zuständig, sie bezahlte die Rechnungen und hielt die Dinge am Laufen.

Brunettis Vater hatte Angelo einmal eine seiner bizarren Ansichten unterbreitet. Brunetti hatte längst vergessen, worum es gegangen war, wusste nur noch, dass es etwas Merkwürdiges gewesen war.

Angelo widersprach seinem Freund nicht, und als der alte Brunetti ihn nach seiner Meinung fragte, lehnte Angelo sich auf seinem Stuhl zurück, rieb sich die Wange und antwortete schließlich lächelnd: »Ich sehe das nicht so wie du, aber das kommt daher, dass ich nur einen Kopf habe, und da passt zu jeder Frage nur eine Antwort rein.« Angelo entschuldigte sich geradezu für seine Beschränktheit, weil er nicht irgendwelche komplizierteren Vorstellungen oder mehr als eine einzige Meinung in seinem Kopf unterbrachte. Vielleicht hatte der Überbringer der Blumen in seinem Kopf auch nur Platz für eine einzige Idee, wie er seine Wertschätzung zum Ausdruck bringen konnte. Oder aber er hatte noch eigenartigere Ideen.

Brunetti fragte die Sängerin: »Möchtest du, dass ich mich der Sache annehme?«

Sie sah ihm nicht in die Augen. »Nein, das ist wohl nicht nötig. Es hilft mir schon, darüber zu sprechen und zu hören, wie ungewöhnlich es sich anhört.«

»Nur ungewöhnlich? Nicht schlimm?«, fragte der Conte.

»Wenn ich jetzt allein in meiner Wohnung wäre und sonst niemand im Haus, würde ich vermutlich sagen: schlimm.« Sie sah in die besorgten Gesichter und fügte mit knappem Lächeln hinzu: »Aber hier unter Leuten kommt es mir nur ungewöhnlich vor.«

»Wer wohnt noch im Haus?«, fragte Brunetti.

»Freddy d'Istria«, sagte sie, und als sie nickten, korrigierte sie sich: »Federico, meine ich.«

»Schon gut«, erklärte Paola lächelnd. »Wir sagen auch Freddy zu ihm.«

»Woher kennst du ihn?«, fragte Flavia.

»Wir waren zusammen auf der Grundschule«, sagte Paola. »Vier Jahre in einer Klasse, und drei davon haben wir nebeneinandergesessen.«

»Und ich habe ihn auf dem *liceo* kennengelernt«, sagte Brunetti; sonst nichts.

»Eine staatliche Schule?«, fragte Flavia Paola erstaunt.

»Ja, sicher«, sagte Paola, als gebe es keine Alternative. »Die lag für uns beide am günstigsten.«

Die Contessa schaltete sich ein. »Ich fand, Paola solle Veneziano von anderen Kindern lernen, nicht nur von unseren Hausangestellten. Schließlich ist es ihre Heimatsprache.«

»Sprechen Sie es auch, Signora?«, fragte Flavia und verkniff es sich gerade noch, die Contessa mit ihrem Titel anzureden. Ihre Überraschung, dass Aristokraten ihre Kinder auf staatliche Schulen schickten, versuchte sie nach Kräften zu überspielen.

»Nein. Ich finde es anmaßend, Veneziano zu sprechen, wenn man nicht aus Venedig stammt«, sagte die Contessa. »Aber Paola ist hier zu Hause, ich wollte, dass sie mit dieser Sprache aufwächst.«

Paola sank aufs Sofa zurück und verdrehte die Augen, als habe sie sich das schon ihr Leben lang anhören müssen.

Brunetti beobachtete, wie Flavias Blick zwischen den beiden Frauen hin und her ging, während sie überlegte, was sie dazu sagen sollte. »Ich könnte mit Freddy sprechen«, warf er ein. Immerhin war auch er mit Freddy befreundet, vielleicht sogar mehr als Paola. Manchmal dachte Brunetti, das liege daran, dass sie sich als Jungen kennengelernt hatten, nicht als Kinder, und auch dann noch Freunde geblieben waren, als sie die Jugend hinter sich ließen und zu Männern wurden.

»Blumen im Theater abgeben ist eine Sache; in ein Privathaus eindringen und sie dort hinlegen eine ganz andere«, fügte er hinzu.

Darüber dachte Flavia nach. Brunetti war sich nicht sicher, ob es juristisch einen Unterschied gab, und wusste auch nicht, ob es direkt strafbar war, ohne Einladung ein Haus zu betreten, in dem man nicht wohnte. Touristen machten das täglich: Wie oft hatte er von Freunden gehört, sie hätten Fremde in ihrem Innenhof oder im Treppenhaus angetroffen? Und was für ein Verbrechen sollte es sein, jemandem Blumen vor die Tür zu legen?

»Das wäre vielleicht eine gute Idee, meine Liebe«, sagte der Conte zu Flavia. »Ich finde, Guido sollte mit ihm reden, und wenn auch nur, damit er sieht, dass jemand die Sache ernst nimmt.«

»Nimmst du es denn ernst?«, fragte Flavia den Commissario.

Brunetti stellte die Beine an und ließ sich mit der Antwort Zeit. »Ich sehe nichts, was einen Richter überzeugen könnte, die Sache zu verfolgen. Ein Verbrechen ist nicht geschehen, und von einer Drohung kann auch keine Rede sein.«

Der Conte schwang sich zu Flavias Beschützer auf. »Soll

das heißen, es muss erst noch mehr passieren, bevor du etwas unternimmst?«, fragte er entrüstet.

»*Papà*«, rief Paola. »Sei nicht so melodramatisch: ›Es muss erst noch mehr passieren.‹ Was ist denn passiert? Flavia hat Blumen und eine Karte bekommen. Kein einziges Wort ist gefallen.«

»Es geht hier um abwegiges Verhalten«, erwiderte der Conte scharf. »Ein normaler Mensch würde eine Karte mit seinem Namen dazulegen. Oder die Blumen von einem Floristen ins Haus liefern lassen. Es gibt keinen Grund für diese Heimlichtuerei. So etwas tut man nicht.« Er wandte sich an Flavia: »Meiner Ansicht nach haben Sie allen Grund zur Sorge: Sie wissen nicht, mit wem Sie es zu tun haben, und Sie wissen nicht, was als Nächstes kommt.«

»Mach doch nicht so ein Drama daraus«, sagte Paola zu ihrem Vater. Und zu Flavia: »Ich stimme meinem Vater ganz und gar nicht zu. Wer auch immer das tut, will sich vor seinen Freunden nur als Musikliebhaber aufspielen. Es geht um Angeberei, er will zeigen, was für einen guten Geschmack er hat und wie leidenschaftlich er auf einen ästhetischen Genuss reagiert.« Ihr war anzuhören, wie lächerlich sie das fand.

Der Conte griff nach dem Grappa, den das Dienstmädchen gebracht hatte, und schenkte zwei Gläser ein. Er reichte Brunetti eins und nahm einen Schluck aus seinem. »Nun, ich denke, wir werden es noch herausfinden.«

»Was willst du damit sagen?«, fragte seine Frau.

»Dass die Sache noch nicht ausgestanden ist.« Er trank den Grappa aus und stellte das leere Glas auf den Tisch.

8

Als sie eine halbe Stunde später den Palazzo verließen, schlug Paola vor, zur Abwechslung über die Accademia-Brücke und auf der anderen Seite des Kanals nach Hause zu gehen. Sie und Brunetti wussten, das verlängerte ihren Spaziergang um eine Viertelstunde, es bedeutete aber auch, dass sie Flavia wenigstens bis zu dieser Brücke, in deren Nähe sie wohnte, begleiten konnten. Da Flavia nicht wissen konnte, wo die beiden zu Hause waren, musste ihr der eigentliche Sinn von Paolas Vorschlag, nämlich ihr noch etwas Schutz zu bieten, verborgen bleiben.

Brunetti, der immer noch staunte, wie sehr Flavia sich seit damals verändert hatte, überlegte, ob sie über Musik sprechen und damit die Sängerin in den Mittelpunkt stellen sollten. Flavia aber schnitt Themen an, die allen Eltern am Herzen liegen. Sie sagte, ihre Kinder hätten zwar kein sonderliches Interesse an Drogen, dennoch mache sie sich schreckliche Sorgen. Auch fürchte sie, eins der beiden – sie gestand, sie fürchte eher um die Tochter als um den Sohn – könnte in schlechte Gesellschaft geraten und zu Dingen verleitet werden, die es von sich aus nicht tun würde.

Als Paola fragte, was genau ihre Befürchtung sei, schüttelte Flavia erbittert den Kopf – über die Zustände, über ihre eigenen diffusen Ängste. »Ich weiß es nicht. Ich habe keine Vorstellung von der Welt, in der sie leben. Aber die Sorgen lassen mich nicht los.«

Paola hakte sich bei ihr ein. »Wir denken immer, wir haben Babys«, sagte Paola. »Aber das stimmt nicht: Sie sind groß, auch wenn wir uns ein Leben lang Gedanken um sie machen. Das hört niemals auf.« In einem nachdenklichen Ton, den Brunetti bestens kannte, fügte sie hinzu: »Ich finde, man sollte ein spezielles Telefon für Eltern heranwachsender Kinder erfinden.«

»Und was wäre das Besondere daran?«, fragte Flavia.

»Es klingelt nicht zwischen ein und sechs Uhr morgens.«

Flavia lachte laut auf. »Wenn du so etwas mal siehst, bring mir bitte eins mit.«

Munter plaudernd wie alte Freunde erreichten sie das Museum und verweilten noch kurz am Fuß der Brücke. Flavia küsste Paola auf beide Wangen und wandte sich dann an Brunetti. »Ich weiß gar nicht, wie ich euch danken soll. So einen Abend habe ich wirklich einmal gebraucht: Unterhaltung und gutes Essen und alles hinter sich lassen.«

Ein Vaporetto Nummer eins Richtung Lido legte lärmend den Rückwärtsgang ein und krachte an den *imbarcadero* – ein so vertrautes Geräusch, dass Brunetti und Paola es kaum wahrnahmen, aber Flavia zuckte zusammen und drehte sich danach um. Nachdem die wenigen ausgestiegenen Fahrgäste sich zerstreut hatten, sagte sie: »Also vielen Dank für eure Geduld.« Ihr Lächeln dabei war nur ein Schatten des Lächelns, das Brunetti von früher kannte.

Um sie zu beruhigen, sagte er: »Ich werde mit Freddy reden. Ich habe ihn schon viel zu lange nicht gesehen, das ist ein guter Grund, mich wieder einmal mit ihm zu treffen.«

»Aber nur, wenn du meinst, es könnte nützlich sein.«

Brunetti beugte sich hinunter und küsste sie auf beide Wangen. »Es ist immer nützlich, alte Freunde zu sehen, meinst du nicht?«

»Doch«, sagte Flavia und sah ihm in die Augen. »Alte Freunde.«

Es war ein milder Abend, eine Nacht vor Vollmond. Sie blieben oben auf der Brücke stehen, von wo sie bis zum Lido und weiter hinaus auf die Adria sehen konnten.

»Betrachtest du sie als alte Freundin?«, fragte Paola. Da es windstill war, spiegelte sich der Mond wie auf einer dunklen Glasplatte. Minutenlang kam kein einziges Boot, und Brunetti schwieg, als fürchte er, seine Stimme könne die Wasseroberfläche aufrauen und den Mond zerstören. Niemand ging über die Brücke, lange Zeit war es vollkommen still. Ein Veporetto der Linie eins erschien unten bei Vallaresso, und als es nach La Salute hinüberfuhr, war der Bann gebrochen, und das Spiegelbild wellte sich. Brunetti wandte sich San Vidal zu und sah reglose Leute auf den Stufen unten, alle verzaubert von dem schimmernden Mond, der Stille und den Fassaden auf beiden Seiten des Kanals. Er blickte nach rechts, und auch am Geländer dort standen Leute und ließen sich den Mond ins Gesicht scheinen.

Er nahm Paolas Hand, und sie machten sich auf den Heimweg.

»Es fühlte sich an wie eine alte Freundschaft, aber ich weiß selbst nicht, warum ich das denke«, antwortete er schließlich, als sie auf den Campo Santo Stefano gelangten. »Ich habe sie seit Jahren nicht gesehen, und ich hatte nie den Eindruck, dass wir damals Freunde waren.« Er dachte ein wenig nach. »Vielleicht stellt sich das Gefühl von Freundschaft ein, wenn man sich an gemeinsam durchlebte schwierige Zeiten erinnert.«

»Das hört sich ja an, als ob du mit ihr im Krieg gewesen wärst, genau wie dein Vater immer von seinen Freunden erzählt hat.«

»Da ist etwas Wahres dran. Natürlich haben Flavia und ich nicht so Schreckliches durchgemacht wie diese Männer. Aber es gab Gewalt, und manch einer musste leiden.«

»Ich frage mich, was sie in all den Jahren gemacht hat«, versuchte Paola ihn von seinen Erinnerungen abzulenken. »Außer dass sie noch berühmter geworden ist, meine ich.«

Sie näherten sich der Brücke zum Campo Manin. Brunetti blieb stehen und vertiefte sich in die Auslagen der Buchhandlung. Schließlich riss er sich los, ging die Brücke hinauf und sagte: »Ich habe keine Ahnung. Ich weiß genauso viel wie du; vielleicht noch weniger, weil ich keine Opernkritiken lese.«

»Du Glücklicher«, sagte Paola. »Dieses schwülstige Zeug.«

»Die Kritiken?«, bemerkte Brunetti, während sie an der Löwenskulptur vorbeigingen.

Paola kicherte. »Flavias Name taucht ab und zu mal auf. Die Kritiken sind immer gut. Mehr als das.« Und als sie den Rio de San Luca überquerten: »Du hast sie doch eben erst selbst gehört. Und gesehen.«

»Ich würde sie gern mal in etwas hören, wo die Musik nicht so …« Brunetti wusste nicht, wie er sich aus diesem Satz noch herauswinden konnte.

»Unseriös ist?«, schlug Paola vor.

Diesmal war er es, der kicherte.

Sie kamen kurz auf Raffi zu sprechen, der anscheinend von Sara Paganuzzi abzurücken begann, fanden aber zur Musik zurück, während sie den Rialto überquerten und an der *riva* entlangspazierten. Die Restaurants hatten schon zu oder schlossen gerade, die Kellner wirkten erschöpft nach einem langen Arbeitstag.

Während sie am Wasser entlanggingen, sprachen sie nur wenig. Bevor sie nach rechts in den Durchgang einbogen, drehten sie sich noch einmal nach dem Mond um, dessen Spiegelbild jeden Augenblick unter die Brücke zu gleiten schien.

»Wir leben im Paradies, stimmt's?«, sagte Paola.

Zwei Tage später. Der Anruf hätte sie auch auf Paolas speziellem Telefon erreicht, denn er kam morgens um Viertel nach sechs. Brunetti nahm nach dem dritten Klingeln ab.

»Ich bin's«, sagte eine Männerstimme, und in Brunettis Kopf begann es zu rattern.

»Was ist passiert?«, fragte er, nachdem er die Stimme identifiziert hatte. Sie gehörte Ettore Rizzardi, dem Pathologen, der ihn zu so früher Stunde eigentlich nicht anrufen sollte.

»Ich bin's, Ettore«, sagte der Arzt überflüssigerweise. »Entschuldige, dass ich so früh störe, Guido, aber ich habe hier etwas, das du wissen solltest.«

»Wo bist du?«, fragte Brunetti.

»Im Krankenhaus.«

Also im Leichensaal, dachte Brunetti. Wo sonst? »Was

75

ist passiert?«, fragte er noch einmal, um der naheliegenden Frage auszuweichen: Wer ist tot?

»Ich bin heute etwas früher gekommen, um diesen Jungen zu obduzieren, der sich erschossen hat«, sagte Rizzardi. »Weil ich das noch vor Arbeitsbeginn erledigt haben wollte.«

»Warum?«, fragte Brunetti, obwohl ihn das gar nichts anging.

»Ich habe hier eine neue Ärztin, frisch von der Uni, und ich möchte nicht, dass sie das sieht. Noch nicht.«

»Und deshalb rufst du mich an?«, fragte Brunetti; er konnte nur hoffen – ja er betete geradezu, soweit ihm das möglich war –, dass Rizzardi keinen Zweifel an dem Selbstmord hatte.

»Nein, es geht um etwas, das eine der Schwestern mir erzählt hat. Du kennst sie, Clara Bondi, Araldos Frau.«

»Ja«, sagte Brunetti, der aus all dem nicht schlau wurde. »Was hat sie dir erzählt?«

»Eine junge Frau ist in die Notaufnahme gekommen. Mit gebrochenem Arm; außerdem musste sie mit sechs Stichen am Kopf genäht werden.«

»Was ist passiert?« Brunetti sah auf die Uhr. Kurz vor halb sieben. Keine Chance, noch einmal einzuschlafen.

»Sie ist auf dem Ponte delle Scuole die Treppe hinuntergefallen.«

Das längliche Wesen unter den Decken neben ihm geriet in Bewegung und ließ ein Stöhnen hören. Er legte beschwichtigend eine Hand auf Paolas Hüfte und fragte betont freundlich: »Warum erzählst du mir das, Ettore?«

»Der Rettungsdienst hat sie gebracht. Passanten haben

sie gegen Mitternacht am Fuß der Brücke gefunden und die Carabinieri gerufen. Die haben dann den Rettungsdienst alarmiert. Sie war bewusstlos, als sie eingeliefert wurde.«

Wahrscheinlich ein Segen für sie, wenn ihr Arm gerichtet und eine Kopfwunde mit sechs Stichen genäht werden musste, dachte Brunetti. »Und?«

»Und Clara war die zuständige Krankenschwester.«

»Und?«

»Als die junge Frau aufwachte, erzählte sie Clara, jemand habe sie die Treppe hinuntergestoßen.«

Brunetti überlegte. »War sie betrunken?«

»Offenbar nicht. Das hat man als Erstes überprüft.«

»Blutprobe?«, fragte Brunetti.

»Nein, nur Atem, aber da war nichts«, erklärte Rizzardi. »Clara sagt, die Frau habe einen sehr überzeugenden Eindruck gemacht.«

»Warum erzählst du mir das, Ettore?«

»Als Clara den Arzt unterrichtete, meinte der, die Frau müsse sich das ausgedacht haben. Die Leute hier täten so etwas nicht.« Rizzardi kam jedem Einwand Brunettis zuvor: »Jedenfalls hat er sich geweigert, die Polizei zu verständigen. Er wollte keinen Ärger.«

»Und was soll die Frau seiner Meinung nach tun?«, fragte Brunetti.

»Er sagt, sie kann die Polizei anrufen, wenn sie wieder zu Hause ist.«

»Wann wird das sein?«

»Woher soll ich das wissen, Guido«, reagierte Rizzardi plötzlich gereizt. »Deswegen habe ich dich nicht angerufen.«

»Na schön, Ettore«, sagte Brunetti und schälte sich aus der Decke. »Ich mache mich gleich auf den Weg.« Er hörte Rizzardi aufatmen und fragte: »Hast du mit ihr gesprochen?«

»Nein, aber ich kenne Clara, seit ich hier angefangen habe, und sie hat mehr Verstand als die meisten meiner Kollegen. Wenn sie sagt, sie glaubt der Frau, dann reicht mir das.«

Brunetti schwang sich ächzend aus dem Bett.

»Stöhnst du unter dem Gewicht der Welt auf deinen Schultern, Guido?«, fragte Rizzardi.

»Ich will nur duschen und einen Kaffee trinken. In einer Stunde bin ich da.«

»Sie erwartet dich.«

9

B runetti duschte nur und brach dann gleich auf; Kaffee wollte er unterwegs trinken, bei Ballarin. Es war noch nicht halb acht, aber wie er erleichtert feststellte, war in der Bar bereits jemand. Er klopfte an; Antonella kam nach vorn, und er fragte, ob er Kaffee und eine Brioche haben könne. Sie streckte den Kopf zur Tür hinaus, spähte nach links und rechts und hielt ihm dann die Tür auf. Hinter ihm schloss sie wieder ab.

Sie bemerkte seinen Blick und erklärte: »Wir dürfen vor der Öffnungszeit nichts ausschenken. Das verstößt gegen die Vorschriften.«

Brunetti hätte am liebsten den strengen Ordnungshüter gespielt und gesagt, er garantiere doch für die Vorschriften, aber für Scherze war es noch zu früh – erst recht, solange er noch keinen Kaffee getrunken hatte. Stattdessen dankte er ihr und sagte, er werde ein andermal vorbeikommen und bezahlen, auf die Weise würden die Vorschriften einge-halten.

»Wahrscheinlich gibt es noch andere Vorschriften, von denen wir gar nichts wissen«, fing sie an, aber der Rest ih-res Satzes ging im Lärm der Kaffeemühle unter. Sie stellte ihm eine Brioche hin, noch warm, dann seinen Kaffee. Es brauchte ein wenig Zeit und zwei Tütchen Zucker, dann aber entfaltete der Zaubertrank seine Wirkung, und beim Verlassen der *pasticceria* fühlte er sich wie neugeboren.

Im Krankenhaus angekommen, fragte er sich, wo er die

Verletzte finden könnte oder nach wem er sich überhaupt erkundigen sollte: Am Telefon war er noch so verschlafen gewesen, dass er vergessen hatte, ihren Namen zu erfragen. Er scheute davor zurück, Rizzardi an dessen Arbeitsplatz aufzusuchen, und ging zur Notaufnahme, wo die Frau bestimmt eingeliefert worden war. Dort erfuhr er, man habe sie auf die *cardiologia* verlegt mitsamt ihrer Akte, alle anderen Stationen seien überfüllt. Da hinter Brunetti bereits vier andere warteten, fragte er nicht weiter nach, sondern ging davon aus, dass er die Patientin schon finden werde. Allzu viele Frauen mit gebrochenem Arm und einer genähten Kopfwunde konnten auf der Kardiologie ja nicht liegen.

Tatsächlich war sie die einzige. Sie lag auf einem Rollbett in einem leeren Korridor, offenbar dort geparkt, dachte Brunetti, bis man ein Zimmer für sie gefunden hätte. Er trat näher. Die blasse junge Frau lag auf dem Rücken und schlief, ihr linker Arm eingegipst auf ihrem Bauch, die Hand auf ihrer Hüfte. Ihr Kopf war bandagiert, eine Stelle kahlgeschoren, damit das Pflaster hielt.

Er ging zum Schwesternzimmer. »Ich komme wegen der jungen Frau dort drüben. Könnte ich ihre Krankenakte sehen?«, fragte er.

»Sind Sie Arzt?«, fragte die Schwester und musterte ihn von oben bis unten.

»Nein, Polizist.«

»Hat sie was angestellt?«, fragte die Schwester und bedachte die Schlafende mit einem misstrauischen Blick.

»Nein, ganz im Gegenteil, wie es aussieht.«

»Wie meinen Sie das?«

»Es kann sein, dass man sie die Brücke hinuntergestoßen

hat«, erklärte Brunetti, gespannt, wie die Schwester auf eine so vertrauliche Mitteilung reagieren würde.

»Wer tut denn so etwas?«, fragte sie und sah jetzt voller Anteilnahme zu der jungen Frau hinüber. Offenbar hatte ihre Kollegin Clara ihr nichts erzählt.

»Um das herauszufinden, bin ich hier«, erklärte Brunetti lächelnd.

»Ah, dann nehmen Sie«, sagte sie und reichte ihm eine Akte, die auf dem Schalter zwischen ihnen gelegen hatte.

»›Francesca Santello‹«, las Brunetti. »Ist sie Venezianerin?«

»Ich glaube schon«, antwortete die Schwester. »Nach dem wenigen, was sie gesagt hat. Man hat ihr etwas gegeben, bevor man ihr den Arm gerichtet und die Kopfwunde genäht hat, und seitdem schläft sie die meiste Zeit.«

»Was hat sie gesagt?«

»Sie hat mich gebeten, ihren Vater anzurufen, ist dann aber eingeschlafen, ehe sie mir seinen Namen sagen konnte.«

»Verstehe«, sagte Brunetti und blätterte die Akte durch. Name und Adresse, wohnhaft in Santa Croce. An die Röntgenaufnahmen ihres Schädels war eine Notiz geheftet: kein Hinweis auf Frakturen oder innere Blutungen. Ärztlicher Befund: unkomplizierter Bruch des Arms; der Gips könne in fünf Wochen abgenommen werden.

»Ich habe nachgesehen«, erklärte die Schwester mit Nachdruck, als wolle sie einen Vorwurf Brunettis zurückweisen.

»Verzeihung?« Er sah von der Akte auf.

»Santello. Im Telefonbuch. Aber da stehen ein Dutzend.«

Brunetti wollte schon fragen, ob sie die Adressen verglichen hatte, begnügte sich aber mit einem Lächeln.

»Seit wann ist sie hier?«

Die Schwester sah auf ihre Uhr. »Man hat sie hergebracht, nachdem die Kopfwunde versorgt war.«

»Ich möchte noch etwas bleiben und sehen, ob sie aufwacht«, sagte Brunetti.

Vielleicht weil die junge Frau durch seine Erklärungen von einer Verdächtigen zum Opfer geworden war, erhob die Schwester keine Einwände. Brunetti ging wieder zu dem Bett hinüber, und als er sich über sie beugte, bemerkte er, dass sie ihn anstarrte.

»Wer sind Sie?«, fragte sie.

»Commissario Guido Brunetti. Ich bin hier, weil eine der Schwestern gesagt hat, Sie denken, dass Sie die Treppe hinuntergestoßen wurden.«

»Ich denke das nicht«, sagte sie. »Ich weiß das.« Sie atmete schwer, als müsse sie jedes Wort einzeln hervorstoßen. Sie schloss die Augen und presste vor Schmerz oder Verbitterung die Lippen zusammen.

Er wartete.

Sie sah ihn mit ihren hellen, fast durchsichtigen blauen Augen an. »Ich weiß es.« Ihre Stimme kam kaum über ein Flüstern hinaus, aber die Aussprache war kristallklar.

»Möchten Sie mir erzählen, was passiert ist?«, fragte Brunetti.

Sie versuchte zu nicken, aber schon diese winzige Bewegung ließ sie vor Schmerz aufstöhnen. Schließlich begann sie sehr leise, als solle der Schmerz es nicht mitbekommen: »Ich war auf dem Heimweg. Nach einem Abendessen bei

Freunden. Auf der Brücke hinter der Scuola hörte ich plötzlich Schritte hinter mir.« Sie sah ihm forschend ins Gesicht, ob er ihr folge.

Brunetti nickte, blieb aber stumm.

Sie musste mehrmals durchatmen, ehe sie weitersprechen konnte. »Beim Hinuntergehen spürte ich jemanden hinter mir. Sehr nahe. Dann legte er eine Hand auf meinen Rücken und sagte: ›È mia‹, stieß mich, und ich geriet ins Stolpern. Ich glaube, ich habe noch versucht, mich am Geländer festzuhalten.«

Brunetti beugte sich vor, um sie besser hören zu können.

»Warum hat er gesagt: ›Sie gehören mir‹?«, fragte sie. Sie hob die rechte Hand und berührte den Verband um ihren Kopf. »Vielleicht bin ich damit aufgeschlagen. Ich weiß nur noch, dass ich gestürzt bin, sonst nichts. Dann kam die Polizei, und man hat mich auf ein Boot getragen. An mehr kann ich mich nicht erinnern.« Sie sah im Korridor umher und nach den Fenstern. »Ich bin im Krankenhaus, oder?«

»Ja.«

»Können Sie mir sagen, was mit mir los ist?«, fragte sie.

»Gütiger Himmel«, antwortete Brunetti augenzwinkernd. »Das ist wohl kaum mein Gebiet.«

Sie verstand den Scherz nicht gleich, dann aber sagte sie lächelnd: »Ich meine physisch.«

»Ihr linker Arm ist gebrochen, aber laut Krankenakte ist es ein unkomplizierter Bruch«, sagte er. »Und an Ihrem Kopf wurde eine Platzwunde genäht. Gehirn und Schädelknochen haben offenbar keinen Schaden genommen: keine Blutungen, keine Fraktur.« Diesen nackten Tatsachen glaubte er hinzufügen zu müssen: »Sie haben eine Gehirnerschütterung, also dürfte man Sie noch ein, zwei Tage hierbehalten, um sicherzugehen, dass man nichts übersehen hat.«

Wieder schloss sie die Augen. Diesmal blieben sie mindestens fünf Minuten lang zu, aber Brunetti wich nicht von ihrer Seite.

Als sie die Augen wieder aufschlug, fragte er: »Sind Sie sicher, dass Sie genau das gehört haben: ›*È mia*‹?«

»Ja«, antwortete sie fest und ohne zu zögern.

»Können Sie mir etwas über die Stimme sagen?«, fragte Brunetti. »Klang, Tonhöhe, Aussprache?« Viel wäre damit nicht anzufangen, aber wenn der Angreifer von hinten gekommen war, würde man sich eben damit behelfen müssen.

Sie hob die rechte Hand und wackelte energisch mit dem Zeigefinger: »Nein. Nichts.« Dann nachdenklicher: »Ich könnte nicht einmal sagen, ob es ein Mann oder eine Frau war.«

»Weder hoch noch tief?«, fragte er.

»Nein. Die Stimme klang irgendwie gequetscht, wie wenn jemand versucht, Falsett zu singen.«

Brunetti dachte an Puzzles, die alten aus Holz, mit denen sein Vater in den letzten Jahren seines Lebens gespielt hatte, und erinnerte sich an jene magischen Momente, wenn plötzlich dank eines einzigen Stücks, auf dem vielleicht ein halbes Auge und etwas Haut zu sehen war, alle diese beigen, am Rand des Tischs aufgereihten und bisher rätselhaften Teile einen Sinn bekamen.

»Sind Sie Sängerin?«

Ihre Augen leuchteten auf. »Ich möchte eine sein. Später einmal. Bis dahin liegen noch viele Jahre Arbeit vor mir.«

Von Leidenschaft beflügelt, flüsterte sie nicht mehr, sondern fand ihre normale, sehr wohlklingende Stimme wieder.

»Wo studieren Sie?«, fragte Brunetti und nahm an, es müsse irgendwo in der Nähe sein.

»In Paris. Am Konservatorium.«

»Nicht hier?«, fragte er.

»Nein. Aber jetzt sind Semesterferien, und da bin ich hergekommen, um ein paar Wochen bei meinem Vater zu lernen.«

»Unterrichtet er hier?«

»Am Konservatorium, aber nur Teilzeit. Und als freiberuflicher *ripetitore* am Theater. Dort habe ich mit ihm gearbeitet.«

»La Fenice?«, fragte Brunetti, als ob es in der Stadt von Theatern wimmeln würde.

»Ja.«

»Ah, verstehe«, sagte Brunetti. »Ist er zufrieden mit dem, was die Franzosen Ihnen beibringen?«

Ein strahlendes Lächeln verwandelte ihr Gesicht. »Mein Vater ist immer begeistert«, bemühte sie sich um Bescheidenheit.

»Nur Ihr Vater?«

Sie setzte zu einer Antwort an, hielt dann aber inne.

»Wer?«, fragte er.

»Signora Petrelli«, hauchte sie, als sei sie gefragt worden, wer ihrer Meinung nach ihren gebrochenen Arm heilen könne, und habe darauf geantwortet: »La Madonna della Salute.«

»Und wo hat sie Sie singen gehört?«

»Sie kam auf dem Weg zu ihrem Proberaum an dem Zimmer vorbei, wo ich mit meinem Vater übte, und da …« Sie schloss die Augen. Und als gleich darauf ein zartes Schnarchen ertönte, wusste Brunetti, dass er an diesem Morgen nichts mehr von ihr erfahren würde.

10

B runetti ging zum Schwesternzimmer zurück, aber die
Frau, mit der er gesprochen hatte, war nicht mehr
da. Er nahm sein Handy, rief Rizzardi an und ärgerte sich
gleichzeitig über sich selbst, dass er nicht einfach vorbei-
ging.

Der Pathologe meldete sich mit der Frage: »Hast du mit
ihr gesprochen, Guido?«

»Ja.«

»Was kannst du in der Sache unternehmen?«

Genau das fragte sich Brunetti, seit er mit der jungen
Frau gesprochen hatte. »Möglicherweise haben wir dort
eine Kamera.«

»Eine Kamera?«, fragte Rizzardi.

»Es gibt welche an verschiedenen Punkten der Stadt«,
erklärte Brunetti. »Aber dort wohl kaum.«

Nach einer höflichen oder auch nicht so höflichen Pause
meinte Rizzardi: »Zu wenig Touristen?«

»So was in der Richtung.«

Ohne jeden ironischen Unterton fragte Rizzardi: »Warum sollte jemand so etwas tun?«

»Ich habe keine Ahnung.« Vor fünf Jahren war der Sohn
eines Freundes auf offener Straße von einem Drogensüch-
tigen überfallen worden, aber derart willkürliche Atta-
cken – eine Art Vandalismus gegen Personen – waren in Venedig nicht üblich. Dass der Angreifer etwas zu der jungen
Frau gesagt hatte, wollte Brunetti seinem Freund nicht auf

die Nase binden, also bedankte er sich nur für den Hinweis.

»Ich hoffe, du findest den Täter«, sagte Rizzardi, »aber jetzt muss ich los.« Und schon hatte er aufgelegt.

Sich selbst überlassen, überlegte Brunetti, wer alles in der Stadt *telecamere* installiert hatte. Die ACTV hatte welche an den *imbarcaderi*; sie sollten sicherstellen, dass die Fahrkartenverkäufer nicht die Kundschaft betrogen, und zusätzlich bei der Identifizierung von Vandalen helfen. Er wusste, zahlreiche Gebäude wurden durch Kameras geschützt oder zumindest überwacht, aber wer würde sich die Mühe machen, eine an einer Brücke anzubringen, die praktisch nur von Venezianern benutzt wurde?

Er hatte einmal eine Liste ihrer Überwachungskameras gesehen, erinnerte sich aber nicht mehr an die genauen Standorte. Die Carabinieri hatten bestimmt auch welche; und eine kannte er aus der Gasse, die beim Rialto zum Sitz der Guardia di Finanza führte.

Er ging noch einmal zu der jungen Frau zurück, hörte aber schon von weitem ihr leises Schnarchen. Also trat er auf den Campo ss Giovanni e Paolo hinaus.

Die Basilika war immer noch mit einem Gerüst verkleidet. So war es schon seit Jahren, aber Brunetti konnte sich nicht erinnern, wann er dort jemals einen Arbeiter gesehen hatte. Einer plötzlichen Regung folgend, wollte er der Kirche einen Besuch abstatten, wurde aber gleich am Eingang von einem Mann zurückgerufen, der in einem hölzernen Verschlag rechts hinter dem Portal thronte. Weder der Verschlag noch der Mann waren da gewesen, als Brunetti das letzte Mal in der Kirche vorbeigeschaut hatte.

»Haben Sie Ihren Wohnsitz in Venedig?«, fragte der Mann.

In Brunetti regte sich Empörung, umso mehr, als der Mann Italienisch mit ausländischem Akzent sprach. Ein Mann im Anzug, der um neun Uhr morgens in die Kirche ging – das konnte doch nur ein Venezianer sein! Er senkte den Kopf und starrte den Frager durch die Glasscheibe an.

»*Scusi*, Signore«, sagte der Mann respektvoll, »aber ich muss das fragen.«

Brunetti beruhigte sich. Der Mann machte nur seine Arbeit, und höflich war er auch. »Ja, habe ich«, sagte der Commissario und fügte der Freundlichkeit halber hinzu: »Ich möchte eine Kerze für meine Mutter anzünden.«

Der Mann lächelte breit und nahm erschrocken eine Hand vor den Mund, um seine Zahnlücken zu verbergen. »Ah, das ist schön«, sagte er.

»Soll ich auch eine für Ihre anzünden?«

Er ließ die Hand sinken und öffnete den Mund zu einem erstaunten O. »Ja, bitte«, sagte er.

Der Innenraum der Kirche verströmte eine freundliche Atmosphäre, während Brunetti zum Hauptaltar vorging. Die von Osten einfallende Sonne malte bunte Muster auf den leicht gewellten Boden. Zeugen aus der Glanzzeit der Stadt – Dogen und ihre Frauen, die hier die Jahrhunderte verschliefen – säumten den Mittelgang. Das Bellini-Triptychon rechterhand, das arme Ding, wagte er nicht anzusehen: Sein Zorn über die Barbarei der letzten Restaurierung war immer noch nicht verraucht.

Er nahm sich eins der bunten Fenster im rechten Seitenschiff vor: Mit den Jahren war ihm die Fähigkeit abhandengekommen, zu viel Schönheit auf einmal aufzunehmen, und so versuchte er die Dosis zu reduzieren, indem er sich auf einige wenige Dinge konzentrierte. Jetzt sah er zu den vier Heiligen hinauf: kräftige, mit Speeren bewaffnete Männer.

Seine Mutter hatte den berittenen Drachentöter ganz links immer besonders verehrt, war sich aber nie sicher gewesen, ob es sich dabei um San Giorgio oder San Teodoro handelte. Brunetti hatte sie nie gefragt, warum ihr so viel an dieser Gestalt lag, aber jetzt, wo sie nicht mehr da war, glaubte er es zu wissen: Sie hatte Tyrannen gehasst, und sind Drachen nicht die schlimmsten? Er nahm eine Euromünze aus der Hosentasche und ließ sie in den Metallkasten rasseln. Dann nahm er die zwei Kerzen, zu denen ihn das berechtigte, und zündete sie an einer brennenden Kerze an. Er stellte beide in die mittlere Reihe, trat einen Schritt zurück und wartete, bis er sicher war, dass die Flämmchen nicht ausgehen würden.

»Eine ist für die Mutter des Manns am Eingang«, flüsterte er, damit die Heiligen nicht auf die Idee kämen, beide Kerzen seiner Mutter gutzuschreiben. Er warf einen letzten Blick auf den Ritter – alter Freund nach all diesen Jahren –, nickte und wandte sich ab. Auf dem Rückweg hielt er den Blick gesenkt, um sich nicht zu überfrachten, aber die Schönheit des Mosaikbodens entging ihm nicht.

Am Ausgang beugte er sich zu dem Mann vor, sah ihm in die Augen und sagte: »Erledigt.«

Auf dem Weg zur Questura legte Brunetti sich das weitere Vorgehen zurecht. Als Erstes musste er die Standorte der *telecamere* und die jeweils zuständigen Behörden recherchieren. Dabei war zu berücksichtigen, inwieweit die verschiedenen Dienststellen bereit waren, untereinander Informationen über ihre Aktivitäten auszutauschen, und es musste geklärt werden, ob sie dies unbürokratisch und nicht erst auf Ersuchen eines Richters tun würden.

Brunetti ging direkt in den Bereitschaftsraum und fand Vianello an seinem Schreibtisch. Vor ihm lag die Akte »Nardo«, die Brunetti allein schon an ihrem Umfang erkannte. Der Spettore blickte mit gequälter Miene auf, streckte dem Commissario eine theatralisch zitternde Hand entgegen und flüsterte: »Rette mich, rette mich.«

Brunetti, der oft genug mit ebendieser Akte zu tun gehabt hatte, hob erschrocken die Hände. »Nicht schon wieder die Marchesa?«

»Doch, genau die«, sagte Vianello. »Diesmal beschuldigt sie ihren Nachbarn, er würde im Hof Wildkatzen halten.«

»Löwen?«, fragte Brunetti.

Vianello schlug mit dem Handrücken auf die aufgeschlagene Seite. »Nein, die Katzen aus der Umgebung. Sie behauptet, er lässt sie jeden Abend rein und füttert sie.«

»Obwohl er in London lebt?«

»Angeblich hat sie gesehen, wie sein Butler sie gefüttert hat.«

»Der ebenfalls in London lebt«, bemerkte Brunetti.

»Sie ist verrückt«, sagte Vianello. »Das ist jetzt ihre siebzehnte Anzeige.«

»Und wir müssen der Sache nachgehen?«, fragte Brunetti.

Vianello klappte den Ordner zu und sah sehnsüchtig nach dem Papierkorb in der Zimmerecke. Schließlich schob er die Papiere zur Seite: »Glaubst du, wir würden unsere Zeit damit verschwenden, wenn sie nicht die Patentante eines Kabinettsministers wäre?«

Brunetti sparte sich die Antwort. »Ich habe etwas Interessanteres«, sagte er.

Sie fanden Signorina Elettra an ihrem Schreibtisch, aber nicht am Computer, sondern ungeniert in eine Zeitschrift vertieft, was in den Augen der beiden ungefähr so befremdlich war wie ein Bild von Eva ohne Adam oder eine Statue des heiligen Kosmas ohne den heiligen Damian an seiner Seite.

Zu Brunettis noch größerer Verwunderung war der Bildschirm schwarz. Er versuchte zu scherzen: »Sind Sie in Streik getreten, Signora?«

Sie sah überrascht auf, und ihr Blick schoss zu Vianello hinüber. »Haben Sie es ihm erzählt?«, fragte sie.

»Kein Wort«, sagte Vianello.

»Mir was erzählt?«, fragte Brunetti an sie beide gerichtet.

»Dann wissen Sie es noch nicht?« Signorina Elettra schlug die Zeitschrift zu und sah ihn mit großen, unschuldigen Augen an.

»Mir erzählt nie jemand etwas«, klagte Brunetti, obwohl davon keine Rede sein konnte. Die junge Frau hatte ihm sehr wohl gesagt, dass sie gestoßen worden war. Vianello verschränkte die Arme zum Zeichen, dass er standhaft bleiben werde.

»Ach, nicht so wichtig«, sagte sie und wandte sich wieder der Zeitschrift zu.

Brunetti trat näher. *Vogue*. Wie er sich gedacht hatte.

Sie sah auf. »Die französische Ausgabe.«

»Lesen Sie nicht die italienische?«

Sie schloss einen Moment die Augen, und dennoch spiegelte sich in ihrer Miene sowohl ihre schlechte Meinung von der italienischen *Vogue* als auch ihr Zweifel am Geschmack von jedem, der eine so lächerliche Frage stellen konnte.

»Was kann ich für Sie beide tun, meine Herren?«, fragte sie geschäftlich und an Vianello gewandt.

»Als Erstes möchte ich wissen«, sagte Brunetti und sah von einem zum anderen, »was hier los ist.«

Signorina Elettra und Vianello wechselten einen verschwörerischen Blick, und dann sagte sie: »Ich will Tenente Scarpas Kopf.«

In den letzten Jahren hatten sich die Spannungen zwischen Signorina Elettra, der Sekretärin von Vice-Questore Giuseppe Patta, und Tenente Scarpa, seinem engsten Vertrauten und Assistenten, immer weiter verschärft. Sie und der Tenente legten einander, wo sie nur konnten, Steine in den Weg, wobei Scarpa keine Rücksicht auf die Kollegen in der Questura nahm, während Signorina Elettra sich aus Sorge um die anderen doch eher zurückhielt. Wenn sie vorschlug, eine Liste nicht nur der Namen und Vorstrafen von Wiederholungstätern anzulegen, sondern auch der Häufigkeit und Schwere ihrer Verbrechen, kritisierte Scarpa dies garantiert als einen Versuch, geläuterte Kriminelle zu stigmatisieren und zu diskriminieren. Wenn Scarpa jemanden zur Beförderung empfahl, heftete sie seinem Schreiben eine Liste sämtlicher Verweise an, die der betreffende Beamte jemals erhalten hatte.

»Als Bürodekoration?«, fragte Brunetti und sah sich nach einem Platz um, wo Scarpas Kopf zur Geltung käme: vielleicht das Fensterbrett neben dem immer noch schweigenden Vianello?

»Eine ausgezeichnete Idee, Commissario«, sagte sie. »Mich wundert, dass ich nicht selbst darauf gekommen bin. Aber eigentlich meinte ich das im übertragenen Sinn, ich möchte nur, dass er von hier verschwindet.«

Auch wenn ihre Worte scherzhaft klangen, kannte Brunetti sie gut genug, um den eisigen Hauch in ihrer Stimme zu spüren. Entsprechend ernst fragte er: »Was hat er verbrochen?«

»Sie wissen, dass er Alvise nicht ausstehen kann?«, fragte Signorina Elettra unverblümt offen. Als Tenente Scarpa vor einigen Jahren in der Questura angefangen hatte, schien er sich zunächst um Alvise zu bemühen, kam aber schnell dahinter, dass dieser zu jedermann gleichermaßen freundlich war, nicht speziell zu ihm, dem Neuen. Sofort ging manches schief, und seitdem ließ der Tenente keine Gelegenheit aus, auf Alvises zahlreiche Schwächen hinzuweisen. Alvise jedoch galt trotz seiner Begriffsstutzigkeit allgemein als anständiger, loyaler und tapferer Polizist – Eigenschaften, die man einigen seiner intelligenteren Kollegen nicht unbedingt nachsagen konnte. Aber Hass kam ebenso ungerufen wie Liebe und tat, was er wollte.

»Ja«, antwortete Brunetti schließlich.

»Er hat offiziell Beschwerde gegen ihn eingereicht.«

»Bei dem da?«, fragte Brunetti und setzte diesem Protokollverstoß noch einen drauf, indem er mit dem Kinn auf die Tür zu Vice-Questore Giuseppe Pattas Büro wies.

»Schlimmer: beim Prefetto und beim Questore«, nannte sie die beiden höchsten Polizeibeamten der Stadt.

»Worum geht es in der Beschwerde?«

»Er wirft Alvise unrechtmäßigen Gewalteinsatz vor.«

Ungläubig wandte sich Brunetti an Vianello, doch der wiederholte nur: »Alvise. Gewalttätig«, wie um die Absurdität dieser Kombination zu unterstreichen. Der Ispettore sah zu Signorina Elettra, um Brunettis Aufmerksamkeit wieder auf sie zu lenken.

»Der Tenente beschuldigt ihn, vorige Woche einen Demonstranten tätlich angegriffen zu haben«, erklärte sie.

»Wann hat er das gesagt?«, wollte Brunetti wissen. Er hatte die Demonstration auf dem Piazzale Roma miterlebt, eine spontane Aktion von rund hundert Arbeitslosen, die es geschafft hatten, den Verkehr zwischen der Stadt und dem Festland komplett lahmzulegen. Da es sich dabei um eine unangemeldete Kundgebung gehandelt hatte, war die Polizei erst eingetroffen, als Autofahrer und Demonstranten sich bereits wütend beschimpften und es kaum noch möglich war, zwischen den beiden Gruppen zu unterscheiden, außer bei jenen, die noch in ihren Fahrzeugen saßen. Die Ankunft der Polizisten, die mit ihren Gesichtsmasken und Helmen wie gespenstische Käfer wirkten, sowie ein plötzlich einsetzender Wolkenbruch dämpften den Enthusiasmus der Demonstranten, und bald zerstreute sich die Menge.

Einer jedoch war gestürzt oder zu Boden gestoßen worden, mit dem Kopf am Bordstein aufgeschlagen und musste ins Krankenhaus gebracht werden. Ein Augenzeuge hatte unmittelbar danach ausgesagt, der Mann sei über eine der

Fahnen gestolpert, die die Demonstranten zurückgelassen hatten.

Zwei Tage später tauchten vier Demonstranten in der Questura auf und gaben förmlich zu Protokoll, ihr Kollege sei von dem Beamten Alvise – sie kannten seinen Namen – mit dem Schlagstock zu Boden gestreckt worden. Das hätten sie selbst gesehen. Wie sich herausstellte, waren sie alle Mitglieder derselben Gewerkschaft wie das Opfer des angeblichen Übergriffs. Der telefonisch informierte Vice-Questore hatte Tenente Scarpa mit den Ermittlungen betraut, und der hatte als Erstes verlangt, Alvise zu suspendieren und ihm das Gehalt zu streichen, bis die Untersuchung abgeschlossen sei.

Brunetti kam aus dem Staunen nicht mehr heraus: Wann hatte es so etwas jemals gegeben? Und wie um Gottes willen sollte Alvise seine Miete bezahlen?

»Eine Stunde nachdem Alvise davon informiert worden war«, fuhr Signorina Elettra fort, »bekamen wir drei Anrufe von der Presse: zwei überregionale Tageszeitungen und *Il Gazzettino*.« Sie sah von Vianello zu Brunetti. »Keiner dieser Reporter wollte mir sagen, woher er Bescheid wusste, und einer fragte sogar, ob es stimme, dass Alvise schon früher als gewalttätig aufgefallen sei.«

Vianello lachte laut auf. »Alvise tut keiner Fliege was zuleide.« Brunetti war derselben Meinung und nickte nur.

»Als mir klarwurde«, erklärte Signorina Elettra, »wie die Presse von Alvises angeblichen Verfehlungen erfahren hatte, bin ich in Streik getreten.« Und dann sagte sie noch: »Selbstverständlich melde ich mich zum Dienst: Aber ich stelle meine Arbeitskraft nicht mehr jedem zur Verfügung.«

»Aha«, sagte Brunetti. »Und wie ist das genau zu verstehen?«

»Wie ich dem Vice-Questore heute früh klargemacht habe, werde ich dem Tenente in keiner Weise behilflich sein. Ich werde seine Vermerke nicht verteilen, ich werde keine Anrufe zu ihm durchstellen, ich werde nicht mehr mit ihm sprechen – auch wenn er noch so froh darüber sein sollte –, vor allem aber werde ich keinerlei Informationen mehr für ihn ermitteln oder an ihn weiterleiten.« Am Ende dieser Aufzählung strahlte sie, und mit geradezu seliger Miene fügte sie hinzu: »Ich habe bereits drei Anrufern gesagt, ein Tenente Scarpa sei mir nicht bekannt, und ihnen geraten, es einmal beim Corpo Forestale zu versuchen.«

Brunetti erinnerte sich, dass sie vor Jahren an das Passwort des Tenente für den Polizeicomputer gelangt war – um den am wenigsten inkorrekten Ausdruck zu gebrauchen –, fand es aber unangemessen, sich zu erkundigen, ob dies momentan von Bedeutung oder Vorteil sei. Stattdessen sagte er: »Darf ich fragen, wie der Vice-Questore darauf reagiert hat?«

»Seltsamerweise schien er das einfach hinnehmen zu wollen, und so habe ich ihm mitgeteilt, dass ich für jeden Tag, den Alvise suspendiert bleibt, auch für ihn zwei Stunden weniger arbeiten werde; das heißt, Ende der Woche werde ich praktisch gar nichts mehr für ihn tun, so wie jetzt schon für den Tenente.« Die Frau war die Ruhe selbst, aber dennoch nicht weniger furchterregend.

»Und wie hat er darauf reagiert, wenn ich fragen darf?«

»Meine Bescheidenheit verbietet mir zu sagen, dass er entsetzt war«, antwortete sie stolz. »Was mich zu der Bemerkung veranlasste, meine Maßnahme sei wesentlich weniger schlimm als das, was Alvise angetan werde: Schließlich wurde er von einer Minute zur anderen vor die Tür gesetzt.« Auf ihren Lippen erschien ihr nicht zu unterschätzendes Haifischlächeln. »Außerdem befreie ich den Vice-Questore damit von etwas, das im Lauf der Jahre zu einer geradezu peinlichen Abhängigkeit von meinen Fähigkeiten geworden ist.«

»Haben Sie ihm das auch gesagt?« Brunetti vermochte seine Verblüffung kaum noch zu verbergen.

»Natürlich nicht. Ich denke, es ist für uns alle das Beste, wenn er niemals dahinterkommt.«

11

Brunetti teilte Signorina Elettras Sicht. »Ihr Streik richtet sich also nur gegen die beiden?«, stellte er noch einmal klar, bevor er sie um Hilfe bat.

»Natürlich. Wenn Sie etwas für mich zu tun haben, werde ich dieses Blatt« – sie schlug die Zeitschrift zu – »nur zu gern beiseitelegen. Es ist eine Zumutung.«

»Genau das sagt meine Frau immer über *Muscoli e Fitness*«, bemerkte Brunetti trocken.

Aber Signorina Elettra ließ sich nicht in die Falle locken. »Bestimmt interessiert sie sich in Zusammenhang mit Henry James dafür«, sagte sie.

»Sie haben ihn gelesen?«, fragte Brunetti, nicht sicher, ob er sich wundern oder eingeschüchtert sein sollte.

»Nur in Übersetzung. Die ständige Lektüre von Polizeiberichten stumpft so sehr ab, dass ich komplexe Prosa und psychologische Einsichten kaum mehr zu erfassen vermag.«

»Kann ich nachfühlen«, sagte Brunetti leise. Und da Vianello offenbar allmählich genug von ihrem Vorgeplänkel hatte: »Ich möchte Sie bitten herauszufinden, ob irgendjemand am Ponte delle Scuole *telecamere* installiert hat.«

»Ist das die Brücke hinter San Rocco?«

»Ja.«

Nachdem sie sich die Stelle vergegenwärtigt hatte, meinte Signorina Elettra: »Kaum anzunehmen. Das liegt so weitab von allem.« Sie fragte Vianello: »Was meinen Sie, Lorenzo?«

»Wir sollten es bei den Carabinieri versuchen«, trumpfte Vianello auf. »Einer von ihnen hat mir vor Jahren einmal erzählt, sie hätten eine Menge Kameras angeschafft und …«, er legte eine kunstvolle Pause ein, »… wollten sie an Stellen anbringen, wo nicht so viele Leute hinkämen.«

»Ist das ein Carabinieri-Witz?«, fragte Signorina Elettra.

»Hört sich so an, nicht wahr?«, stimmte Vianello zu. »Aber nein, genau das hat er gesagt.« Da die beiden anderen sich in Schweigen hüllten, fuhr er fort: »Und so wurde es auch gemacht.«

Vianello hätte noch etwas sagen wollen, doch stattdessen wandten sich ihre drei Gesichter – wie Sonnenblumen zur Sonne – der geräuschvoll aufschwingenden Tür von Pattas Büro zu und liefen wie nach den Gesetzen der Photosynthese rot an.

»Sie«, sagte Patta zu Brunetti, denn von Vianello, dem Uniformträger, nahm er gar nicht erst Notiz. »Ich möchte mit Ihnen reden.« Auch über Signorina Elettra sah er zunächst hinweg, bedachte sie jedoch, bevor er wieder in seinem Büro verschwand, mit einem knappen Nicken.

Brunetti warf den beiden mit ebenso strenger Miene wie der Vice-Questore einen letzten Blick zu und folgte seinem Vorgesetzten.

Patta blieb mitten im Zimmer stehen, für Brunetti ein sicheres Zeichen, dass ihre Besprechung, egal worum es ging, nicht von langer Dauer sein würde.

»Was wissen Sie über dieses Streikgetue?«, herrschte Patta ihn an und gestikulierte wütend Richtung Tür.

»Signorina Elettra hat mir eben davon berichtet, Vice-Questore.«

»Sie haben nichts davon gewusst?«

»Nein, Vice-Questore.«

»Wo haben Sie gesteckt?«, fragte Patta, feinfühlig wie immer, und wartete Brunettis Antwort gar nicht erst ab, sondern stapfte zum Fenster und sah zu den Gebäuden auf der anderen Seite des Kanals hinaus. Nachdem er sich jedes einzelne eingeprägt hatte, fragte er, ohne sich umzudrehen: »Woran arbeiten Sie zurzeit?« Für Brunetti hörte sich das wie eine dieser Fragen an, die Patta pro forma stellte, während er an etwas ganz anderes dachte – den Streik wahrscheinlich.

»Gestern Abend wurde eine Frau eine Brücke hinuntergestoßen. Sie liegt im Krankenhaus.«

Patta wandte sich um. »Ich hätte gedacht, *hier* passiert so etwas nicht.« Und für den Fall, dass Brunetti seine ironische Betonung von »hier« überhört haben sollte, fügte er hinzu: »Im friedlichen Venedig.«

Brunetti ließ sich nicht provozieren, sondern gab so ruhig wie möglich zurück: »Früher war das sicherlich einmal so, Vice-Questore, doch die Zeiten haben sich geändert, seit solche Massen von Leuten ... hierherkommen.« Er hatte es sich verkniffen, von »Leuten aus dem Süden« zu sprechen, und hielt seine Bemerkung für ebenso zutreffend wie maßvoll.

Als könne er Brunettis Gedanken lesen, versetzte Patta samtweich, aber mit drohendem Unterton: »Stört es Sie, dass so viele von uns hier sind, Commissario?«

Brunetti zuckte leicht, aber sichtbar zusammen, um

seine Überraschung zu demonstrieren. »Ich meinte die Touristen, Vice-Questore, nicht die Menschen, die hierherkommen, um …«, sollte er es wagen, oder doch lieber nicht? Sei's drum, er beendete seinen Satz: »… um sich für das Wohl der Stadt einzusetzen, so wie Sie.« Brunetti lächelte voller Genugtuung. Immerhin hatte er Tenente Scarpa nicht zu denen gezählt, die sich für das Wohl der Stadt einsetzten.

Brunetti fragte sich, ob Patta ihm das durchgehen lassen würde oder ob er endgültig übertrieben hatte. Patta konnte ihn nicht direkt an die Luft setzen. Sie waren beide lange genug Teil desselben Systems, um zu wissen, dass es für den Vice-Questore mit Hilfe seiner einflussreichen Freunde ein Leichtes wäre, Brunetti das Leben zur Hölle zu machen; andererseits kannte der Commissario dank seiner eigenen Beziehungen Mittel und Wege, Patta in ernsthafte Schwierigkeiten zu bringen. Aber Patta könnte ihn auf irgendeinen unangenehmen Posten versetzen lassen, und davon gab es so viele, dass Brunetti ganz schwindlig wurde. Oder noch perfider: Patta könnte Brunettis Freunde und Unterstützer in der Questura versetzen lassen: An unangenehmen Posten mangelte es ja nicht.

Die Hände auf dem Rücken und den Blick fest auf das große Foto des Präsidenten der Republik hinter Pattas Schreibtisch gerichtet, hing Brunetti seinen Gedanken nach und begann eine alphabetische Liste der Schreckensorte aufzustellen, an die Patta ihn schicken könnte. Er war gerade bei Catania angekommen, als Patta sagte: »Berichten Sie mir von dem Vorfall auf der Brücke. Was ist da passiert?«

»Spät am Abend wurde gestern eine junge Frau die Treppe hinuntergestoßen; unmittelbar davor hatte der Täter sie angesprochen.«

»Wie angesprochen?«, fragte Patta. Er ging zu seinem Schreibtisch, nahm dahinter Platz und wies auf den Besucherstuhl.

Brunetti setzte sich. »Nach ihren Angaben hat er gesagt: ›Sie gehören mir‹, und sie dann gestoßen.«

»Glauben Sie das?«, fragte Patta, dem es nicht gelang, den instinktiven Argwohn aus seiner Stimme herauszuhalten.

Brunetti überhörte die Zweifel und ging nur auf die Frage ein: »Ja, ich glaube ihr.«

»Was hat sie Ihnen sonst noch erzählt?«, fragte Patta. Und keineswegs zu Brunettis Überraschung wollte er wissen: »Ist sie wichtig?«

Unter normalen Umständen hätte Brunetti seinen Vorgesetzten jetzt in eine philosophische Debatte darüber verwickelt, was genau man unter Wichtigkeit zu verstehen habe, aber heute wollte er keinen Ärger und sagte daher nur: »Sie geht im La Fenice ein und aus, und Signora Petrelli scheint große Stücke auf sie zu halten.« Beide Behauptungen entsprachen zwar der Wahrheit, aber ihm war bewusst, so miteinander verbunden waren sie absolut irreführend.

»Die Petrelli?«, fragte Patta. »Ach, richtig; sie ist ja zurzeit hier. Was hat sie mit dem Mädchen zu schaffen?«

Brunetti behagte weder die Frage noch die darin enthaltene Unterstellung.

»Soweit ich das mitbekommen habe, hat sie diese junge Künstlerin im Theater singen hören und ihr dazu ein Kompliment gemacht«, antwortete er, als habe er den Unterton in Pattas Frage nicht bemerkt.

»Dann singt diese andere im La Fenice?«

»Selbstverständlich«, sagte Brunetti, als ob die ganze Stadt für ein Autogramm von ihr Schlange stünde. »Wir haben kürzlich eine Aufführung besucht, und Signora Petrellis Begeisterung scheint berechtigt.« Damit ließ es Brunetti gut sein: Immerhin die Hälfte seines Satzes war durchaus zutreffend.

»In diesem Fall …«, begann Patta, und Brunetti wartete, während sein Vorgesetzter eine Kopfrechenmaschine in Gang setzte, die nur er zu bedienen wusste, und das Verhältnis zwischen der Wichtigkeit des Opfers und der polizeilichen Arbeitszeit kalkulierte, die er für die Ermittlungen in diesem Fall zugestehen sollte. Schließlich kam Patta zu einem Ergebnis und fragte: »Können Sie der Sache nachgehen?«

Brunetti zückte seine Agenda und blätterte darin herum. »Um zwei habe ich eine Besprechung« – das war gelogen –, »aber danach hätte ich Zeit.«

»Also gut. Sehen Sie zu, was Sie herausfinden«, sagte Patta. »Wir können so etwas nicht dulden.« Der Leiter des Fremdenverkehrsamtes hätte es nicht deutlicher formulieren können.

Brunetti erhob sich energisch, nickte dem Vice-Questore zu und verließ das Büro. Signorina Elettra saß allein an ihrem Computer und tat für ihn, wovor er selbst bislang zurückgeschreckt war.

»Lorenzo?«, fragte er.

»Er hatte einen Termin.«

»Und?«, fragte er.

»Bevor er ging, sagte er, er habe mit den Carabinieri gesprochen, und die hätten tatsächlich eine Kamera auf der anderen Seite der Brücke, wo das Mädchen gefunden wurde: Sie überwacht die rechte Seite Richtung San Rocco.« Sie schob ihren Stuhl zurück und zeigte auf den Bildschirm: »Das wurde mir eben gemailt.«

Brunetti versuchte gar nicht erst, seine Überraschung zu verbergen: »Die Carabinieri haben das wirklich geschickt?«

»Er hat ihnen in der Vergangenheit immer mal wieder einen Gefallen getan.«

Brunetti hatte keine Ahnung, was das gewesen sein könnte, und wollte es auch nicht wissen. »Ich werde nie mehr Carabinieri-Witze erzählen«, flunkerte er.

Signorina Elettra bedachte ihn mit einem skeptischen Blick und rollte mit ihrem Stuhl zur Seite, damit er besser sehen konnte.

Er trat hinter sie und beugte sich über den Monitor. Das Bild erinnerte an eine Röntgenaufnahme: grau, körnig, unscharf. Allmählich erkannte er – aber nur weil er wusste, dass dort eine Brücke sein sollte – am oberen Rand das Geländer und dahinter die Rückwand der Scuola di San Rocco, aber die hätte auch zu jedem anderen Gebäude gehören können. Rechts unten bewegte sich etwas: ein kleines, dunkelgraues, rundes Etwas, dem sehr schnell Schultern, Oberkörper, Beine und Füße wuchsen, die gleich darauf in umgekehrter Reihenfolge wieder verschwanden, als die Person auf der anderen Seite der Brücke hinunterging. »Das ist alles?«, fragte er enttäuscht.

Signorina Elettra zuckte die Schultern, schob ihren Stuhl

nach vorn und betätigte ein paar Tasten. Andere graue Schemen glitten wie auf Schlittschuhen über die Stufen. Er sah zwei, drei in beiden Richtungen über die Brücke huschen, dann zählte er nicht mehr mit. Eine längere Pause trat ein, nur das Geländer und die Mauer im Hintergrund waren zu sehen. Signorina Elettra drückte eine Taste, aber es tat sich nichts.

Als plötzlich jemand ins Bild stürzte, stockte ihnen der Atem. Brunetti sah etwas Dünnes von der Gestalt abwärtsschießen, nach den Treppenstufen tasten und einknicken, dann brach das Ganze zusammen und zog das runde Etwas darauf mit sich nach unten, wo es auf einer Stufe niederging. Danach blieb alles still.

Zeit verging. Signorina Elettra sagte: »Ich springe weiter.« Auf dem Bildschirm rührte sich längere Zeit nichts.

Plötzlich tauchten rechts unten zwei weitere runde Flecken auf; inzwischen erkannte Brunetti sie als Köpfe. Wieder sah er die Körper dazu erscheinen, als die Männer über die Treppe zu der Bewusstlosen eilten. Einer kniete sich neben sie, der andere hob den Arm und hielt etwas an sein Ohr. Der Kniende zog seine Jacke aus und breitete sie über die Gestalt am Boden, dann stand er auf und stellte sich zu dem anderen.

Signorina Elettra beschleunigte die Videoaufzeichnung: Die zwei Männer fanden sich im Zeitraffer am Fuß der Brücke wieder. Zweimal huschte einer der beiden zu der reglos liegenden Gestalt und beugte sich über sie. Dann fuhren beide Köpfe gleichzeitig nach links herum, und zwei weitere Männer, in Schwarz gekleidet, hasteten herbei.

Sie klickte einmal, und die Ereignisse liefen wieder im

normalen Tempo ab. Die Männer in Schwarz knieten neben der Liegenden, die sich jetzt zu bewegen schien. Einer der Carabinieri legte ihr eine Hand auf die Schulter und sagte ihr etwas ins Ohr. Die Frau sank zurück.

Wieder spulte Signorina Elettra vor: Einer der uniformierten Polizisten sprang allen Gesetzen der Schwerkraft zum Trotz auf die Beine, der andere folgte. Mit einem Schlag füllte sich der Bildschirm, als zwei Männer in weißen Uniformen mit einer Trage erschienen. Sie riefen offenbar jenem Carabiniere, der nicht mit den beiden anderen Männern sprach, etwas zu, dann liefen sie die Brücke hinauf und stellten die Trage oben ab. Signorina Elettra schaltete wieder auf Normaltempo um, und die weiß uniformierten Männer trugen die Frau auf die Brücke; einer der Carabinieri folgte dicht dahinter. Die Männer legten sie auf die Trage, wuchteten diese hoch und liefen nach links aus dem Bild hinaus.

Sie klickte, und die Figuren auf dem Bildschirm erstarrten wie in einem Kinderspiel.

»Kann ich bitte noch einmal die Stelle sehen, wo sie hinfällt?«, fragte Brunetti.

Signorina Elettra nickte, und wieder sahen sie die junge Frau, die ihren Sturz nicht verhindern konnte. Sie sahen ihren Arm einknicken und ihren Kopf gegen die Stufe schlagen.

»Noch einmal, bitte«, bat Brunetti, und sie fingen von vorne an. Diesmal achtete er, oder versuchte es jedenfalls, nicht auf die Frau, sondern auf mögliche Bewegungen hinter ihr. Da war etwas.

»Können Sie das langsamer abspielen?«, fragte er.

Jetzt sah es aus, als bewege sich die junge Frau unter Wasser. Sie schwebte abwärts und sank elegant auf die Steine nieder, die ihr den Arm brechen und den Kopf aufschlagen sollten.

Brunetti ignorierte das und lenkte seine Aufmerksamkeit auf die Brücke hinter ihr. Und da war es: ein dunkler senkrechter Strich, der von hinten in Sicht kam und gleich wieder verschwand, unmittelbar gefolgt von einem schmalen, gestreiften und waagerechten Schemen, der dort aufblitzte, wo das obere Ende des senkrechten Strichs gewesen war.

Signorina Elettra ließ die Szene von vorn ablaufen, und wieder beobachteten sie das Gleiche: erst die dunkle Senkrechte, dann die gestreifte Waagerechte, und beides kehrte dorthin zurück, woher es gekommen war.

Sie klickte wieder auf Anfang, und dann noch einmal.

Als die Zeitlupe zum vierten Mal dort anlangte, wo von dem verschwindenden waagerechten Schemen nur noch wenige Zentimeter zu sehen waren, hielt sie den Film an, wies auf das Standbild und fragte Brunetti: »Wofür halten Sie das?«

»Das ist ein Mantel und ein Schal«, antwortete er, ohne zu zögern. »Der Mann geht über die Brücke, sieht nach, was er angerichtet hat, dreht sich um und verschwindet wieder.« Er tippte mit einem Finger auf den Monitor. »Das ist sein Schal, was da hochwirbelt.«

»So ein Schwein«, flüsterte Signorina Elettra; es war das erste Mal in all diesen Jahren, dass er aus ihrem Mund einen Kraftausdruck vernahm. »Er hätte sie umbringen können.«

»Vielleicht hat er gedacht, das sei ihm gelungen«, meinte Brunetti grimmig.

12

Signorina Elettra starrte auf die gewellten Streifen, stützte ihr Kinn in die Hand und sah noch genauer hin. »Etwas anderes kann es kaum sein, oder?«, stimmte sie schließlich zu. Sie vergrößerte das Bild. »Da«, sagte sie, »man kann sogar die Fransen sehen.«

Brunetti rückte näher und nickte. Er trat zurück, schob die Hände in die Hosentaschen und ließ das Bild nicht aus den Augen, während er überlegte, wie sich die Sache abgespielt haben könnte. »Sie ist die Treppe von ganz oben hinuntergefallen«, meinte er. »Also hat er sie entweder verfolgt, oder er hat in der Nähe der Brücke auf sie gewartet, was bedeuten würde, dass er wusste, welchen Weg sie nehmen würde. Nachdem er sie gestoßen hatte, gab er der Versuchung nach und sah noch einmal nach.« Dann fiel ihm noch ein: »Sie hat sich erst bewegt, als diese Männer sie gefunden haben.«

»Also musste er davon ausgehen, dass sie tot war«, sagte Signorina Elettra. Dann voller Zorn und Abscheu: »Gott, ist das schrecklich.« Brunetti bemerkte, dass sie die Augen geschlossen hatte, und nahm sich vor, erst weiterzusprechen, wenn sie sich beruhigt hatte.

Er ging zum Fenster und sah nach den Ranken im Garten des Palazzo, die Jahr für Jahr dichter über die Mauer sprossen – das einzige Zeichen von Leben, das dort seit Ewigkeiten zu beobachten war. In einem Monat stünden die Glyzinien in voller Blüte, jetzt aber lagen sie noch in Lauerstellung, scheinbar nicht bereit, ihr Geheimnis zu enthüllen, bis dann eines Tages – zack! – alles voller blühender Rispen wäre, wo tags zuvor noch gar nichts gewesen war, und der Duft durch sämtliche Räume der Questura ziehen würde.

Hinter ihm sagte Signorina Elettra mit ruhiger Stimme: »Normalerweise ist es der Ehemann oder Geliebte oder ein Ex oder jemand, von dem man sich gerade trennen will.«

Brunetti war zu demselben Schluss gekommen; also musste er wohl oder übel ins Krankenhaus zurück und noch einmal mit dem Mädchen sprechen.

»Sie heißt Francesca Santello«, sagte er.

»Wie alt ist sie?«, fragte Signorina Elettra.

»Jung.« Genaueres konnte Brunetti nicht sagen, da er nur einen flüchtigen Blick in ihre Krankenakte geworfen hatte. »Vielleicht achtzehn. Nicht viel mehr.« Und: »Sie studiert in Paris.«

»Soll ich versuchen, etwas über sie herauszufinden?«, fragte sie.

»Ja, sie hat einen netten Eindruck gemacht.«

»Ein nettes Mädchen hat nicht automatisch auch einen netten Freund«, erwiderte Signorina Elettra.

Brunetti nickte zustimmend und zuckte schicksalsergeben mit den Schultern.

»Merkwürdig, wie er da auf der Brücke stehen bleibt und noch einmal nach ihr sieht«, bemerkte sie sachlich. »Jemand, der durchknallt, würde sich nicht so verhalten: Er würde sie im Affekt stoßen und dann weglaufen. Aber der hier wollte wissen, was er angerichtet hatte.« Sie machte ein nachdenkliches Gesicht. »Ich fange dann mal an.«

Brunetti sah auf die Uhr und fand, er sollte erst einmal

zum Essen nach Hause und anschließend, außerhalb der Besuchszeit, ins Krankenhaus gehen.

»Auf welcher Station liegt sie?«, fragte Signorina Elettra.

»*Cardiologia.*«

Signorina Elettra blickte überrascht auf. »Wie bitte?«

»Woanders war kein Bett mehr frei.«

Erst nach einiger Zeit fragte sie: »Meinen Sie, sie ist dort sicher?«

»So sicher wie jeder andere dort.«

Eigentlich hatte er Vianello bitten wollen, ins Krankenhaus mitzukommen, aber das Mädchen war am Morgen so benommen gewesen, dass es sich vielleicht nicht mehr daran erinnerte, mit Brunetti gesprochen zu haben: Besser, sie sähe beim Aufwachen eine Frau an ihrem Bett. Er rief Claudia Griffoni an und bat sie, um drei Uhr am Haupteingang des Krankenhauses auf ihn zu warten, er wolle eine junge Frau befragen, Opfer eines Überfalls, und da wäre die »beruhigende Anwesenheit eines weiblichen Wesens« sicher hilfreich.

Auf dem Heimweg nutzte er die so früh im Jahr noch bestehende Gelegenheit, gemächlich durch die fast leeren Straßen zu schlendern. Er gelangte zum Campo Santa Marina, wo die kleinen Tische vor Didovich alle besetzt waren und die meisten Gäste ihr Gesicht mit geschlossenen Augen in die Sonne hielten. Die Szene erinnerte Brunetti an die zufällig aufgeschnappte Bemerkung eines amerikanischen Touristen: »Sonnencreme ist was für Memmen.« Als er Rizzardi davon erzählte, hatte er dem Pathologen ein seltenes Lächeln entlockt.

Wie erwartet, fand er seine Familie zu Hause auf der Dachterrasse vor, fast so aufgereiht wie die Kunden bei Didovich. Paola, in Handschuhen und mit einem Wollschal um den Hals, war in ein Buch vertieft. Chiara trug ein T-Shirt, bei dessen Anblick Brunetti eine Gänsehaut bekam. Ihren Stuhl nach hinten gekippt, die Füße auf dem Geländer und die Augen geschlossen, machte sie den Eindruck, als sei sie ins Koma gefallen. Raffi hatte Kopfhörer auf und bewegte mit geschlossenen Augen den Kopf hin und her wie jemand, der an Parkinson oder Veitstanz leidet.

Keiner von ihnen nahm Brunettis Ankunft zur Kenntnis. Der Commissario blieb stehen und musterte sie der Reihe nach. Seine Frau huldigte ihrer Liebe zur Literatur, seine Tochter der Sonne, sein Sohn Geräuschen, die als Musik zu bezeichnen Brunetti kategorisch ablehnte. Auf ihrer Flucht aus dem Alltag hatten sie jeden Gedanken an ihn zurückgelassen. Und offenbar auch jeden Gedanken an das Mittagessen.

Er ging in die Küche und sah das rote Lämpchen des Backofens leuchten; also würde es, wenn die lebenden Toten aufstünden und sich zu ihm gesellten, doch noch etwas zu essen geben. Da er nichts Besseres zu tun hatte, begann er mit viel Gepolter den Tisch zu decken. Er knallte die Teller auf die Holzplatte, legte klappernd die Gabeln daneben und schob die Messer auf die andere Seite, wobei eins davon ein schön lautes Scharren von sich gab. Die Servietten waren enttäuschend leise, aber die Gläser klirrten phantastisch. Das Brot lag in einer Papiertüte auf der Anrichte; er packte es mit viel Geraschel aus und überlegte, ob er die Tüte aufblasen und platzen lassen sollte, fand dies aber unfair und ließ es bleiben. Er nahm den Brotkorb aus dem Schrank, schnitt die Hälfte des Laibs in so dicke Scheiben, wie nur er und sonst niemand es gernhatte, und genoss diesen kleinen Triumph.

Er stellte eine Flasche Mineralwasser auf den Tisch und nahm eine halbvolle Flasche Pinot Grigio aus dem Kühlschrank. Nachdem alles vorbereitet war, sah Brunetti keinen Grund mehr, noch länger zu warten. Zumal es weit nach Mittag war und er Hunger hatte.

Auf der Terrasse saßen sie immer noch, versteinert wie die Gipsabdrücke der Opfer von Pompeji. »Sollen wir jetzt essen?«, fragte er ruhig. Niemand reagierte, was er nur bei Raffi verzeihlich fand, der jetzt einen bizarren Rhythmus auf seinen Oberschenkeln klopfte.

»Sollen wir jetzt essen?«, wiederholte Brunetti, aber schon lauter. Paola blickte auf, nahm ihn aber offenkundig nicht wahr. Ihre Sinnesorgane blieben auf eine innere Welt konzentriert, wo die Menschen in wohlformulierten ganzen Sätzen sprachen und sich nicht darum scherten, wann sie ihr Mittagessen bekamen.

Chiara schlug die Augen auf, hielt schützend eine Hand darüber und erblickte ihn. »Oh, du bist hier«, sagte sie lächelnd. »Wie schön.« Sein Missmut packte die Koffer, öffnete die Tür, zog die Verstimmung am Ärmel mit sich und begann den langen Weg die Treppe hinunter.

Paola legte ihr Buch mit der Schriftseite nach unten auf die Terrassenmauer und erhob sich. »Wie viel Uhr ist es?«, fragte sie. »Ich habe dich nicht gehört.«

»Bin eben erst gekommen«, erklärte Brunetti.

Von der Lektüre oder der Sonne anscheinend immer

noch leicht benommen, ging sie auf ihn zu, legte ihm eine Hand auf den Arm und drückte einen Kuss auf sein linkes Ohr. »Es gibt *frittata* mit Zucchini und gefüllter Putenbrust«, sagte sie.

»Störe ich bei etwas Wichtigem?«, fragte er und schielte nach dem Buch, das sie weggelegt hatte.

»Wahrheit, Schönheit, elegante Prosa, messerscharfe Psychologie, mitreißende Dialoge«, zählte sie auf.

»Agatha Christie ist und bleibt eben die Größte«, sagte Brunetti und ging in die Küche zurück.

Paola nahm ihr Buch, legte es vor Raffi hin, nahm ihm die Kopfhörer ab und bewegte die Lippen, als ob sie etwas sagen würde.

Raffi begriff den Scherz erst mit Verzögerung, lachte dann aber gutmütig mit. »Ich habe einen Bärenhunger«, rief er seiner schon entschwindenden Mutter nach, als habe er dies nicht schon mindestens einmal täglich gesagt, seit er sprechen gelernt hatte.

Er und Chiara folgten ihrer Mutter in die Küche und setzten sich. Paola spähte in den Backofen und sagte über die Schulter: »Danke, dass du den Tisch gedeckt hast, Chiara.«

Chiara sah überrascht zu ihr, dann zu Raffi, der den Kopf schüttelte und, die rechte Hand vor der Brust mit der linken abdeckend, auf Brunetti zeigte, der sogleich einen Finger an die Lippen legte – eine Geste, die Chiara die Bemerkung erlaubte: »Wenn du schon immer das Kochen übernimmst, *mamma*, mache ich das doch gern.«

Raffi stieß mehrmals mit dem Zeigefinger in seinen offenen Mund, unterließ es aber, noch deutlicher auf die Niedertracht seiner Schwester hinzuweisen.

Die Mahlzeit verging mit dem friedlichen Geplauder von Leuten, die gut miteinander auskommen. Paola fragte Raffi, ob Sara über Ostern aus Paris nach Hause kommen wolle, und als er das bejahte, fragte sie, ob seine Freundin ihm fehle.

Raffi sah von seinem Kürbis-Rosinen-Kuchen auf, legte die Gabel auf den Teller und eine Hand aufs Herz. »Ich denke an nichts anderes. Ich sehne mich nach ihr, wie sich ein schiffbrüchiger Seemann nach einem Segel am Horizont sehnt, wie ein Verirrter in der Wüste sich nach einer kühlen Quelle sehnt, wie …«

»Wie ein Verhungernder sich nach einem Stückchen Brot sehnt. Wie ein …«, fing Chiara an, wurde aber ihrerseits von Paola unterbrochen.

»Ist es nicht interessant«, warf sie nachdenklich ein, »dass Sehnsucht so oft mit körperlichen Bedürfnissen gleichgesetzt wird? Hunger, Durst, ein Dach überm Kopf?«

»Wonach sollten wir uns denn sonst sehnen?«, fragte Brunetti. »Nach dem Weltfrieden?«

»Darauf wollte ich nicht hinaus«, sagte Paola. »Ich finde es jedenfalls bemerkenswert, dass Sehnsucht meistens mit körperlichen Bedürfnissen gleichgesetzt wird, nicht mit seelischen oder geistigen.«

»Weil die körperlichen brennender sind«, meinte Chiara. »Daran leidet man stärker: Durst, Hunger, Erschöpfung. Das empfindet man unmittelbar.«

»An Unfreiheit oder Entbehrungen leidet man stärker, würde ich sagen«, bemerkte Brunetti.

Raffi aß seinen Kuchen weiter, der ihn offenbar mehr interessierte als solche Gedankengebilde.

»Aber körperliche Schmerzen *tun weh*«, beharrte Chiara. »An gebrochenem Herzen ist noch niemand gestorben.«

Paola legte eine Hand auf ihr geplagtes Herz. Dann griff sie über den Tisch nach Brunettis Hand. »Guido, unsere Tochter ist eine Wilde.«

Zeit, fand Brunetti, für seine Verabredung mit Griffoni.

13

Drei Uhr. Claudia kam pünktlich. Groß, blond und blauäugig, strafte ihr Äußeres jedes venezianische Vorurteil über Neapolitaner Lügen, und ihre rasche Auffassungsgabe ein weiteres. Das herrliche Wetter lud dazu ein, vor dem Krankenhaus stehen zu bleiben, während Brunetti von dem Angriff auf der Brücke und den Aufnahmen der Überwachungskamera berichtete.

»Man sieht nur seinen Mantel und den Schal?«, fragte Griffoni.

»Ja.« Brunetti trat einen Schritt von ihr zurück, schwang herum und mimte mit einem Arm die Bewegung des Schals. Eine Frau, die gerade den *campo* überquerte, sah sich befremdet nach ihnen um, bevor sie im Krankenhaus verschwand.

»Er hat nur dort oben gestanden und hat auf sie heruntergeschaut?«

Brunetti nickte. »Und ist dann dorthin verschwunden, wo er hergekommen ist.«

Griffoni sah nach der Brücke, die auf den *campo* hinunterführte, als versuche sie sich die geschilderten Ereignisse bildlich vorzustellen. »Reden wir mit ihr«, meinte sie schließlich.

Brunetti ging über einen Innenhof voran, wo die Erde duftete, als könne sie es kaum erwarten, sich dem Frühling zu öffnen. Während er sich von seinen Füßen durch die labyrinthischen Gänge des Krankenhauses leiten ließ, erzählte er Griffoni das wenige, was er von dem Mädchen wusste: Dass sie in Paris Gesang studiere, jetzt die Ferien hier verbringe und bei ihrem Vater, der als *ripetitore* am Theater arbeite, zusätzliche Gesangsstunden nehme.

»Ist sie eine gute Sängerin?«, fragte Claudia.

»Ihr Vater ist dieser Ansicht.« Ob es zwischen Francesca Santello und Flavia Petrelli eine Verbindung geben könnte?, schoss es Brunetti durch den Kopf. Beide sangen. Beide waren drangsaliert worden, wenn man im Fall von Francesca noch von Drangsalieren reden konnte. »Flavia Petrelli hat sie zu ihrem Gesang beglückwünscht. Das könnte zufällig jemand mitbekommen haben«, fügte er hinzu, und sei es nur, um auszuprobieren, wie sich das anhörte.

Claudia blieb stehen. »Würden Sie das bitte wiederholen?«

»Signora Petrelli hat einen Fan, der sie verfolgt«, sagte Brunetti und fuhr bedächtig fort: »Er wirft Blumen auf die Bühne, in rauhen Mengen. Angefangen hat es in London; in St. Petersburg ging es weiter, und in Venedig war selbst ihre Garderobe voll davon. Und als sie nach Hause kam, fand sie noch mehr vor ihrer Wohnungstür. Wohlgemerkt im Innern des Hauses, aber niemand hatte irgendwen reingelassen.«

Claudia rieb sich die Wange, fuhr sich mit den Fingern durch die Haare und zupfte an einigen Strähnen. »Und das Mädchen? Ich verstehe nicht, was für einen Zusammenhang Sie da herzustellen versuchen.«

Er verstand es auch nicht; jedenfalls sah er keinen direkten Zusammenhang, der auch einem anderen unmittelbar einleuchtete. Er ging weiter, Claudia neben ihm. Sie kamen an der Cafeteria vorbei und nahmen kaum Notiz von den Leuten in Morgenmänteln und Pantoffeln, die dort ihren Kaffee tranken.

»Ich würde sagen, einer Frau Blumen zu schicken ...«, fuhr sie fort, verbesserte sich aber, als sie seine Miene sah, »also gut, viele Blumen, ist etwas ganz anderes als der Versuch, sie umzubringen.« Sie versuchte einen leichten Ton anzuschlagen, doch ihre Vorbehalte waren ihr deutlich anzumerken.

»In beiden Fällen könnte man von Übertreibung sprechen«, beharrte er.

»Soll das heißen, eins führt zum andern?«, fragte sie in dem Ton, den er seit Jahren von Staatsanwälten kannte.

Er blieb stehen. »Claudia, hören Sie auf, den bösen Polizisten zu spielen, ja? Versuchen Sie dieses Verhalten einmal als das eines Geistesgestörten zu sehen, dann verstehen Sie vielleicht, was ich meine.«

Sie ließ sich nicht so leicht überzeugen. »Wenn man zwei nicht zusammenhängende Dinge in einen Zusammenhang bringen will, muss ein Verrückter her. Weil man keine Begründung braucht, wenn man die Sache einem Verrückten in die Schuhe schieben kann.«

»Aber das ist ja genau mein Punkt«, sagte Brunetti. »Es ist verrückt, jemandem über Monate hinweg und in drei verschiedenen Ländern immer wieder Hunderte von Blumen zu schicken und nicht zu sagen, wer man ist.«

»Hunderte?«, fragte sie, nun doch überrascht.

»Richtig.«

»Ah.« Sie verstummte für eine ganze Weile. »Haben Sie die Blumen gesehen?«

»Ja, die auf der Bühne. Und sie hat mir erzählt, es hätten mindestens zehn Sträuße in ihrer Garderobe gestanden und noch mehr vor ihrer Wohnungstür, als sie nach Hause kam.«

»Sie haben mit ihr gesprochen?«

»Paolas Eltern haben sie ein paar Tage später zum Essen eingeladen, und da hat sie uns das erzählt.«

»Hat sie die Wahrheit gesagt?«

Da er Claudia lieber nicht fragen wollte, wie sie dazu kam, Flavias Aussage anzuzweifeln, antwortete er vorsichtig: »Ich denke schon. Sie scheint mir eine zuverlässige Zeugin zu sein.« Freddy hatte ihm am Telefon die Geschichte mit den Rosen im Haus bestätigt, aber hinzugefügt, er halte Flavias Reaktion für übertrieben. »Schließlich sind wir hier«, hatte Freddy gesagt, »in Venedig, Guido, nicht in der Bronx.«

Offenbar hatte Claudia ihm die Enttäuschung darüber, dass sie ihm nicht recht glauben wollte, angehört; denn als sie nun die Treppe zur *cardiologia* hinaufstiegen, sagte sie: »Ich brauche keine Bestätigung, Guido: Ich glaube Ihnen. Und ihr. Es fällt mir nur schwer zu glauben, dass jemand so …«

»Verrückt sein kann?«, schlug Brunetti vor.

Sie blieb vor der Stationstür stehen und sah ihn an. »Ja. Verrückt.«

Er hielt Griffoni die Tür auf und folgte ihr in den Korridor. Im Schwesternzimmer war dieselbe Schwester, die schon am Morgen Dienst gehabt hatte.

Sie blickte auf, erkannte ihn und sagte: »Wir haben ein Zimmer für sie gefunden.« Sie schien aufrichtig froh, ihm das mitteilen zu können. Das Mädchen war, erinnerte sich Brunetti, von einer Verdächtigen zum Opfer geworden und daher jetzt jedermanns Liebling.

»Gut«, sagte er lächelnd. Er hielt es für ratsam, die attraktive Blondine an seiner Seite vorzustellen. »Ich habe meine Kollegin Commissario Griffoni mitgebracht. Es könnte helfen, eine Frau dabeizuhaben, wenn ich mit ihr rede.« Die Schwester nickte zustimmend.

»Wie geht es ihr?«, fragte Brunetti.

»Besser. Der Arzt hat ihr ein anderes Schmerzmittel verordnet, jetzt ist sie nicht mehr so benommen wie heute früh.«

»Dürfen wir zu ihr?«, fragte Griffoni mit dem Respekt, den schöne Frauen – wenn sie klug sind – weniger attraktiven Frauen entgegenbringen.

»Selbstverständlich«, sagte die Schwester. »Kommen Sie.« Sie ging ihnen durch den Korridor voran, blieb vor der zweiten Tür stehen und trat ohne anzuklopfen ein. Griffoni legte Brunetti eine Hand auf den Arm und hielt ihn davon ab, der Schwester ins Zimmer zu folgen. »Besser, sie fordert uns auf einzutreten«, sagte sie.

Gleich darauf erschien die Schwester wieder. »Sie möchte, dass Sie hereinkommen.«

Brunetti ließ Griffoni den Vortritt. Es war ein Doppelzimmer mit Aussicht auf die Wipfel hoher Bäume, an denen sich das erste frische Grün zeigte. Das andere Bett war leer, die Decken aufgeschlagen, doch die Kissen trugen noch den Abdruck der Person, die dort gelegen hatte.

Griffoni machte zwei Meter vor dem Bett halt und ließ Brunetti den Vortritt. Die junge Frau sah besser aus: Ihre

Haare waren gekämmt, und sie hatte wieder etwas Farbe. An ihrer Miene war abzulesen, dass sie sich an Brunetti erinnerte und froh war, ihn wiederzusehen.

Ihr Lächeln erstrahlte. »Freut mich sehr, dass es Ihnen bessergeht«, sagte Brunetti und reichte ihr die Hand. Francesca nahm sie mit ihrer gesunden und sagte: »Gott sei Dank bin ich nicht Klavierspielerin.« Sie hob den eingegipsten Arm ein wenig an und zeigte ihm ihre andere, blaue und geschwollene Hand. Wieder diese wunderbare Stimme und die klare Aussprache.

Brunetti winkte Griffoni heran. »Das ist meine Kollegin Claudia Griffoni.« Aufrichtigkeit schien ihm bei dem Mädchen im Bett die richtige Strategie. »Ich fand, ich sollte eine Frau mitbringen.«

»Um mir die Angst zu nehmen?«

»So etwa.«

Francesca sah Griffoni forschend an, spitzte die Lippen und zog die Augenbrauen hoch, vielleicht weil ihr Brunettis Bemerkung doch sonderbar vorkam. »Vielen Dank.« Und dann: »Sie sieht nicht sehr gefährlich aus.«

Griffoni lachte, und Brunetti fühlte sich seltsam ausgeschlossen von diesem weiblichen Einverständnis. Um sich wieder ins Spiel zu bringen, sagte er: »Bitte erzählen Sie mir noch einmal von gestern Abend, so wie Sie sich daran erinnern.«

Griffoni kam noch einen Schritt näher, stellte ihre Tasche auf den Fußboden und nahm Block und Bleistift heraus.

Francesca lächelte, bewegte den Kopf aber lieber nicht nach dem Schlag, den er abbekommen hatte. »Darüber denke ich nach, seit wir uns heute früh gesehen haben.

Dass er mich gestoßen hat, weiß ich mit Sicherheit. Aber ich möchte nur ja nichts hinzuerfinden zu dem, was vorher geschehen sein muss.«

Sie hob die Hand und ließ sie hilflos wieder sinken. »Ich bin mir sicher: Ich habe vorher wirklich etwas gehört, vielleicht schon seit ich aus der Pizzeria gekommen war, oder etwas gespürt, aber was, kann ich nicht sagen.« Sie unterbrach sich, und wieder bemerkte Brunetti, wie hell ihre Augen waren – ein merkwürdiger Kontrast zu ihrem dunklen Haar. Bei einer älteren oder eitleren Frau hätte er vermutet, dass ihr Haar gefärbt war. So aber dachte er nur, dass sie ihr kastanienbraunes Haar, die hellblauen Augen und die sehr blasse Haut einem Glücksgriff in die genetische Wundertüte zu verdanken habe.

»Haben Sie sich mal danach umgedreht?«, fragte Griffoni.

Francescas Miene entspannte sich, denn Griffoni hatte die Frage so freundlich gestellt, als glaube sie bereits, dass Francesca da etwas wahrgenommen hatte und sich nur noch nicht im Klaren war, was es gewesen sein könnte.

»Nein. Hier in Venedig verfolgt einen doch niemand.«

Brunetti nickte. Und wartete.

»Als ich auf die Brücke kam, näherten sich hinter mir Schritte, aber bevor ich mich umdrehen konnte, hörte ich nur noch, wie er ›È mia‹ sagte, mit einer unheimlichen Stimme, und dann war da dieser Stoß. Ich konnte nur daran denken, den Sturz zu verhindern, um irgendwie auf beiden Beinen die Treppe hinunterzukommen. Aber das habe ich nicht geschafft. Und dann kniete plötzlich dieser Mann über mir und fragte, ob alles in Ordnung sei.«

»Und jetzt sind wir hier«, sagte Griffoni, unterbrach ihre Notizen und zeigte mit dem Stift im Zimmer umher. Dann wieder ernst, fragte sie: »Was meinen Sie mit ›unheimliche Stimme‹?«

Francesca schloss die Augen, und Brunetti wusste, sie versetzte sich innerlich wieder auf die Brücke. »Die Stimme klang irgendwie gepresst«, sagte sie und schlug die Augen auf. »Als sei es anstrengend für ihn gewesen, mir die Treppe hinaufzufolgen. Ich weiß nicht. Er hat geschnaubt. Wie man es tut, um Kinder zu erschrecken.«

»Kann es sein, dass er versucht hat, seine Stimme zu verstellen?«, fragte Brunetti.

Die blauen Augen schauten lange zu den Bäumen hinter dem Fenster hinaus. Sänger, hatte er einmal gehört, besaßen oft ein außerordentlich gutes Gedächtnis. Das mussten sie ja auch. Und während er das noch dachte, sagte sie plötzlich: »Ja, das könnte sein. Das war keine normale Stimme. Ich meine, nicht so, wie man normalerweise spricht.«

»Sind Sie sicher, dass Sie das richtig gehört haben?«, fragte Brunetti. »Dass er gesagt hat: ›Sie gehören mir‹?«

»Ja«, antwortete sie, ohne zu zögern.

Brunetti sah zu Griffoni und fragte sich, was sie wohl von seiner nächsten Frage halten würde, stellte sie aber trotzdem: »Sind Sie sicher, dass er Sie gemeint hat?«

»Aber natürlich«, fuhr Francesca auf. »Er hat gesagt: ›È mia.‹ Er hat zu mir gesprochen.«

Griffoni holte tief Luft, aber es war Francesca, die dann fragte: »Was ist?«

Brunetti sah förmlich, wie Claudia über die Grammatik nachdachte, während sie gleichzeitig Francescas Gesicht studierte, ihre Jugend, die sich darin und in dem kleinen Körper unter der Decke manifestierte.

»Er hat nicht gesagt: ›*Sei mia*‹?«, fragte Griffoni, und die Verwunderung war ihr deutlich anzuhören. »Zu jemandem, den er die Treppe hinunterstößt?« Francesca hatte Brunetti zweimal erzählt, der Angreifer habe sie mit Sie angeredet, und beide Male hatte ihn das nicht weniger überrascht als Claudia. Francesca war unübersehbar jung, der Angreifer sehr wahrscheinlich älter als sie. Sie zu siezen war absurd. Folglich hatte er von einer anderen Frau gesprochen: »Sie gehört mir.« Nicht: »Sie gehören mir.« »*È mia*« konnte beides bedeuten.

14

Ich denke, er hat gesagt, ich gehöre ihm«, meinte Francesca, die immer noch nicht begriff, dass sie womöglich gar nicht das Hauptziel des Angreifers gewesen war. »Das ist ja das Schreckliche, dass er einfach so bestimmt, wer ihm gehört.« Ihr aufgebrachter Ton beruhigte Brunetti: Wer auf so eine Attacke mit Zorn reagierte, statt sich ängstlich zu verkriechen, hatte gute Chancen, unversehrt aus der Sache herauszukommen.

»Sie sagten, Sie hätten keinen Verfolger gesehen«, gab Brunetti zu bedenken.

Sie ließ sich mit der Antwort Zeit. »Auf der Brücke habe ich ihn *gespürt*.«

Brunetti merkte, sie baute jetzt ab, wie ein Kind, das den ganzen Tag draußen getobt hat und abends nur noch schlafen will. Er wandte sich an Griffoni: »Ich denke, das reicht uns fürs Erste, oder was meinen Sie, Claudia?«

Sie klappte das Notizbuch zu, nahm ihre Tasche, hängte sie sich über die Schulter und kam ans Bett. »Danke, dass Sie mit uns geredet haben, Signorina Santello«, sagte Griffoni, drückte zum Abschied der Kranken aufmunternd den gesunden Arm und wandte sich ab.

Brunetti fiel noch etwas ein: »Weiß Ihr Vater Bescheid?«

»Er ist für ein paar Tage in Florenz«, sagte sie schläfrig. »Er arbeitet dort, bei den Proben für das Festival.«

»Haben Sie ihm erzählt, was passiert ist?«, hakte Brunetti nach.

»Nur, dass ich gestürzt bin und mir den Arm gebrochen habe.« Sie schien einzunicken, sagte aber noch: »Ich wollte ihn nicht beunruhigen.« Ein mattes Lächeln erschien auf ihren Lippen, vielleicht beim Gedanken an ihren Vater, oder weil sie ihm Sorgen erspart hatte, dann schlief sie endgültig ein.

Sie blieben noch kurz und gingen dann zum Schwesternzimmer. Dort erkundigte sich Brunetti, ob irgendjemand das Mädchen besucht habe, und erfuhr, dass am Vormittag eine Tante da gewesen sei, die morgen wiederkommen und sie übermorgen nach Hause bringen wolle. »Die Tante hat mir erzählt, Signorina Santellos Eltern seien geschieden, und ihre Mutter lebe in Frankreich«, sagte die Schwester und fügte achselzuckend hinzu: »Moderne Zeiten, Commissario.«

Brunetti dankte für ihre Hilfe, dann brachen er und Griffoni zur Questura auf.

Auf dem *campo* bemerkte Griffoni: »›È mia.‹ Natürlich hat er eine andere Frau gemeint. Er würde Francesca nicht siezen. Sie ist doch praktisch noch ein Kind, und er wollte sie töten, um Gottes willen. Da siezt er sie doch nicht.«

»Und wer soll diese andere Frau sein?«, fragte Brunetti.

»Tun Sie doch nicht so, Guido«, sagte Griffoni gereizt. »Ich denke, es könnte etwas dran sein an Ihrer Vermutung.«

»Könnte?«, fragte er, nun mit mehr Nachdruck.

Griffoni knuffte ihn lächelnd. »Also gut: kann.«

Am Fuß des Ponte dell'Ospedaletto wandten sie sich nach links und gingen am Kanal entlang; Brunetti folgte seinem inneren Kompass, und Griffoni ließ sich von ihm leiten wie ein Lotsenfisch von einem Hai.

Sie überquerten die nächste Brücke und blieben stehen. Griffoni fragte: »Wie wollen Sie weiter vorgehen?«

»Vianello kann sich bei den Nachbarn umhören, ob ihnen irgendetwas aufgefallen ist, zum Beispiel jemand, der sich längere Zeit in der Nähe ihrer Wohnung aufgehalten hat«, antwortete Brunetti. »Am liebsten würde ich das Mädchen bewachen lassen, aber ohne Alvise sind wir so knapp an Personal, dass ich nicht weiß, wie das gehen soll.«

»Können wir ihn nicht fragen?«, schlug sie vor.

»Wen? Alvise?«

Griffoni nickte. »Ich kenne ihn ja noch nicht lange, aber er ist loyal und durchaus fähig, einfache Anweisungen zu befolgen. Und er möchte unbedingt wieder arbeiten. Man könnte ihn beauftragen, dafür zu sorgen, dass niemand ihr im Krankenhaus zu nahe kommt. Ich denke, er wird die Chance gern ergreifen.«

»Er ist suspendiert, was, wenn ich richtig sehe, bedeutet, dass er nicht arbeiten darf und kein Gehalt bekommt«, sagte Brunetti. »Ich kann nicht von ihm verlangen, dass er das Risiko eingeht und für mich arbeitet. Und erst recht kann ich nicht verlangen, es umsonst zu tun.«

Griffoni dachte nach und meinte schließlich: »Ich sehe da eigentlich kein Problem, Guido.«

»Ach nein? Wie bezahlen wir ihn denn – sollen wir vielleicht bei seinen Kollegen den Hut rumgehen lassen?« Plötzlich erkannte er, wie grotesk diese Unterhaltung war. Wenn sie Scarpa um einen Beitrag für Alvises Gehalt bitten würden, könnten sie auch gleich alles Patta erzählen.

Griffoni sah ihn an und wollte etwas sagen, hielt sich aber zurück und wandte den Blick aufs Wasser. Dort war

Neue Diogenes Bücher

Herbst 2015

Christoph Poschenrieder

**Aus einer Alten-WG zieht man nicht mehr aus.
Man wird hinausgetragen.**

Fünf Männer gründen eine Alten-WG in einer Villa am See. Zusammen wollen sie noch einmal das Leben genießen. Für den letzten – selbstbestimmten – Schritt zählen sie auf die Hilfe der Mitbewohner. Denn es kommt nicht darauf an, wie alt man wird, sondern wie und mit wem man alt wird.

**Christoph Poschenrieder
*Mauersegler***

Roman · Diogenes

224 Seiten, Leinen
ca. € (D) 22.– / sFr 30.–* / € (A) 22.70
September

Astrid Rosenfeld

**»Liebe Juli, ich komme in zwölf Tagen.
Bist Du da? Jakob«**

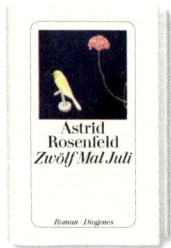

Juli, eine Schriftstellerin mit Stapeln unbezahlter Rechnungen, exzentrischen Freunden und Verwandten und einer Neigung zu überlebensgroßen Träumen, hat zwölf Tage Zeit, um zu entscheiden, wie sie Jakob wiederbegegnen will – dem Mann, der ihr das Herz gebrochen hat.

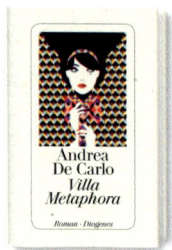

**Astrid Rosenfeld
*Zwölf Mal Juli***

Roman · Diogenes

160 Seiten, Leinen
ca. € (D) 20.– / sFr 27.–* / € (A) 20.60
September

**Andrea
De Carlo
*Villa
Metaphora***

Roman · Diogenes

1088 Seiten, Leinen
ca. € (D) 26.– / sFr 35.–* / € (A) 26.80
September

Auf einer entlegenen Insel im Mittelmeer liegt das Luxusresort Villa Metaphora. Doch das Idyll entpuppt sich schon bald als eine luxuriöse Falle.

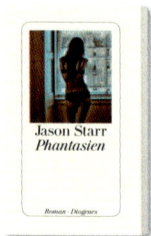

**Jason Starr
*Phantasien***

Roman · Diogenes

Paperback, dt. Erstausgabe, 400 Seiten
ca. € (D) 16.– / sFr 21.–* / € (A) 16.50
Oktober

Jemand begehrt eine Frau, die nicht die seine ist. Jemand anders trinkt öfter mal einen über den Durst. Noch jemand schläft mit dem Falschen. Jemand dreht durch. Jemand stirbt. Alle lügen: Willkommen in der Savage Lane.

Dennis Lehane

Der neue Lehane:
Verrat, Leidenschaft und Rache

400 Seiten, Leinen
ca. € (D) 24.– / sFr 32.–*/ € (A) 24.70
Oktober

Joe Coughlin, geachteter Bürger von Tampa, Florida, und Consigliere des Bartolo-Syndikats, hat seine kriminelle Vergangenheit hinter sich gelassen. Bis eines Tages aus heiterem Himmel ein Kopfgeld auf ihn ausgesetzt wird und auf dem Spiel steht, was ihm am wichtigsten ist: sein Sohn – und der einzige Freund, den er hat. Die atemlose Geschichte von *In der Nacht* geht weiter.

Auch als Diogenes E-Book   Auch als Diogenes Hörbuch

detebe 24315, 592 Seiten
€ (D) 14.– / sFr 19.–*/ € (A) 14.40

Amerika während der Prohibition. Joe Coughlin, ein kleiner Handlanger des Syndikats in Boston, steigt in Florida zum mächtigsten Rum-Schmuggler seiner Zeit auf. Und setzt sein Leben aufs Spiel – aus Liebe zu einer Frau. Ein atemloses, literarisches Gangster-Epos.

detebe 24335, Neuübersetzung, ca. 448 S.
ca. € (D) 12.– / sFr 16.–*/ € (A) 12.40
Dezember

Dennis Lehanes raffiniert komponiertes Meisterwerk um Wahn und Angst. »Ich weiß nicht, was besser ist. Als Bestie am Leben zu bleiben oder als guter Mensch zu sterben.«

Eve Harris

Eve Harris

Partys, Uni, flirten, feiern? Nicht, wenn man in der jüdisch-orthodoxen Gemeinde Londons lebt.

Paperback, dt. Erstausgabe, 464 Seiten
ca. € (D) 16.– / sFr 21.– * / € (A) 16.50
September

Sie haben sich dreimal gesehen, sie haben sich noch nie berührt, aber sie werden heiraten: die neunzehnjährige Chani Kaufman und der angehende Rabbiner Baruch Levy. Eine fast unmögliche Liebesgeschichte in einer Welt voller Regeln und Rituale.

Leseprobe

Chani hatte ein Date nach dem anderen gehabt. Alle arrangiert, jeder angehende Bewerber sorgsam erwogen von den Eltern und der Heiratsvermittlerin. Etliche Stunden hatte sie so bei kaltem Kaffee und schwerfälligen Unterhaltungen zugebracht. Den Männern, die ihr gefielen, gefiel sie nicht, und jene, die sie wollten, fand Chani langweilig oder unattraktiv. Nach jedem Treffen rief die Mutter des jungen Mannes an und teilte ohne Umschweife das Urteil mit. Es war schwer genug, abgelehnt zu werden, doch es war entwürdigend, von einem Jungen abgelehnt zu werden, den man nicht einmal wollte. Mit der Zeit verlobten sich alle ihre Freundinnen. Verzweifelt wünschte sie sich, nicht die Letzte zu sein.

Nach einer Weile hatte sie alle abgelehnt, selbst jene, die Chani wohlgesinnt waren. Käsige Studenten, der plumpe Lehrer oder der melancholische Witwer – sie konnte sich nicht dazu durchringen, ja zu sagen. Alle höchst fromm, alle auf der Suche nach einem guten jiddischen Mädchen, die ihnen *Tscholent* kochte und ihnen am *Schabbes* die Kerzen anzündete. Eine Instant-Frau – bloß noch Wasser hinzufügen. Keiner von ihnen interessierte sich dafür, wer sie war.

Abends erforschten Chanis Hände in ihrer unförmigen weißen Unterhose die eigene Nacktheit, und sie genoss den Duft und erspürte die so verschiedenen Stellen ihres Körpers. Sie drückte und streichelte und spürte das flüchtige, elektrisierende Pochen. Doch all das blieb ihr ein Rätsel.

Unsichtbare Grenzen umgaben sie. Als kleines Mädchen hatte sie ihren altmodischen Rock raffen wollen, um dem Bus hinterherzujagen. Stattdessen wurde sie gelehrt zu gehen, nicht zu rennen, die Arme steif an die Seiten gepresst. Sie hatte sich nach Ausgelassenheit gesehnt, doch ihr wurde beigebracht, ihren Gang zu zügeln.

Im Unterricht verschandelte dicker schwarzer Filzstift Shakespeares Texte. In Kunst, ihrem Lieblingsfach, waren Gauguins Nackte gekonnt kaschiert worden. Da Vincis Zeichnungen sahen aus wie Patchworkdecken. Hinterteile, Brüste und Genitalien zierten weiße Aufkleber.

Sie lebte unter einer Glasglocke.

Aber schließlich, trotz aller Einwände und Hürden, war es so weit. Schließlich sagte sie ja. Sie kannte ihn nur von den wenigen, verkrampften Treffen, bei denen sie sich auf die Zunge gebissen und nur gestelzte Sätze von sich gegeben hatte. Ein nervöser, schlaksiger *Jeschiwa*-Junge, der jedoch überaus freundlich und aufmerksam wirkte. Sie hoffte, dass sich die Glasglocke endlich hob. Oder dass sie sie zumindest mit jemandem teilen konnte.

Donna Leon
Abermals Tote in Venedigs Opernhaus La Fenice?

Donna Leon
Das goldene Ei
Commissario Brunettis
zweiundzwanzigster Fall
Roman · Diogenes

detebe 24336, 320 Seiten
ca. € (D) 12.– / sFr 16.–* / € (A) 12.40
November

Flavia Petrelli ist zurück in Venedig! In der Titelrolle von *Tosca* tritt die Sopranistin im venezianischen Opernhaus La Fenice auf. Als eine junge Sängerin aus dem Kollegenkreis die Treppe einer Brücke hinuntergestoßen wird, beginnt Flavia um ihr eigenes Leben zu fürchten. Brunetti ermittelt in den Kulissen der Oper.

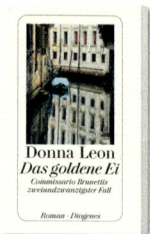

Donna Leon
Endlich mein
Commissario Brunettis
vierundzwanzigster Fall
Roman · Diogenes

ca. 368 Seiten, Leinen
ca. € (D) 24.– / sFr 32.–* / € (A) 24.70
Dezember

Für Patta ermittelt Brunetti diesmal nur pro forma, doch Paola will wissen, was für ein Mensch der Tote war, der bei den Brunettis in der Nachbarschaft umgekommen ist. Brunettis privatester Fall.

Martin Walker
Ein visionärer und realistischer Thriller über unsere Zukunft

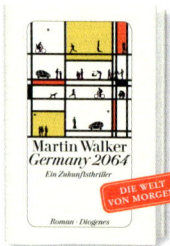

Martin Walker
Germany 2064
Ein Zukunftsthriller
DIE WELT VON MORGEN
Roman · Diogenes

432 Seiten, Leinen
ca. € (D) 24.– / sFr 32.–* / € (A) 24.70
September

Deutschland ist in zwei Welten geteilt: High-Tech-Städte stehen Freien Gebieten gegenüber, in denen man naturnah in selbstverwalteten Kommunen lebt. Kommissar Aguilar ermittelt in einem Entführungsfall. Sein engster Mitarbeiter: ein Roboter. Doch kann er diesem nach dem letzten Update noch trauen?

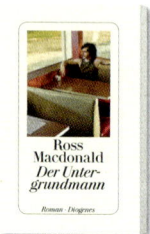

Ross Macdonald
Der Untergrundmann
Roman · Diogenes

Paperback 30034, Neuübersetzung, 320 S.
ca. € (D) 16.– / sFr 21.–* / € (A) 16.50
November

Während ein Waldbrand die Küste Kaliforniens bedroht, sucht Detektiv Lew Archer verzweifelt nach dem kleinen Ronny Broadhurst. Geht es um Lösegeld oder um Erpressung in einem Ehekrieg?

Ingrid Noll

Es brodelt in der Mordküche:
Ingrid Noll bittet zu Tisch.

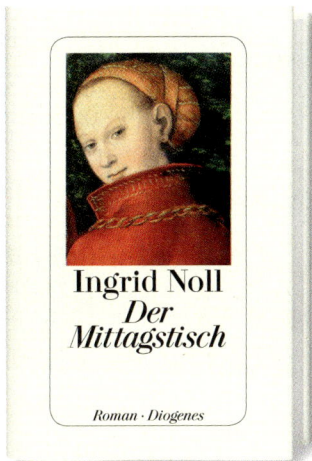

Ingrid Noll
Der Mittagstisch

Roman · Diogenes

224 Seiten, Leinen
ca. € (D) 22.– / sFr 30.–*/ € (A) 22.70
September

Nelly, Mitte dreißig, alleinerziehend, wird von Matthew
abserviert. Nun tischt sie auf: Eine bunte Runde versam-
melt sich täglich bei ihr zum Mittagessen. Familiär geht
es zu, und auch finanziell lohnt es sich – bis ein Geist aus
der Vergangenheit die Suppe zu versalzen droht.

Ingrid Noll
Hab und Gier

Roman · Diogenes

detebe 24311, 256 Seiten
ca. € (D) 12.– / sFr 16.–*/ € (A) 12.40
September

Eine Ingrid-Noll-
Heldin in Nöten: Pflegt
sie ihren Kollegen, ver-
macht er ihr sein halbes
Erbe. Bringt sie ihn
um, sein ganzes... Eine
rabenschwarze Komödie.

A
Martin Suter
*Allmen und die
verschwundene
Maria*

Roman · Diogenes

detebe 24313, 224 Seiten
€ (D) 12.– / sFr 16.–*/ € (A) 12.40

Kaum ist das wertvolle
Dahlienbild wieder da,
verschwindet Carlos'
Freundin. Ihre Ent-
führer fordern die Rück-
gabe des Bildes – oder...
Allmen und Carlos
wissen, ihnen bleibt nicht
viel Zeit.

Bernhard Schlink
**Differenzierte intellektuelle Erkundungen
in klarer und anschaulicher Prosa**

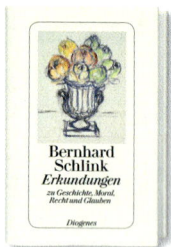

Bernhard Schlink
Erkundungen
zu Geschichte, Moral,
Recht und Glauben

Diogenes

ca. 288 Seiten, Leinen
ca. € (D) 24.– / sFr 32.–*/ € (A) 24.70
Oktober

Was bedeutet uns Geschichte? Was lernen wir aus ihr? Wie weit geht unsere Verantwortung, und wie weit reicht unsere Solidarität? Was sichert unsere Identität? Ausgehend von vertrauten Begriffen und Erfahrungen erkundet Bernhard Schlink erzählerisch anschaulich komplexe Themen von bleibender Aktualität.

Bernhard Schlink
Die Frau auf der Treppe

Roman · Diogenes

detebe 24333, 256 Seiten
ca. € (D) 12.– / sFr 16.–*/ € (A) 12.40
Dezember

Das berühmte Bild einer Frau, lange verschollen, taucht plötzlich wieder auf. Überraschend für die Kunstwelt, aber auch für die drei Männer, die diese Frau einst liebten – und sich von ihr betrogen fühlen.

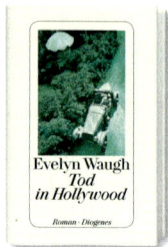

Hartmut Lange
**Erzählungen über existentielle Verstörungen,
über die Bruchstellen im Leben**

Hartmut Lange
Der Blick aus dem Fenster

Diogenes

112 Seiten, Leinen
ca. € (D) 19.– / sFr 26.–*/ € (A) 19.60
September

Acht taghelle, geheimnisvoll verdichtete Erzählungen, die prekäre Gemütszustände darstellen und kunstvoll auffangen: trügerische Glücksversprechen, unerfüllbare Sehnsucht, die Not einsamer Menschen, die Berührung mit dem Bösen, die Angst zu versagen.

Evelyn Waugh
Tod in Hollywood

Roman · Diogenes

160 Seiten, Neuübersetzung, Leinen
ca. € (D) 20.– / sFr 27.–*/ € (A) 20.60
Oktober

Noch wartet der junge Dichter Dennis Barlow auf seinen großen Durchbruch. Doch wahrhaft absurde Abenteuer erlebt er schon vorher, als er sich in Hollywood in die Leichenkosmetikerin Aimée verliebt.

Barbara Vine

Ein Leseabenteuer auf den Seitenpfaden des Begehrens

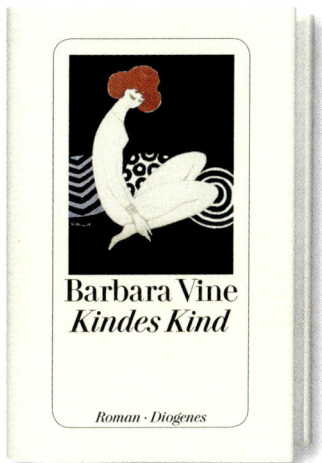

ca. 2224 Seiten, Leinen
ca. € (D) 60.– / sFr 78.–* / € (A) 61.70
November

Patricia Highsmith,
Die Ripley-Romane

Vor 60 Jahren wurde
einer der unwider-
stehlichsten Serienhelden
der Weltliteratur geboren:
Tom Ripley.
Der Fünfteiler als attraktive Geschenkausgabe
im Schuber.

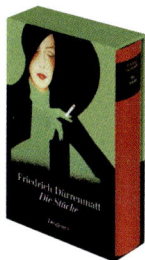

Barbara Vine
Kindes Kind

Roman · Diogenes

368 Seiten, Leinen
ca. € (D) 24.– / sFr 32.–* / € (A) 24.70
November

Schluss mit der Wohnungsnot: Als Grace und ihr
Bruder Andrew das Haus ihrer Großmutter erben,
ziehen sie zusammen. Doch was, wenn einer von ihnen
mit einem Dritten zusammenleben will? Eine fatale
Dreiecksbeziehung entsteht, aus der sich Grace in alte
Bücher flüchtet – um darin ein ähnlich ungewöhnliches
Geschwisterpaar wiederzufinden.

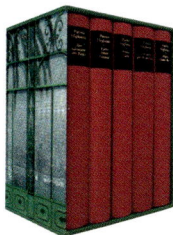

ca. 1600 Seiten, Leinen
ca. € (D) 40.– / sFr 54.–* / € (A) 41.20
November

Dürrenmatts Stücke sind
bis heute unter den meist-
gespielten auf deutschen
Bühnen, Schullektüre und
universell bekannte,
moderne Mythen. Alle
Stücke in einem Band.

Fuminori Nakamura

Ein grandioser Thriller und eine dunkle, abgründige Geschichte über Schicksal und Einsamkeit

224 Seiten, Leinen
ca. € (D) 22.– / sFr 30.–* / € (A) 22.70
Oktober

Er betreibt sein Metier in den Straßen Tokios und in der U-Bahn. Er stiehlt mit kunstvollen, fließenden Bewegungen. Er nimmt nur von den Reichen, Geld bedeutet ihm nichts. Er hat eine dunkle Vergangenheit, und diese holt ihn wieder ein.

Leseprobe

Vor mir ging ein Mann mittleren Alters, mit schwarzem Mantel und silberfarbenem Aktenkoffer in der rechten Hand, Richtung Bahnsteig. Unter den Passanten in meiner Nähe fiel er sofort auf. Der Mantel war von Brunello Cucinelli, ebenso der Anzug. Die wahrscheinlich maßgefertigten Berluti-Schuhe aus feinem Leder zeigten nicht den kleinsten Kratzer. Ungeniert stellte dieser Mann seinen Wohlstand zur Schau. Die silberne, am linken Handgelenk unter der Manschette hervorblitzende Uhr war eine Rolex Datejust. Nicht gewohnt, allein mit dem Shinkansen zu reisen, bereitete ihm der Kauf einer Fahrkarte sichtlich Mühe. Der Mann beugte sich vor, seine Finger krabbelten wie ein fetter, feister Käfer suchend über den Automaten. Da bemerkte ich sie in seiner linken Manteltasche.

In sicherem Abstand zu ihm fuhr ich die Rolltreppe hoch, ging gemächlich zu der Reihe, in der er wartete, und stellte mich mit einer Zeitung hinter ihn. Mein Herz begann schneller zu schlagen. Ich wusste genau, wo die Überwachungskameras installiert waren. Da ich nur eine Karte für den Bahnsteig gelöst hatte, musste es vollbracht sein, bevor er in den Zug stieg. Mit meinem Rücken die Sicht von rechts verdeckend, faltete ich die Zeitung, nahm sie in die linke Hand, senkte sie langsam, um das Geschehen abzuschirmen, und ließ Zeige- und Mittelfinger meiner rechten Hand in seine Manteltasche gleiten. Flüchtig nahm ich den Reflex von Neonlicht auf dem schimmernden Manschettenknopf seines Ärmels wahr. Ich holte langsam Luft, hielt den Atem an. Klemmte den Rand der Brieftasche zwischen die Finger, zog. Ein Schauer durchfuhr mich von den Fingerspitzen bis zur Schulter, angenehme Wärme breitete sich in meinem Körper aus. Obwohl viele Menschen um mich herumstanden, war im Wirrwarr der sich kreuzenden Blicke kein Auge auf mich gerichtet; ich schien wie Luft für sie zu sein. Die Spannung in den Fingern durfte jetzt nicht nachlassen. Ich barg die Brieftasche in der Falte der Zeitung, nahm diese in die rechte Hand und steckte sie in die Innentasche meines Mantels. Langsam atmete ich aus. Während ich spürte, wie meine Körpertemperatur weiter anstieg, beobachtete ich aus den Augenwinkeln die Umgebung. Das elektrisierende Gefühl beim Berühren des verbotenen Objekts, die Benommenheit nach dem Eindringen in die Privatsphäre einer fremden Person waren noch immer da. Kleine Schweißperlen rannen mir den Nacken hinunter. Ich holte das Handy aus der Tasche und tat beim Weggehen so, als würde ich Mails checken.

Hansjörg Schneider

Der sehnlich erwartete neunte Fall für Kommissär Hunkeler aus Basel

Ein prominenter Banker stirbt im Krankenhaus unter merkwürdigen Umständen. Hat sein Tod etwa mit dem weltweiten Druck auf Schweizer Banken zu tun, oder geht es um andere dunkle Seiten der Eidgenossenschaft? Peter Hunkeler ist im Ruhestand, das geht ihn eigentlich alles nichts an. Nur hat er zufällig etwas gesehen, was ihm keine Ruhe lässt.

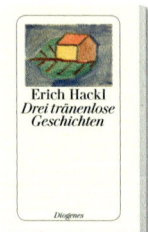

208 Seiten, Leinen
ca. € (D) 22.– / sFr 30.–*/ € (A) 22.70
September

detebe 24306, 160 Seiten
ca. € (D) 11.– / sFr 15.–*/ € (A) 11.40
September

Drei Geschichten, die sich an Fotografien entzünden und diese doch übertreffen, denn sie machen das Abgebildete wieder lebendig.

detebe 24331, 368 Seiten
ca. € (D) 10.– / sFr 13.–*/ € (A) 10.30
November

Ein phantasievolles Debüt: Ein schüchterner Junge zieht aus, seine Schwester zu suchen, und findet nicht nur einen Freund, sondern muss – vielleicht – auch die Welt retten.

detebe 24332, 416 Seiten
ca. € (D) 10.– / sFr 13.–*/ € (A) 10.30
November

Die Fortsetzung des Fantasy-Bestsellers *Die Seltsamen*. Ein Roman über drei junge Außenseiter, die – nicht obwohl, sondern weil sie anders sind! – die gefährlichsten Abenteuer bestehen können.

detebe 24322, 128 Seiten
ca. € (D) 10.– / sFr 13.–*/ € (A) 10.30
Dezember

Erich Hackl gibt einer Frau, die als Bauerntochter im oberösterreichischen Mühlviertel aufgewachsen ist, eine Stimme: seiner Mutter. Ein poetisches, inniges Lebensbild.

Urs Widmer
*Reise
an den Rand
des Universums*

Diogenes

detebe 24330, 352 Seiten
ca. € (D) 12.– / sFr 16.–*/ € (A) 12.40
Oktober

»Kein Schriftsteller,
der bei Trost ist, schreibt
eine Autobiographie«,
lautet der erste Satz.
Urs Widmer hat die
eigene Warnung in den
Wind geschlagen und ein
großartiges Erinnerungs-
buch verfasst.

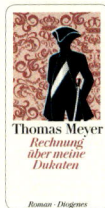

Thomas Meyer
*Rechnung
über meine
Dukaten*

Roman · Diogenes

detebe 24327, ca. 288 Seiten
ca. € (D) 12.– / sFr 16.–*/ € (A) 12.40
Oktober

Ein höchst vergnüglicher
historischer Roman über
die legendäre Leibgarde
des ›Soldatenkönigs‹
Friedrich Wilhelm I. –
die Langen Kerls.

Tim Krohn
*Aus dem Leben
einer Matratze
bester Machart*

Diogenes

detebe 24326, 112 Seiten
ca. € (D) 10.– / sFr 13.–*/ € (A) 10.30
Oktober

Die Hauptfigur in diesem
Buch ist – eine Matratze.
Von 1935 bis 1992 kreuzen
viele abenteuerliche
Schicksale ihren Weg.
In acht Miniaturen blickt
Tim Krohn auf das stür-
mische 20. Jahrhundert.

**F. Scott
Fitzgerald**
*Liebe in
der Nacht*
und andere Liebesstories

Diogenes

256 Seiten, Leinen
ca. € (D) 22.– / sFr 30.–*/ € (A) 22.70
Dezember

Diese Ausgabe versam-
melt sieben Liebes-
geschichten in allen Ton-
lagen. Wie kein anderer
vermag F. Scott Fitz-
gerald Stimmungen her-
aufzubeschwören, die den
Leser verzaubern.

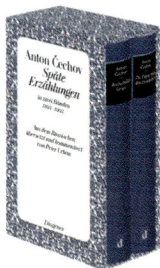

Anton Čechov
*Späte
Erzählungen*
In zwei Bänden

Aus dem Russischen
übersetzt und kommentiert
von Peter Urban

Diogenes

ca. 1155 Seiten, Leinen
ca. € (D) 48.– / sFr 63.–*/ € (A) 49.40
November

Anton Čechovs berühm-
tes Spätwerk vollständig
ediert und mit umfang-
reichem Anmerkungsteil
in der Neuübersetzung
von Peter Urban.

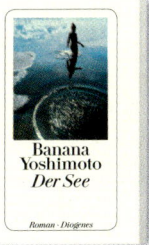

**Banana
Yoshimoto**
Der See

Roman · Diogenes

detebe 24320, 224 Seiten
ca. € (D) 12.– / sFr 16.–*/ € (A) 12.40
Dezember

Ein junges Paar
aus Tokio. Eine geheim-
nisvolle Reise. Eine wun-
derbare Liebesgeschichte.

Diogenes Hörbücher

Eine Auswahl aus dem Hörbuch-Programm

Gelesen von
Hannelore Hoger
1 CD, ca. 78 Minuten
ca. € (D) 18.–*/sFr 24.–*
Oktober

Hörspiel mit L. Carstens,
K. Horwitz, E. Schlott, P. Lühr
und vielen anderen
2 CD, ca. 104 Minuten
ca. € (D) 20.–*/sFr 27.–*
November

Hörspiel mit T. Breidenbach,
H. E. Jäger, B. Hübner,
H.-C. Blech und vielen anderen
2 CD, ca. 100 Minuten
ca. € (D) 20.–*/sFr 27.–*
November

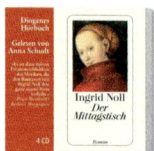

Ungekürzt gelesen von
Anna Schudt
4 CD, ca. 285 Minuten
ca. € (D) 22.–*/sFr 30.–*
September

Ungekürzt gelesen von
Luise Helm
2 CD, ca. 143 Minuten
ca. € (D) 20.–*/sFr 27.–*
September

Ungekürzt gelesen von
Christian Ulmen
7 CD, ca. 511 Minuten
ca. € (D) 25.–*/sFr 34.–*
September

Ungekürzt gelesen von
Joachim Schönfeld
8 CD, ca. 459 Minuten
ca. € (D) 26.–*/sFr 35.–*
Dezember

Ungekürzt gelesen von
Wanja Mues
6 CD, 451 Minuten
ca. € (D) 24.90*/sFr 35.90*

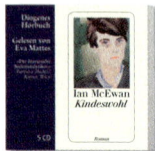

Ungekürzt gelesen von
Eva Mattes
5 CD, 377 Minuten
€ (D) 24.90*/sFr 35.90*

Ungekürzt gelesen von
Doris Dörrie
4 CD, 285 Minuten
€ (D) 19.90*/sFr 28.90*

Gelesen von
Burghart Klaußner
7 CD, 459 Minuten
€ (D) 24.90*/sFr 35.90*

Ungekürzt gelesen von
Gert Heidenreich
1 MP3-CD, 683 Minuten
€ (D) 24.90*/sFr 35.90*

Ungekürzt gelesen von
Johannes Steck
8 CD, 640 Minuten
€ (D) 24.90*/sFr 35.90*

Ungekürzt gelesen von
Charles Brauer
5 CD, 423 Minuten
€ (D) 19.90*/sFr 28.90*

Hörspiel mit K. Thalbach, J. Król,
Bela B. Felsenheimer,
C. Hübner und E. Kreil
1 CD, 68 Minuten
€ (D) 14.90*/sFr 19.90*

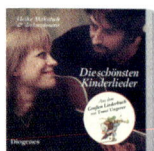

Gesungen von
Heike Makatsch,
arrangiert von derhundmarie
1 CD, 38 Minuten
€ (D) 15.90*/sFr 22.90*

Serafin
Serafin

PHILIPPE FIX

DIOGENES

32 Seiten, Neuausgabe, Pappband
ca. € (D) 18.–/ sFr 24.–*/ € (A) 18.50
November

Eine zauberhafte Ge-
schichte, die Kindern
Mut macht, sich selbst
zu sein, auch wenn
sie dafür manchmal aus-
gelacht werden.

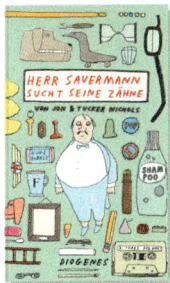

HERR SAVERMANN SUCHT SEINE ZÄHNE
VON JON & TUCKER NICHOLS

DIOGENES

ca. 48 Seiten, Pappband
ca. € (D) 20.–/ sFr 27.–*/ € (A) 20.60
Oktober

Ein modernes Wimmel-
buch für Kinder und
Erwachsene, Omas und
Opas, Leute mit Gebiss
und ohne, für Monster
und Nichtmonster,
Besitzer von Ameisen-
zirkussen und Sachen, die
mit S anfangen.

DA BIN ICH
Friedrich Karl Waechter

Diogenes

40 Seiten, Neuausgabe, Pappband
ca. € (D) 18.–/ sFr 24.–*/ € (A) 18.50
November

Eine Geschichte vom
Zurechtkommen in dieser
Welt und davon, dass man
trotz aller Widrigkeiten
einen Platz finden kann,
wo jemand auf einen
wartet und wo es genügt,
einfach nur noch
zu sagen: Da bin ich!

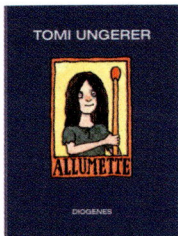

TOMI UNGERER
ALLUMETTE

DIOGENES

36 Seiten, Neuausgabe, Pappband
ca. € (D) 18.–/ sFr 24.–*/ € (A) 18.50
November

Das Märchen von der
kleinen Zündholzver-
käuferin Allumette, die
mit ihrem großen Herzen
die Hilfsbereitschaft
in ihren selbstsüchtigen
Mitmenschen entfacht.

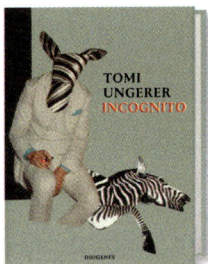

TOMI UNGERER
INCOGNITO

DIOGENES

ca. 400 Seiten, Leinen
ca. € (D) 49.–/ sFr 59.–*/ € (A) 50.40
November

Die unbekannte Seite
eines großen Künstlers.
Ausstellung »Incognito« im
Kunsthaus Zürich und im
Museum Folkwang, Essen.
Auch als nummerierte
und signierte Vorzugs-
ausgabe mit Siebdruck
erhältlich

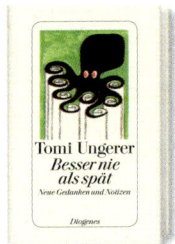

Tomi Ungerer
*Besser nie
als spät*
Neue Gedanken und Notizen

Diogenes

ca. 160 Seiten, Leinen
ca. € (D) 20.–/ sFr 27.–*/ € (A)20.60
Oktober

Der Meister der Zeichen-
kunst als brillanter und
übermütiger Wortjongleur

* unverbindliche Preisempfehlung
(gilt für den sFr-Preis bei Büchern
und für Hörbücher generell).
Alle Angaben ohne Gewähr.

In die Ferien mit Kommissar Maigret Frankreich-Krimis – das Original

»Maigret: unerreicht! Genauer: unerreichbar!
In Maigret vollendet sich Fall für Fall die
literarische Figur des Kommissars – schlechthin
alles, was Kriminalliteratur je zu sein vermag.
Der Auftrag lautet: Lesen, lesen, lesen!«
Jean-Luc Bannalec

keine Antwort zu finden, also drehte sie sich wieder zu Brunetti und sagte es dann doch: »Es könnte sein, dass Signorina Elettra die Anweisung, ihm das Gehalt zu streichen, nicht weitergeleitet hat, bevor sie selbst aufgehört hat zu arbeiten.«

»Sie hat nicht aufgehört zu arbeiten«, sagte Brunetti mit Nachdruck, um das Gespräch endlich in vernünftige Bahnen zu lenken. »Sie streikt.« Ob Alice sich auch so gefühlt hatte, fragte er sich: rettungslos verloren in einem Wald aus Wörtern?

Da Griffoni ihm nicht widersprach, ging er noch einen Schritt weiter.

»Außerdem wird Alvise von Rom bezahlt, nicht von hier«, sagte er. »Wie wir alle.« Wenigstens das musste sie doch wissen.

»Aber die Anweisung für den Gehaltsstopp müsste doch von hier kommen, oder?«, meinte Griffoni. »Also von Tenente Scarpa, unterzeichnet vom Vice-Questore.« Sie nahm sein Schweigen als Zustimmung und erklärte: »Aber das lässt sich umgehen.«

Brunetti fuhr sich über die Bartstoppeln, die ihm seit der morgendlichen Rasur unter der Unterlippe gewachsen waren, und glaubte nachgerade zu hören, wie sie sich unter seinen Fingernägeln wieder aufrichteten. »›Umgehen‹?«, wiederholte er.

Griffonis Miene blieb seltsam starr. »Wenn die Anweisung nicht nach Rom weitergeleitet worden wäre und wenn er einen neuen Tätigkeitsbereich zugewiesen bekommen hätte, gäbe es keine Unterbrechung in seinen Gehaltszahlungen.«

»›Wäre‹? ›Hätte‹?«, fragte Brunetti. Der Konjunktiv schien sich immer häufiger in seine Gespräche mit Commissario Griffoni und auch mit Signorina Elettra einzumischen. »›Neuer Tätigkeitsbereich‹?«

Griffoni hob eine Augenbraue und beide Hände, wie um die unendliche Bedeutungsvielfalt dieser Wendung anzudeuten.

Brunetti sah ihr ins Gesicht. Hatte es sich verändert, seit sie mit Signorina Elettra Freundschaft geschlossen hatte? Lag in ihrem Blick nicht etwas Verstohlenes, das früher dort nicht gewesen war?

Er konnte sich die Frage nicht verkneifen. »Sie hat das alles getan?«

»Ja.«

»Was hat man ihm erzählt?«, fragte Brunetti.

»Nur, dass er einem anderen Bereich zugewiesen wird, bis die Angelegenheit geregelt ist.« Sie senkte den Blick, sah wieder auf. »Jetzt hilft er im Archiv.«

»Er hilft? Wie?«

»So gut er kann«, antwortete sie.

Brunetti sah nach den Gebäuden auf der anderen Seite des Kanals. Die Fensterläden des größten Palazzos dort waren von der Sonne ausgebleicht, einige hingen schief. Ein Abflussrohr hatte sich gelockert, die Wasserschäden an der Fassade waren unübersehbar.

»Können Sie ihn bitten, alle paar Stunden im Krankenhaus bei ihr nach dem Rechten zu sehen?«, fragte er. »In Zivil, das wird ihm gefallen.« Wie leicht diese zwei Frauen einen zum Komplizen machen konnten.

»Und wenn sie entlassen wird? Was dann?«

»Solange sie in der Stadt bleibt, kann er weiter nach ihr sehen«, sagte Brunetti. Viel war das nicht. Aber besser als nichts.

Er setzte sich wieder Richtung Questura in Bewegung.

Sie folgte ihm. »Ich würde sie gern mal singen hören«, sagte Griffoni zu Brunettis Überraschung.

»Warum?«

»Sie hat eine wunderbare Stimme. Obwohl die überhaupt nicht zu einem so schmächtigen Mädchen passt.«

In der Questura angekommen, fragte Griffoni: »Kann ich sonst noch etwas für Sie tun, nachdem ich mit Alvise gesprochen habe?«

Da sie keine Venezianerin war, hatte Brunetti anfangs Bedenken gehabt, sie im Theater ermitteln zu lassen; die Leute dort redeten nicht gern mit Ausländern. Oder milder ausgedrückt: mit Nichtvenezianern. Mittlerweile aber war er zu dem Schluss gekommen, dass ihr Charme und ihre Schönheit diesen Nachteil wettmachen könnten. »Hören Sie sich im Theater um, ob dort irgendwem etwas Ungewöhnliches aufgefallen ist.«

Statt auf die Schwammigkeit dieses Auftrags hinzuweisen, nickte sie nur und machte sich auf den Weg zu ihrem Büro. Brunetti trat bei Signorina Elettra ein; statt der Zeitschrift hielt sie jetzt ein Buch in der Hand. »Nutzen Sie den Streik, um versäumte Lektüre nachzuholen?«, fragte er.

Sie würdigte ihn keines Blicks, entweder weil sie nun auch ihn bestreikte oder weil das Buch sie so fesselte.

Brunetti kam näher und entzifferte den Namen des Verfassers.

»Sciascia?«, fragte er. »Lernen Sie durch Ihre Arbeit hier nicht schon genug über Verbrechen und Polizei?«

Die Frage ließ sie nun doch aufblicken. »Ich versuche den direkten Kontakt nach Möglichkeit zu vermeiden.«

»Kontakt mit dem Verbrechen?«

Sie sah zu der Tür von Pattas Büro. »Mit der Polizei«, sagte sie. Brunetti hob in gespielter Entrüstung die Hände, worauf sie klarstellte: »Aber nur mit den höheren Rängen.«

»Wozu ich hoffentlich nicht gehöre.«

Sie legte das rote Lesebändchen zwischen die Seiten und klappte das Buch zu. »Kaum. Womit kann ich Ihnen behilflich sein, Commissario?«

Er sah keinen Grund, ihr zu verraten, dass er von Alvises Gehalt und seinem neuen Tätigkeitsbereich wusste: Solange er nichts wusste, konnte er sich aus der Sache heraushalten.

»Wir haben mit dieser Francesca Santello gesprochen«, begann er und wies auf den Computer. »Angeblich hat ihr keine Geringere als Flavia Petrelli ein Kompliment zu ihrem Gesang gemacht.« Er gab ihr Gelegenheit, sich genauer danach zu erkundigen, aber sie legte nur ihr Buch neben den Computer und sah ihn aufmerksam an.

»Sie – Signora Petrelli – hat einen Fan, dessen Verhalten man nur als, nun ja, übertrieben bezeichnen kann«, fuhr er fort. Signorina Elettra schwieg weiterhin.

»Bis jetzt hat er ihr nur Blumen geschickt, Hunderte, sowohl in ihre Garderobe als auch vor ihre Wohnungstür.«

Nach einer langen Pause fragte Signorina Elettra: »Bis jetzt?«

Brunetti zuckte unbehaglich mit den Schultern. »Ich

habe keinen konkreten Grund zu der Annahme, dass das irgendetwas mit dem Vorfall auf der Brücke zu tun haben könnte. Es ist nur eine vage Vermutung.«

Sie ließ sich das mit unbewegter Miene durch den Kopf gehen. »Haben Sie irgendeinen Verdacht, wer dieser Fan sein könnte?«

»Nein«, sagte er, aber dann ging ihm auf, dass er sich bislang nicht genug damit beschäftigt hatte. »Es muss jemand sein, der es sich leisten kann, ihr nachzureisen und solche Mengen an Blumen zu kaufen. Und der raffiniert und reich genug ist, die Blumen praktisch überall hinliefern zu lassen.« Er versuchte sich vorzustellen, was dieser Mann sonst noch wissen und bewerkstelligen können musste. »Offenbar kennt er sich so gut in der Stadt aus, dass er Signorina Santello folgen konnte, ohne ihre Spur zu verlieren oder irgendwem aufzufallen.«

»Und auch ohne *ihr* aufzufallen. Sie denken, er ist Venezianer?«

»Gut möglich.«

»Soll ich mal wegen der Blumen nachforschen?«, fragte sie mit der Passion eines Jägers, der endlich auf die Pirsch gehen will.

»Gelbe Rosen. In solchen Mengen, dass derjenige sie eigens bestellt haben muss. Wahrscheinlich musste der Blumenhändler sie vom Festland kommen lassen.«

Sie schaltete ihren Computer ein. »Haben Sie den vermisst?«, fragte Brunetti und wies auf den Bildschirm.

»Nicht mehr, als meine Freunde ihre Kinder vermissen, wenn die zum Studieren ins Ausland gehen«, sagte sie, während der Bildschirm zum Leben erwachte.

Brunetti erkannte betroffen, wie wenig er nach all diesen Jahren von Signorina Elettra wusste. Sie hatte Freunde, deren Kinder die Universität besuchten, war aber selbst bestimmt noch nicht alt genug, Kinder im Studentenalter zu haben. Er wusste nicht einmal, wie alt sie war. Er hätte sich schon längst problemlos Einblick in ihre Akte verschaffen und so ihr Geburtsjahr und ihren Bildungsweg erfahren können. Aber das hatte er nie getan, wie er auch niemals in den Briefen seiner Freunde herumschnüffeln würde – falls denn heutzutage noch jemand Briefe schrieb. Paola, deren Mutter eine leidenschaftliche Leserin war, hatte ihren Sinn für Moral und Ehre von den noblen Helden der Romane des neunzehnten Jahrhunderts geerbt. So ziemlich dieselbe moralische Grundeinstellung hatten erstaunlicherweise eine Frau, die nie über das vierte Jahr der Mittelschule hinausgekommen war, und ein ständig arbeitsloser Träumer, dessen körperliche und seelische Gesundheit nach jahrelanger Kriegsgefangenschaft zerrüttet gewesen war, Brunetti mit auf den Weg gegeben.

»Verzeihung?«, fragte er, da er nicht richtig zugehört hatte.

»Ich sagte, ich mache zurzeit selektiven Gebrauch davon«, erklärte sie und wies auf den Computer. »Ich arbeite damit wie immer, nur nicht für die beiden bestreikten Personen.« Er war beeindruckt, wie vernünftig sich das aus ihrem Mund anhörte.

»Da ich zu denen zähle, für die Sie noch arbeiten«, sagte Brunetti und gab sich einen möglichst förmlichen Anstrich, »möchte ich Sie bitten, so viel wie möglich über das Mädchen auf der Brücke herauszufinden. Francesca Santello: Eltern geschieden; die Mutter lebt in Frankreich; sie selbst wohnt bei ihrem Vater, wenn sie hier in Venedig ist; irgendwo in Santa Croce. Sie studiert Gesang am Konservatorium in Paris«, zählte er langsam auf, während sie sich Notizen machte.

»Ich habe Claudia gebeten, sich umzuhören, ob am Theater irgendwelche Auffälligkeiten beobachtet wurden. Auch wenn sie keine Venezianerin ist.«

Signorina Elettra nickte, als habe er auf Einschränkungen hingewiesen, die aufgrund einer körperlichen Behinderung unvermeidlich seien.

»Kennen Sie jemanden, der dort arbeitet?«, fragte er. »Ich kenne nur einen, der vor fünf Jahren in Rente gegangen ist und jetzt in Mantua lebt.«

»Einer, mit dem ich zur Schule gegangen bin, arbeitet in der Bar an der Ecke, gegenüber dem Theater«, antwortete sie prompt. »Den kann ich fragen, ob ihm irgendwelche Merkwürdigkeiten zu Ohren gekommen sind. Viele von den Bühnenarbeitern und Theaterleuten gehen dort Kaffee trinken, also könnte er etwas gehört haben.« Sie notierte sich auch dies. »Sonst noch etwas?«

»Sie könnten mir noch etwas über Fans zusammenstellen«, sagte er.

Sie hob ihren Bleistift und erklärte bedächtig: »Vielleicht sollten wir besser von Stalkern reden.«

»Und wer wäre das Opfer?«

»Signora Petrelli.«

»Und Francesca Santello?«, fragte er, obwohl er es zu wissen glaubte.

»Die ist dem Täter in die Quere gekommen.«

»›In die Quere‹«, wiederholte Brunetti, der seine eigene Vermutung bestätigt sah.

»Soll ich mir auch Signora Petrellis Exmann ansehen?«, fragte sie.

»Ja. Und versuchen Sie – haben Klatschmagazine auch Online-Ausgaben?«

»Keine Ahnung«, antwortete sie kühl. »Die lese ich nur beim Friseur.«

»Falls ja, könnten Sie die letzten Jahrgänge durchforsten und herausfinden, mit wem Signora Petrelli eventuell ein Verhältnis hatte?«

»Denken Sie dasselbe wie ich?«

»Scheint so«, sagte Brunetti. »Also, überprüfen Sie das.« Er könnte sich auch bei Flavia selbst danach erkundigen, dachte er, und Signorina Elettra viel Arbeit ersparen. Andererseits würde Signorina Elettra, wenn sie sich betätigte, von ihrem Streik abgelenkt.

15

Brunetti ging in sein Büro; er fand, er sollte sich nicht so anstellen, und schaltete seinen eigenen Computer ein, um selbst ein wenig zu recherchieren. Er nahm sich die Kriminalstatistik über Stalker vor: auch so ein englisches Wort, das sich, ähnlich wie »Killer«, überall ausgebreitet hatte. Nun, dachte er, »Sandwich« kommt auch aus England, also wollen wir mal nicht so sein.

Als Erstes sah er sich die polizeiinternen Dokumente und Statistiken an, dann die umfassenderen Dateien des Innenministeriums. Er las mit wachsendem Interesse und Entsetzen, und nach einer Stunde sprach er laut vor sich hin: »So viel zum Latin Lover.«

Nach Schätzungen der Polizei fielen in Italien bis zu zwei Frauen pro Woche einem Mord zum Opfer, und in der Regel war der Täter ein Ex. Hinzu kamen tödliche Unfälle und diverse perfide Übergriffe: Wann hatte es angefangen, dass man Frauen Säure ins Gesicht schüttete?

Vor Jahren hatte Brunetti an einem Seminar in Rimini teilgenommen, wo ein Pathologe in Anzug und Krawatte, der aussah wie ein Kleinstadtapotheker, über die vielen Morde referierte, die Jahr für Jahr unentdeckt blieben: häufig durch einen Sturz hervorgerufen oder durch eine Überdosis Medikamente in Kombination mit Alkohol. Immer wieder rutschten Frauen vermeintlich in der Badewanne aus und ertranken, hatte der Arzt erzählt: Einmal musste er eine obduzieren, deren Mann sie, als er von der Arbeit nach Hause kam, in der Wanne gefunden hatte; der Polizei erzählte er, sie habe noch geschlafen, als er am Morgen gegangen sei. Ein sehr wohlhabender Mann, aber auch ein sehr nachlässiger, denn er hatte die Überwachungskameras außer Acht gelassen, aus deren Aufzeichnungen sich ergab, dass er ihr, acht Minuten nachdem sie ins Bad gegangen war, unbekleidet und mit einem großen Stück Plastikfolie in der Hand gefolgt war, von der sich Spuren unter ihren Fingernägeln nachweisen ließen. »Gesunde, junge Menschen stürzen in der Badewanne nicht zu Tode. Glauben Sie mir, meine Damen und Herren«, hatte der Pathologe gesagt, bevor er sich dem nächsten Fall zuwandte.

Und junge Mädchen stolpern nicht und fallen Brücken hinunter, fügte Brunetti hinzu, auch wenn ihm niemand zuhörte.

Er rief die Statistik für die letzten Jahre auf und sah, dass Angriffe auf Frauen im selben Maß zunahmen, wie die wirtschaftlichen Verhältnisse sich verschlechterten: Die eine Kurve ging nach oben, die andere nach unten. Eine beträchtliche Anzahl von Männern entschied sich angesichts finanziellen Ruins für Selbstmord; aber noch mehr richteten ihre Wut oder Verzweiflung – oder was sonst sie antreiben mochte – gegen die Frauen, die ihnen am nächsten waren, töteten oder verstümmelten sie mit einer Häufigkeit, die Brunetti beängstigend fand.

Die Täter, dachte er, kannten diese Frauen doch und sagten, sie liebten sie oder hätten sie einst geliebt, und oft waren es Frauen, mit denen sie Kinder großgezogen hatten. Keine unerreichbaren Stars auf der Bühne, die für Tausende sangen, nicht für einen allein.

Er schloss das Programm und starrte auf den Schreibtischhintergrund: eine grüne Landschaft, die schon auf dem Computer gewesen war, als dieser in sein Büro und in sein Leben trat. Linkerhand ein grüner Hügel, und rechterhand dahinter ein zweiter, wie vom Fotografen arrangiert. Brunetti gab Flavias Namen bei Google ein; Sekunden später lächelte ihm die Petrelli entgegen, als danke sie für die Mühen, die er ihretwegen auf sich nahm. Eine strahlende Schönheit in verschiedenen Bühnenkostümen. Er besah sich die Kleider genauer und versuchte zu erraten, zu welcher Rolle sie jeweils gehörten. Bei der Gräfin im *Figaro* lag er richtig, und natürlich auch bei der kürzlich erst gesehenen Tosca. Cowboyhut und Pistole wiesen sie als Minnie aus, auch wenn Brunetti *La Fanciulla* nie gesehen hatte. Auf dem nächsten Foto trug sie ein tief dekolletiertes Gewand mit Reifrock und die Haare – oder eine Perücke – in einer kunstvollen Turmfrisur. Hier beachtete Brunetti die Bildunterschrift nicht weiter.

Er vergewisserte sich vielmehr auf ihrer Wikipedia-Seite, dass Flavia vor gut vierzig Jahren in Südtirol zur Welt gekommen war und dort ihre musikalische Ausbildung begonnen hatte. Er übersprang den Artikel »Karriere« und las den kurzen Abschnitt über ihr Privatleben. Der Ehemann wurde erwähnt und korrekt als Spanier aufgeführt; zwei Kinder, namenlos. Die Ehe wurde geschieden. Dann der übliche Hinweis auf »frühes Talent«, »vielbeachtetes Debüt« und »technische Meisterschaft«, gefolgt von einer Liste der Rollen, die sie gesungen hatte. Weiter nichts.

Zurück zu Google, wo er sich den nächsten Artikel ansah, der hauptsächlich aus Fotos bestand. Aber schnell hatte er die Perücken und Ballgewänder satt. Er nahm sein *telefonino* und rief sie an.

»*Sì*«, meldete sie sich nach dem vierten Klingeln.

»Flavia«, sagte er, »hier ist Guido. Ich möchte mit dir reden. Heute Abend, wenn's geht.«

Nach einer sehr langen Pause fragte sie: »Wie lange wird das dauern, und worüber möchtest du reden?«

»Über ein Mädchen, mit dem du gesprochen hast; wie lange das dauern wird, weiß ich nicht.«

»Ein Mädchen?«, fragte sie. »Was für ein Mädchen?«

»Francesca Santello«, sagte er, aber der Name löste keine Reaktion aus. »Du hast vor ein paar Tagen im Theater mit ihr gesprochen.«

»Die Altistin?«, fragte Flavia.

»Ich glaube schon. Ja.«

»Was ist mit ihr?«

»Kann ich vorbeikommen und mit dir reden?«

»Guido, ich bin im Theater. Heute Abend muss ich singen. Falls du mir etwas zu sagen hast, das mich beunruhigen könnte, will ich es nicht hören, nicht so kurz vor einer Aufführung. Außerdem kann ich dir sowieso nichts über sie sagen. Wir haben uns zufällig im Theater getroffen, ich habe ihr ein Kompliment gemacht, und das war's.« Hinter ihr war ein Geräusch zu vernehmen, vielleicht eine Tür, die ins Schloss fiel. Dann die Stimme einer Frau – nicht Flavia. Dann Stille.

»Könnte ich nach der Vorstellung zu dir kommen?«, fragte er.

»Ist dem Mädchen was passiert?«, fragte sie.

»Ja. Aber es geht ihr gut.«

»Warum rufst du mich dann an?«

»Weil ich möchte, dass du mir so ausführlich wie möglich erzählst, was sich bei eurer Begegnung abgespielt hat.«

»Das kann ich auch jetzt«, sagte sie nicht sonderlich
freundlich.

»Nein, ein persönliches Gespräch wäre mir lieber.«

»Damit ich durch die Mimik meine Schuld verrate?«,
fragte sie – ob im Scherz oder nicht, war nicht auszumachen.

»Aber nein, nicht doch. Ich möchte nur nichts überstür-
zen. Ich will dir Zeit lassen, dich genau zu erinnern, was
vor sich ging und was ihr gesprochen habt.«

Es entstand eine weitere lange Pause, und wieder hörte
er die andere Frau etwas sagen und dann Geräusche, als
wenn irgendwelche Gegenstände herumgeschoben und ab-
gestellt würden.

»Also gut«, sagte sie schroff, als habe sie es mit einem
aufdringlichen Vertreter zu tun. »Du weißt, wann die Vorstellung endet. Ich warte auf dich.«

»Danke«, sagte Brunetti, aber da hatte sie schon aufgelegt.

Er hätte vor dem Anruf nachsehen sollen, ob an diesem
Tag Vorstellung war, aber die Sache machte ihm Sorgen.
Unerklärliche Gewaltverbrechen duldeten keinen Auf-
schub. Wenn er mit seiner Interpretation der Ereignisse
richtiglag, war nicht auszuschließen, dass Francesca nur
ein erstes Opfer gewesen war; Flavia könnte das zweite
werden.

Beim Abendessen erklärte er, dass er noch mit Flavia Petrelli verabredet sei, nach der Vorstellung. Während die Kinder sich nicht für den Fall zu interessieren schienen, hörte Paola seinen Überlegungen aufmerksam zu. Als er fertig war, meinte sie: »Manche Leute sind auf andere fixiert.« Sie legte den Kopf schief und starrte ins Leere, wie sie es immer tat, wenn ihr eine Idee kam. »Vielleicht ist das der Grund, warum ich bei Petrarca immer so ein unbehagliches Gefühl habe.«

»Wie bitte?«, fragte Brunetti verblüfft.

»Sein Ding mit Laura«, sagte sie, und Brunetti konnte nur staunen – solche Worte aus dem Mund der ernsthaftesten Leserin über den Dichterfürsten dieses Landes zu hören. *Sein Ding mit Laura?*

»Ich habe mich immer gefragt, ob er sich da bloß in etwas hineingesteigert hat, werde aber den Verdacht nicht los, er könnte seine Anhimmelei absichtlich übertrieben haben, als Reizmittel, um ihr noch mehr Gedichte abzugewinnen.«

»Wunderschöne Gedichte«, stellte Brunetti klar.

»Natürlich, wunderschöne Gedichte, aber irgendwann wird einem diese ewig unerwiderte Liebe doch zu viel.« Paola stapelte die Teller übereinander; die Kinder hatten längst das Weite gesucht, um sich dem Müßiggang hinzugeben und ihrer Mutter den Abwasch zu überlassen. »Und Laura? Vielleicht hat sie ihn für eine Nervensäge gehalten, einen Widerling oder womöglich sogar für einen Stalker, was mich überhaupt auf diesen Vergleich gebracht hat.« Sie ließ heißes Wasser einlaufen und stellte die Teller in die Spüle, sah zu Brunetti und sagte: »Was meinst du? Wenn er heute leben würde: Würde er Laura im Keller anketten und sie zur Mutter zweier unehelicher Kinder machen?«

Auf diese Frage fiel Brunetti keine passende Antwort ein. »Du hast mir nie erzählt, dass du so von Petrarca denkst«, sagte er nur.

»Ich habe dieses Theater einfach satt. Die Leute zitieren ihn ständig, aber wer liest ihn denn noch wirklich?«, fragte sie herausfordernd. »Und wie oft kann ein Dichter mit so was durchkommen:

O Luft, die, blonden Locken angeschmieget,
Sie hebt und regt und, hold von seinem Scheine
Bewegt, zerstreut des süßen Goldes Reine
Und sammelnd es in schöne Knoten füget!«

Paola biss die Lippen zusammen und fügte dann klein-laut hinzu: »Früher konnte ich das Ganze auswendig, aber heute weiß ich nur doch dieses bisschen.« Sie nahm das Be-steck aus dem Seifenwasser, spülte es unter heißem Wasser ab, legte es in das Abtropfgitter neben der Spüle und sagte: »Eines Tages wird man dich anrufen und dir mitteilen, dass ich mich draußen verlaufen habe und nicht mehr nach Hause finde.«

Brunetti sah auf die Uhr, gab Paola einen Kuss und machte sich aus dem Staub.

Nachdem er sich einer längeren Diskussion über italieni-sche Dichtung erfolgreich entzogen hatte, erreichte er das Theater eine Viertelstunde vor dem Ende der Vorstellung. Er zeigte am Bühneneingang seinen Dienstausweis vor und sagte, er werde den Weg schon finden. Der Pförtner bekundete wenig Interesse und erklärte nur, der Aufzug befinde sich links.

Auf der Bühnenebene angekommen, sah er einen Mann, etwa in seinem Alter und wie er selbst in Anzug und Krawatte, und fragte ihn nach dem Weg zur Bühne. Der Mann, ein Bündel Papiere in der Hand, zeigte geradeaus und sagte, er werde es dann schon hören, wandte sich ab und ließ Brunetti allein, ohne auch nur gefragt zu haben, wer er sei.

Am Ende eines schlechtbeleuchteten Korridors gelangte Brunetti zu einer Schallschutztür, die das Wummern des Orchesters nicht zu dämpfen vermochte. Just in dem Moment, als Brunetti die Tür aufzog, wurde der arme Mario von den römischen Soldaten erschossen: Die Geräusche schlugen über ihm zusammen: der Schuss, Stimmen, die Musik. Alles war in Aufruhr. Brunetti wartete, bis seine Augen sich auf das hellere Licht eingestellt hatten, ging ein paar Schritte nach vorn und blieb hinter drei Bühnenarbeitern stehen, die mit verschränkten Armen das Geschehen verfolgten; zwei weitere waren mit ihren *telefonini* beschäftigt. Auf der Bühne, im wallenden roten Gewand und mit dem glitzernden Diadem im Haar, stand Flavia wieder einmal auf der Brustwehr der Engelsburg und verkündete ihren Tod. Und schon sprang sie herab, die Musik donnerte los, langsam schloss sich der Vorhang, und einer der Bühnenarbeiter hatte plötzlich nur noch Augen für das Smartphone seines Kollegen.

Wie Brunetti es vor wenigen Tagen erlebt hatte, gerieten die Zuschauer in jene Raserei, die Toscas Selbstmord und die dramatischen Schlussakkorde entfesseln sollten, was denn auch, wenn die Darsteller singen und schauspielern konnten, regelmäßig geschah. Er ging ein paar Meter zur Seite, bis er den ganzen Bereich hinter dem Vorhang überblicken konnte, wo die Sänger beieinanderstanden und sich lachend unterhielten. Minuten vergingen.

Ein Mann scheuchte mit seinem Klemmbrett die drei Hauptdarsteller zur Bühnenmitte und alle anderen an den Rand. Der Vorhang ging auf, und die drei wie durch ein Wunder wieder zum Leben erwachten Sänger nahmen den stürmisch aufbrandenden Beifall entgegen. Nach einiger Zeit schlüpfte Flavia durch den Spalt und zog den Dirigenten in ihre Mitte – an dem sie bei den Faliers kein gutes Haar gelassen hatte –, trat zurück und applaudierte ihm. Dann nahmen sich alle bei den Händen, und der Vorhang schloss sich.

Minutenlang sah Brunetti aus den Kulissen zu, wie jeder Einzelne seinen Beifall entgegennahm. Flavia zeigte sich dem Publikum jedes Mal mit einem strahlenden Lächeln, das erlosch, sobald sie wieder hinter dem Vorhang war.

Als der donnernde Applaus kein Ende nehmen wollte, klatschte der Inspizient einmal kräftig und hielt den Hauptdarstellern eigenhändig den Vorhang auf. Ein weiteres lautes Klatschen, und alle drehten sich nach ihm um. Tosca leerte ein Glas Wasser und reichte es ihrer Garderobiere; der Dirigent war nirgendwo zu sehen; Scarpia hatte seine Schuhe poliert, indem er sie an seinen Hosenbeinen rieb; Cavaradossi stopfte sein *telefonino* in sein blutgetränktes Wams – Brunetti hatte einmal gehört, das Blut sei rote Tinte, die die Schauspieler irgendwie unter ihrer Kleidung herausspritzten, wenn sie erdolcht oder erschossen wurden. Während die Zuschauer weiterlärmten, hing er müßig der Frage nach, ob sich das auch wieder auswaschen ließe, und falls ja, ob es im Theater eigentlich Waschmaschinen gab. Sänger schwitzten bei ihrer Arbeit viel: die Scheinwerfer, die Anspannung, die körperliche Anstrengung. Wahrscheinlich hatten sie sogar einen Wäschetrockner. Showbusiness.

Der Mann mit dem Klemmbrett nickte, und Scarpia ging zur Bühnenmitte. Lauter Beifall. Auf dem Höhepunkt trat er zurück, und Mario erschien. Lauterer Beifall, längerer Beifall. Doch kaum war er hinter dem Vorhang, zückte er wieder das *telefonino* und setzte sein Gespräch fort. Tosca schritt langsam durch den Spalt und blieb reglos stehen. Die Hölle brach los.

Brunetti beobachtete, wie sie den rechten Arm hob, als umfange sie damit all diese Begeisterung, all diese Liebe. Dann ließ sie den Arm sinken und vollführte einen Knicks, der den Applaus zum Überkochen brachte. Sie winkte noch einmal, schritt rückwärts durch die Öffnung im Vorhang und machte dem Dirigenten Platz, der plötzlich wiederaufgetaucht war, um seinen Beifall entgegenzunehmen. Rasch zurück, lief er wortlos an den Sängern vorbei.

Als die Begeisterung des Publikums noch immer nicht nachließ, fassten die vier sich an den Händen, marschierten auf die Bühne und verneigten sich gemeinsam. Dies wiederholten sie zweimal, und als der Beifall abzuebben begann, zogen sie sich hinter den Vorhang zurück. Der Inspizient machte eine horizontale Handbewegung, wie Brunetti sie vom Bodenpersonal auf Flughäfen kannte, wenn ein Flugzeug sicher am Terminal angedockt hatte. Der Beifall wurde spärlicher, hörte schließlich ganz auf.

Hinter Brunetti fingen die Bühnenarbeiter schon an, die Engelsburg abzubauen. Die massiven Blöcke der steinernen Brustwehr um den Turm wurden auf Rollwagen gelegt und von der Bühne geschoben. Fenster lösten sich auf wie Teile eines Puzzles, wurden auf andere Wagen gelegt und der Brustwehr hinterher geschickt.

Als Brunetti sich umsah, bemerkte er, dass außer ihm und den Bühnenleuten niemand mehr auf der Bühne war. Er fragte den, der die Anweisungen gab, ob er ihm den Weg zu Signora Petrellis Garderobe erklären könne.

Der Mann sah ihn scharf an und fragte: »Wer sind Sie?«

»Ein Freund«, antwortete Brunetti.

»Wie sind Sie in den Bühnenraum gekommen?«, fragte der andere.

Brunetti zückte seine Brieftasche und reichte ihm den Dienstausweis. Der Mann nahm ihn, verglich das Foto sorgfältig mit dem Original und gab ihn zurück.

»Könnten Sie mich hinführen?«, fragte Brunetti.

»Folgen Sie mir«, nickte er und führte den Commissario den Weg zurück, den er gekommen war; dann ging es einen langen Korridor hinunter, einmal nach rechts, einmal nach links, in den Aufzug und zwei Stockwerke nach oben. Dort wandten sie sich in den Gang zur Linken, und an der dritten Tür links sah er Flavias Namen. Der Mann zog sich zurück. Brunetti klopfte an, und eine gedämpfte Frauenstimme rief etwas, das nicht allzu einladend klang. Wenig später ging die Tür auf, und eine Frau kam mit dem roten

Gewand auf einem Bügel aus dem Zimmer. Als sie ihn sah, blieb sie stehen und fragte: »Sind Sie Guido?«

Brunetti nickte, und sie hielt ihm die Tür auf und zog sie hinter ihm wieder zu.

Flavia saß barfuß in einem weißen Baumwollmorgenmantel vor dem Spiegel und fuhr sich mit beiden Händen durch die kurzen Haare; ihre Perücke lag auf einem Ständer links neben ihr. Sie nahm die Hände herunter und schüttelte heftig den Kopf: Tröpfchen stoben nach allen Seiten. Sie griff nach einem Handtuch und frottierte sich ausgiebig die Haare. Schließlich warf sie das Handtuch auf den Schminktisch und drehte sich zu Brunetti um. »Er ist wieder hier gewesen«, sagte sie mit zittriger Stimme.

»Erzähl«, sagte Brunetti und setzte sich links neben sie, um nicht die ganze Zeit über ihr zu stehen.

»Als ich nach der Vorstellung herkam, fand ich das hier«, sagte sie nervös und zeigte auf ein Knäuel blaues Einwickelpapier. Ein schmales goldenes Bändchen lag auf dem Fußboden.

»Was ist das?«

»Sieh's dir an«, sagte sie und griff nach dem Papier.

»Nicht anfassen«, sagte Brunetti lauter als nötig. Ihre Hand erstarrte, und im zornigen Aufblitzen ihrer Augen sah er die unwillkürliche Reaktion einer eigensinnigen Frau, die man zu tun hindert, was sie sich vorgenommen hat.

»Fingerabdrücke«, erklärte er ruhig, und in der Hoffnung, sie sehe sich Krimis im Fernsehen an, fügte er hinzu: »DNA.«

Ihr Gesichtsausdruck wechselte von zornig zu ärgerlich. »Entschuldige, daran hätte ich denken müssen.«

»Was ist das?«, fragte er noch einmal.

»Das musst du selber sehen.« Sie nahm einen langstieligen Kamm von der Frisierkommode und schob das Knäuel damit zur Seite. Im Licht des Schminkspiegels blinkte etwas, das sie nun mit dem spitzen Ende des Kamms unter dem zerknitterten Papier hervorzog.

»*Oddio*«, sagte Brunetti. »Ist das echt?« Neben dem Papier lag eine Halskette. Zwischen die goldenen Glieder waren in regelmäßigen Abständen Steine eingearbeitet, groß wie Fisherman's-Friend-Pastillen, jedoch leuchtend grün. »Sind die echt?«

»Keine Ahnung«, sagte sie. »Ich weiß nur, dass jemand das Päckchen hier abgegeben hat. Ich habe es eben erst gefunden und ausgepackt.«

»Warum hast du es ausgepackt?«, fragte Brunetti und verkniff sich den Zusatz: »Nach allem, was passiert ist.«

»Marina, meine Garderobiere, hatte mir vor ein paar Tagen erzählt, sie habe auf dem Trödelmarkt in San Maurizio etwas gefunden, das mir gefallen könnte, und das wollte sie mir heute Abend mitbringen.«

Brunetti sah nach der Kette. »So etwas dürfte auf dem Flohmarkt am Campo San Maurizio kaum zu finden sein. Hast du sie danach gefragt?«

»Nein. Als sie vorhin mein Kostüm abholen kam, sagte sie, sie habe gestern auf ihre Enkelkinder aufpassen müssen und dann ganz vergessen, es mir mitzubringen.«

»Hat sie die Kette gesehen?« Die grünen Steine funkelten faszinierend.

»Nein. Ich habe ein Handtuch darübergelegt. Ich fand, ich sollte es erst einmal dir zeigen.«

»Danke«, sagte Brunetti. Unwiderstehlich von dem grünen Gefunkel angezogen, zählte er die Steine: Es waren mindestens ein Dutzend. »Wie fühlst du dich dabei?«, fragte er und wies mit dem Kinn auf die Kette.

Sie schloss die Augen, biss die Zähne zusammen und flüsterte: »Es macht mir Angst.«

16

K annst du die Tür nicht abschließen?«, erkundigte Brunetti sich freundlich, um zu zeigen, dass er ihre Reaktion nachvollziehen konnte.

Flavia tat die Frage mit einem Schulterzucken ab. »Vermutlich, aber hier herrscht ein Kommen und Gehen: Wenn ich einen Fächer oder Schal vergessen habe, muss Marina mir den holen, und die Maskenbildnerin lässt ihre Sachen hier.«

Brunetti fand die Begründung dürftig, sagte aber nichts. Sie bemerkte seinen Blick im Spiegel und gestand: »Der wahre Grund ist, ich wüsste nicht, wohin mit dem Schlüssel, wenn ich auf die Bühne muss. Meine Kostüme haben keine Taschen, und ich kann ihn mir doch nicht ins Mieder stecken.«

»Das habe ich mich schon immer gefragt«, sagte Brunetti und bereute es im selben Augenblick.

»Was?«, fragte sie, fuhr sich durch die Haare und stellte zufrieden fest, dass sie jetzt trocken waren.

»Ich kenne Geschichten über Sopranistinnen in früheren Zeiten«, sagte Brunetti, »die sich vor jedem Auftritt in bar bezahlen ließen und den Seidenbeutel mit Dukaten, Dollars oder Ähnlichem ins Mieder steckten.«

»Die Zeiten, wo man in bar bezahlt wurde, sind leider längst vorbei«, sagte sie mit echtem Bedauern. »Heute geht alles über Agenten und Bankkonten.« Sie betrachtete ihr Gesicht im Spiegel. »Wäre schön, in bar bezahlt zu werden«, sagte sie voller Wehmut über den Untergang einer besseren Ära.

Sie wandte sich vom Spiegel ab und sah ihm ins Gesicht. »Erzähl mir von dem Mädchen.«

»Jemand hat sie gestern Abend eine Brücke hinuntergestoßen und gesagt: ›*È mia.*‹«

»Oh, die Ärmste. Was ist mit ihr?«

»Sie hat sich den Arm gebrochen und den Kopf so schlimm aufgeschlagen, dass die Wunde genäht werden musste.«

Ihre Miene verhärtete sich. »Warum erzählst du mir das?«

»Bedenke, wie alt sie ist, und dann diese Anrede.«

Sie schüttelte den Kopf. »Ich kann dir nicht folgen.«

»Der Angreifer hat nicht gesagt: ›*Sei mia*‹, wie man normalerweise einen jungen Menschen anreden würde – oder jemanden, den man eine Brücke hinunterstößt.« Er hatte vergeblich gehofft, ihr damit ein Lächeln zu entlocken, und fuhr fort: »Er hat gesagt: ›*È mia.*‹« Wieder wartete er, und wieder blieb Flavia stumm. »Also hat er sie entweder gesiezt, oder er hat von einer anderen Person gesprochen: ›Sie gehört mir.‹«

Jetzt hatte sie verstanden. »Und ich bin diese andere?«, fragte sie, als könne – oder wolle – sie es nicht glauben.

Brunetti sparte sich die Antwort und fragte stattdessen: »Kannst du dich erinnern, was du zu dem Mädchen gesagt hast und wer gehört hat, was du gesagt hast?«

Sie sah auf ihre im Schoß zusammengepressten Hände, während sie sich die Szene zu vergegenwärtigen versuchte. »Ich wartete auf meinem *ripetitore*, Riccardo Tuffo. Ich arbeite immer mit ihm, wenn ich hier bin. Da hörte ich aus einem der Probenräume einen Alt und wollte wissen, wer das war: So gut war die Stimme. Riccardo klopfte, der Pianist öffnete, und dann erkannte ich die junge Frau wieder. Sie hatte nach der Vorstellung am Bühnenausgang auf mich gewartet. An dem Abend, als du auch hier warst. Sie wollte mir für die Vorstellung danken.«

Flavia blickte von ihren Händen auf. »Ihre Stimme ist wirklich bemerkenswert: ein echter Alt, tief und rein.«

»Was hast du zu ihr gesagt?«

»Das Übliche: dass sie sehr gut sei und sicherlich eine glänzende Karriere vor sich habe.«

»War sonst noch jemand da, der das gehört haben könnte?«

Sie dachte nach. »Nein, nur wir vier: ich, das Mädchen, Riccardo und der andere *ripetitore*, also ihr Vater. Sonst niemand.«

»Niemand in der Nähe, der das gehört haben könnte?«, bohrte Brunetti nach.

Die meisten Menschen reagieren auf die Bitte, sich an ein Gespräch oder einen Vorfall zu erinnern, eher vorschnell als abwägend, so als fühlten sie sich gekränkt, dass man ihr Gedächtnis in Zweifel zieht. Flavia aber sah erst einmal wieder auf ihre Hände, dann drehte sie sich mit ihrem Stuhl und richtete ihren Blick auf die Halskette. »Als Riccardo und ich dann zu unserem Proberaum gingen, kamen uns auf dem Korridor ein paar Leute entgegen. Da sprach ich immer noch von der faszinierenden Stimme des Mädchens, und das könnten sie gehört haben.«

»Kanntest du diese Leute?«

»Nein. Es ist Jahre her, dass ich hier gesungen habe, und am Theater gibt es viele neue Gesichter.« Sie nahm den Kamm und schob die Kette unter das Papier zurück. »Ich habe aber auch nicht wirklich hingesehen«, gestand sie.

Dann wies sie beiläufig auf das zerknitterte Papier, als handle es sich um eine Partitur, die jemand dort hatte liegenlassen, und fragte: »Was wirst du damit machen?«

»Das Übliche«, antwortete Brunetti. »Zur Questura mitnehmen, auf Fingerabdrücke untersuchen lassen.«

»Das willst du wirklich tun?«

»Ja.« Dann fragte er: »Was soll ich sagen, wem die Kette gehört?«

»Ist das nicht egal?«

»Nein, nach Abschluss der Untersuchung geht sie an den Eigentümer zurück.«

»Ach?«, fragte sie erstaunt. »Die ist ein Vermögen wert.«

»Das sehe ich selbst«, sagte Brunetti. »Glaube ich jedenfalls.« Er schielte nach der Kette, sah aber nur das blaue Einwickelpapier.

»Warum schenkt er mir so etwas?«, fragte sie beklommen.

»Um dich zu beeindrucken«, erklärte Brunetti. »Um dir seine Hochachtung und Verehrung zu beweisen.«

»Aber das ist doch verrückt«, sagte sie, diesmal eher zornig als verunsichert. »›Verehrung‹?«, fragte sie dann, als höre sie dieses Wort zum ersten Mal. »Was soll das heißen?«

»Genau das, was ich sage, Flavia: Dieser Mensch verehrt dich. Und das Geschenk ist ein Versuch, dein Interesse an demjenigen zu wecken, der dir eine so … großzügige Gabe überreicht.« Bevor sie darauf reagieren konnte, sagte er: »Ich weiß, das ist gaga. Aber wir dürften es hier auch kaum mit einem normalen Menschen zu tun haben.«

Sie schlug einen unbeschwerten Tonfall an: »Dürfen Polizisten so was sagen?«

Brunetti lachte auf und versetzte beamtenhaft: »Nein, niemals. Wir sind zu jeder Minute unserer Arbeitszeit allen Menschen gegenüber unvoreingenommen und respektvoll.« Mit normaler Stimme fügte er hinzu: »Was wir wirklich denken, können wir nur in Gesellschaft von Familie und Freunden äußern.«

Sie sah ihn an und legte ihm lächelnd eine Hand auf den Arm. »Danke, Guido.«

Brunetti fand, dies sei die beste Gelegenheit, es auszusprechen: »Es gibt da etwas, das wir bisher noch nicht beachtet haben.«

»Mir reicht es, wenn du beachtest, dass er verrückt ist und weiß, wo ich wohne«, sagte sie aufgebracht. »Ich glaube nicht, dass ich noch mehr Überraschungen ertragen kann.«

»Es ist auch nichts wirklich Überraschendes«, sagte Brunetti, obwohl er wusste, dass dies nicht stimmte.

»Wovon redest du?«, fragte sie und nahm ihre Hand von seinem Arm.

»Wir gehen die ganze Zeit davon aus, dass es sich bei diesem Menschen um einen Mann handelt. Wir sagen immerzu ›er‹, wenn wir von diesen Ereignissen sprechen. Aber wie können wir uns da so sicher sein?«

»Natürlich ist es ein Mann«, sagte sie schroff. »Frauen laufen nicht herum und stoßen andere Frauen zu Boden.«

»Flavia«, fing er an und versuchte sich etwas zurechtzulegen, das sie nicht vor den Kopf stieß. Aber wozu mit Andeutungen und Fragen noch Zeit vergeuden? Warum es nicht aussprechen? Dann hätte er es hinter sich.

»Als du letztes Mal hier warst – die letzten beiden Male –, hast du mit einer Frau zusammengelebt.«

Sie fuhr zurück, als habe er sie geschlagen, blieb aber stumm.

»Mit einer sehr liebenswerten, möchte ich hinzufügen«, sagte Brunetti lächelnd, aber sie lächelte nicht zurück. »Künstler geben nicht viel auf solche Dinge, andere aber schon. Und Besessene erst recht.«

»Und das ist jetzt also die Rache der Lesben, weil ich dem abgeschworen habe?«, fragte sie sarkastisch. »Oder geht es um eine Frau, die mich dazu bringen will, *sie* zu lieben?«

»Ich habe keine Ahnung«, gestand Brunetti. »Aber deine Vergangenheit ist kein Geheimnis, also müssen wir wohl oder übel die Möglichkeit in Betracht ziehen, dass die Person, die dir nachstellt« – endlich sprach er es aus – »eine Frau ist.« Da sie schwieg, fuhr er fort: »Die Tatsache, dass Frauen weniger gewalttätig sind als Männer, könnte ein Grund zur Beruhigung sein, aber diese Person hat bereits Gewalt angewendet, und falls sie es deswegen getan hat, weil du mit diesem Mädchen gesprochen hast, muss ihre Hemmschwelle sehr niedrig sein.«

»Ist jemand im Krankenhaus? Bei dem Mädchen?«, fragte sie zu seiner Überraschung.

»Ja, ein Polizeibeamter, der gelegentlich bei ihr nach dem Rechten sieht.«

»Wie soll ich das verstehen?«

»Mehr kann ich nicht tun«, sagte er ohne weitere Erklärung. »Sie kann bald nach Hause, bei ihrer Familie ist sie in Sicherheit«, erklärte er noch, ohne selbst davon überzeugt zu sein.

Flavia rutschte auf ihrem Stuhl hin und her. »Angenommen, es ist eine Frau. Du meinst, dann wird sie jede Frau angreifen, mit der ich rede?«

»Ich meine gar nichts, Flavia. Ich bitte dich nur, auch diese Möglichkeit in Betracht zu ziehen.«

Nach einer Weile fing sie an: »Eine Freundin von mir, ein Mezzosopran, hat mir mal von einer Verehrerin erzählt, die sie mit einem Messer bedroht hat.« Brunetti wartete.

»Die Frau hatte ihr ab und zu nach einer Vorstellung Briefe geschickt, immer sehr höflich und klug. Nicht oft, höchstens zweimal im Jahr. Über acht, neun Jahre hinweg. Dann fragte diese Frau an, ob sie sich nicht einmal nach einer Vorstellung in London auf einen Drink treffen könnten. Meine Freundin sagt, das alles habe einen so kultivierten Eindruck gemacht, dass sie dem Vorschlag zustimmte.«

Flavias Stimme wurde immer leiser, und Brunetti fragte sich, ob er das Ende der Geschichte noch würde hören können. Aber Flavia kam wieder in Schwung und fuhr fort: »Sie trafen sich nach der Vorstellung in einer Bar, und kaum hatten sie Platz genommen, wusste meine Freundin, sagt sie, dass die andere verrückt war.« Sie bemerkte Brunettis verwirrte Miene und erklärte: »Manchmal *weiß* man einfach, dass jemand wahnsinnig ist.«

»Und wie ging es weiter?«, fragte Brunetti.

»Die Frau fing sofort an zu schwärmen, meine Freundin

sei die Liebe ihres Lebens, sie beide seien füreinander bestimmt, und als meine Freundin dann aufstand und gehen wollte, zog die Frau ein Messer und sagte, sie werde sie umbringen, wenn sie nicht mit ihr käme.«

»Wie hat sie reagiert?«

»Sie hat gelächelt und geistesgegenwärtig den Vorschlag gemacht, sie sollten sich ein Taxi nehmen und zu ihr ins Hotel fahren.«

»Und dann?«

»Draußen winkte meine Freundin ein Taxi heran, und als es am Bordstein hielt, stieß sie die Frau von sich weg, stieg ein, schlug die Tür zu und sagte dem Fahrer, er soll losfahren. Irgendwohin.«

»Ist sie zur Polizei gegangen?«

»Nein.«

»Und was dann?«

»Gar nichts. Sie hat nie mehr von ihr gehört. Aber sie hat Monate gebraucht, darüber hinwegzukommen.« Dann, nach längerem Schweigen: »Fragt sich nur, ob man über so etwas wirklich jemals hinwegkommt.«

Brunetti nickte. »Hast du mit deinen Fans schon mal Ähnliches erlebt?«

Flavia schüttelte heftig den Kopf. »Meine Fans? Nein. Die sind nicht so.« Sie schaute von ihm weg in den Spiegel, aber Brunetti, der sie im Spiegel beobachtete, hatte den Eindruck, sie sehe dort nicht sich selbst, sondern etwas für sie beide Unsichtbares.

Sie bemerkte seinen forschenden Blick und wandte sich abrupt zu ihm um. »Es sind meistens Frauen.«

»Wen meinst du?«

»Die Fans, die mich nervös machen, die uns alle nervös machen.«

»Was tun sie denn?«

Sie schüttelte den Kopf, als habe sie Schwierigkeiten, die richtigen Worte zu finden. Sie schob einige Gegenstände auf dem Schminktisch hin und her, nahm die Haarbürste und strich mit den Fingerspitzen über die Borsten. Es war so still im Raum, dass Brunetti nachgerade zu hören glaubte, wie sie wieder zurückschnappten.

»Diese Frauen sind ausgehungert«, meinte Flavia schließlich zögernd. »Sie versuchen es zu verbergen, aber das gelingt ihnen nicht.«

»Wieso ausgehungert?«

»Ich weiß auch nicht. Sie wollen etwas von uns«, sagte sie und verfiel in Schweigen. »Vielleicht wollen sie geliebt werden.« Und nach einer noch längeren Pause: »Aber das möchte ich mir gar nicht vorstellen.« Sie legte die Bürste wieder hin und nickte mehrmals, wie zur Bekräftigung dessen, was sie gesagt hatte.

Brunetti setzte zu einer Bemerkung an, aber Flavia fiel ihm ins Wort: »Fans sind Fans, keine Freunde.«

»Niemals?«

»Niemals«, wiederholte sie mit Nachdruck. »Und jetzt das.«

»Ja.«

»Was kann ich machen?«, fragte sie.

»Du bist nicht mehr lange hier, oder?«, fragte er.

»Noch eine knappe Woche, danach habe ich eine Pause, die ich mit meinen Kindern verbringen möchte.«

Das Reden schien sie ein wenig beruhigt zu haben. Um

vielleicht noch etwas Nützliches zu erfahren, fragte Brunetti: »Du sagst, es hat in London angefangen?«

»Ja. Und in St. Petersburg, mit jeder Menge Blumen, aber da ist das normal: Da bringen viele Leute Blumen mit.«

»Auch gelbe Rosen?« Er dachte an das, was er nach ihrer Vorstellung selbst gesehen und was sie bei den Faliers erzählt hatte.

»In St. Petersburg nur wenige. In London eine Menge.«

»Andere besondere Vorkommnisse?«

»Aus meinen Garderoben sind manchmal Sachen verschwunden. Kein Geld, nur Sachen.«

»Was für Sachen?«

»Ein Mantel, ein Paar Handschuhe, und in Paris mein Adressbuch.«

Brunetti überlegte. »Haben Freunde von dir mal was von merkwürdigen Anrufen erzählt?«

»Wie, merkwürdig?«

»Dass jemand sich nach dir erkundigt hat? Zum Beispiel, sich als dein Freund ausgegeben und behauptet hat, du seist schon lange nicht mehr ans Telefon gegangen?«

Offensichtlich fiel ihr dazu etwas ein. »Ja, richtig. Eine Freundin in Paris hat mir erzählt, jemand habe sie angerufen und behauptet, ich sei nicht zu erreichen, und ob sie vielleicht wisse, wo ich sei.«

»Und?«

»Weil meiner Freundin irgendetwas an der Stimme verdächtig vorkam, hat sie gesagt, sie habe auch schon seit einem Monat nichts mehr von mir gehört.«

»War der Anrufer ein Mann oder eine Frau?«, fragte Brunetti.

Flavia presste die Lippen zusammen, als falle es ihr schwer, ihm recht zu geben. »Eine Frau.«

Brunetti verkniff sich die Bemerkung: »Sag ich doch.«

17

Flavia legte die Ellbogen auf den Tisch und das Kinn in die Hände. Brunetti hörte sie etwas murmeln, verstand aber kein Wort. Er wartete. Sie schüttelte mehrmals den Kopf, dann richtete sie sich auf. »Ich kann das einfach nicht glauben.« Sie schloss die Augen, biss sich auf die Unterlippe, sah ihn an und sagte mit nicht mehr so fester Stimme wie zuvor: »Ich führe mich ziemlich melodramatisch auf, oder? Natürlich kann ich das glauben: Das ist ja das Furchtbare.«

So gern er sie getröstet hätte, wollte Brunetti sie auf keinen Fall belügen. Das kurze Gespräch zwischen Flavia und Francesca, wo dem Mädchen lediglich ein Kompliment gemacht worden war, konnte durchaus mit dem Angriff auf der Brücke in Zusammenhang stehen. »È mia.« Konnten ein paar höfliche Worte eine derart brutale Behauptung absoluten Besitzwillens provozieren, und war jetzt jeder in Gefahr, an dem Flavia Interesse bekundete?

Brunetti hatte in all den Jahren seiner Polizeiarbeit insofern Glück gehabt, als er unabhängig davon, mit wie vielen schlechten und sehr schlechten Menschen er sich hatte abgeben müssen, nur selten mit Wahnsinnigen zu tun gehabt hatte. Das Verhalten der Schlechten hatte seine Logik: Sie wollten Geld oder Macht oder Rache oder die Frau eines anderen, und sie wollten das aus nachvollziehbaren Gründen. Außerdem gab es meist eine Verbindung zwischen ihnen und ihren Opfern: Rivalen, Geschäftsfreunde, Feinde,

Verwandte, Ehepartner. Man musste nur jemanden finden, der von Tod oder Verletzung des Opfers profitierte – und nicht nur finanziell –, dann ein wenig Druck auf den Betreffenden ausüben oder auch ganz vorsichtig die Angelschnur einziehen, und schon hatte man den Täter. Eine Verbindung gab es immer: Die Kunst bestand darin, sie zu finden.

Hier jedoch war der Auslöser womöglich nur irgendeine beiläufige Bemerkung, ein lobendes oder aufmunterndes Wort, wie jeder großherzige Mensch es für eine junge Frau am Beginn ihrer Karriere finden würde. Und doch hatte es eine fast mörderische Wut auf das Mädchen geweckt.

»Was soll ich tun?«, fragte Flavia. Brunetti ließ von seinen Grübeleien ab und hörte ihr wieder zu. »So kann ich nicht leben«, sagte sie, »wie eine Gefangene, hier in dieser Garderobe oder in meiner Wohnung. Ich will nicht vor jedem Angst haben müssen, der auf der Straße näher kommt.«

»Und wenn ich sage, du selbst bist gar nicht in Gefahr?«, fragte Brunetti.

»Aber meine Freunde sind es, jeder, mit dem ich rede. Ist das nicht das Gleiche?«

Nur für die reinsten Christenherzen, dachte Brunetti. Im Lauf der Jahre hatte er die verschiedensten Reaktionen auf physische Bedrohung erlebt. Solange eine Gefahr nur theoretisch besteht, reagieren wir wie Helden, wie Löwen; kommt sie tatsächlich auf uns zu, werden wir zu Mäusen.

»Flavia«, sagte er, »ich glaube nicht, dass jemand dich

verletzen will; dieser Mann oder diese Frau will dich lieben. Und von dir geliebt oder geachtet werden.«

»Das ist doch widerlich«, fauchte sie. »Dann lieber verletzt werden. Das ist sauberer.«

»Lass das, Flavia, hör auf damit«, sagte er so scharf, dass es ihn selbst überraschte.

Sie riss Mund und Augen auf und starrte ihn an. »Wie bitte?«, stammelte sie, und er fürchtete schon, sie werde ihn fortschicken.

»Es ist nicht besser, verletzt zu werden. Denk an das Mädchen: den Arm gebrochen, eine Platzwunde am Kopf, und völlig verängstigt. Wie kann das besser sein? Also hör bitte auf, ja?«

Er war zu weit gegangen. Er wusste es, aber es kümmerte ihn nicht. Entweder sparte sie sich dieses Theater für die Bühne auf und benahm sich endlich wie eine Erwachsene, oder … Ja was genau würde passieren, wenn sie sich weiter so aufspielte? Er hatte sie viel vernünftiger in Erinnerung, viel realitätsbezogener.

Sie nahm den Kamm, schob mit dem spitzen Ende das blaue Papier von der Kette und starrte sie an. Dann rückte sie zur Seite, damit Brunetti das Geschmeide besser sehen konnte.

»Nur ein Verrückter würde das jemandem schenken, den er nicht kennt«, sagte sie. »Glaubst du, dass er«, sie holte Luft und ergänzte, »– oder sie – sich wirklich einbildet, mit so etwas könnte er mein Interesse an ihm wecken oder das, was er diesem armen Mädchen angetan hat, ungeschehen machen?«

»Diese Person lebt in einer anderen Welt als wir, Flavia«,

sagte Brunetti. »Dort gelten andere Regeln als die, die du im Umgang mit mir oder deiner Garderobiere oder deinen Kollegen anwendest.«

»Und wie sehen diese anderen Regeln aus?«

Brunetti hob hilflos die Hände. »Ich habe keine Ahnung. Das weiß nur der, der sie macht.«

Sie sah nach der Uhr auf dem Schminktisch. »Fast Mitternacht. Gott, hoffentlich hat man uns hier nicht eingesperrt.«

»Gibt's hier keinen Nachtwächter?«, fragte Brunetti.

»Doch, seit dem Feuer ist hier einer, der im Gebäude regelmäßig seine Runde machen soll.«

»Wollen wir gehen?«, fragte Brunetti. »Ich bring dich nach Hause.«

Sie sah ihn verwirrt an. »Ist es für dich nicht günstiger, den Weg über Rialto zu nehmen?«

Brunetti ging darüber hinweg. »Ich kann genauso gut die Accademia-Brücke nehmen, das sind nur wenige Minuten Unterschied.« Er kam weiteren Einwänden zuvor: »Also. Gehen wir. Du hast für heute genug Zeit an diesem Ort verbracht.«

Sie griff nach ihrer Uhr. »Es ist schon morgen.«

»Na komm«, sagte er lächelnd. »Zieh dich um, dann gehen wir.«

Sie verschwand ins Bad, und er vernahm vertraute Geräusche: Wasser wurde aufgedreht, ein Schuh fiel zu Boden, es klapperte und klirrte, und schon kam sie wieder heraus: brauner Rock und Pullover, flache Schuhe und leichtes Make-up. Brunetti dankte dem Himmel, dass er in einem Land lebte, wo eine Frau, die gerade noch von Angst um ihr Leben gesprochen hatte, für einen zehnminütigen Nachtspaziergang durch eine menschenleere Stadt Eyeliner und Lippenstift auftrug.

Die Halskette einzupacken, ohne sie zu berühren, erwies sich als nicht ganz einfach, aber schließlich wickelte Flavia sie mitsamt dem Papier in ein weißes Handtuch und verstaute es in einer Plastiktüte. Diese wiederum legte sie in eine dunkelgrüne Leinentasche, auf der Brunetti das Logo der Londoner Buchhandlung Daunt erkannte. Flavia reichte sie ihm, und er hängte sie sich über die Schulter.

Sie führte ihn den Korridor hinunter zum Aufzug. Während sie warteten, begann das Handy in ihrer Jackentasche zu summen: Beide konnten ihren Schrecken nicht verbergen. Sie zog das Handy hervor, warf einen nervösen Blick auf das Display und entspannte sich. Sie sah Brunetti an. »Freddy«, erklärte sie. »*Ciao*, Freddy«, meldete sie sich, und es klang vollkommen natürlich: fröhlich, gelassen, erwartungsvoll.

Der Aufzug kam, sie stiegen ein. »Ich weiß, ich weiß. Entschuldige, dass ich nicht angerufen habe, aber ich musste endlos Autogramme geben.« Langes Schweigen. »Ja, ich weiß, ich hab's versprochen, aber hier waren so viele Fans, und ich war so froh darüber, dass ich es völlig vergessen habe. Tut mir leid, Freddy, wirklich.« Freddy sprach eine Weile. »Ich gehe jetzt«, sagte sie.

Der Aufzug hielt. Die Tür glitt auf. Sie trat vor Brunetti in den Korridor hinaus und legte ihm eine Hand auf den Arm, damit er noch nicht zum Ausgang ging. »Du brauchst dir keine Sorgen zu machen, Freddy. Mir kann absolut nichts passieren. Guido Brunetti ist bei mir – er sagt, ihr beide seid zusammen zur Schule gegangen – wir haben ein wenig geplaudert.« Schweigen. »Ja, ich habe ihm neulich alles erzählt, und heute hat er mich nach der Vorstellung besucht. Er begleitet mich noch.« Sie sah Brunetti an; er nickte.

»Nein, Freddy, nicht nötig. Er sagt, er will mich nach Hause bringen.« Sie senkte den Kopf und wandte sich ein wenig ab. »Nein, wirklich, Freddy, das brauchst du nicht.« Plötzlich lachte sie, offen und ungekünstelt.

»Du bist wirklich ein Hasenfuß, schon immer gewesen. Also gut, auf der Brücke. Aber wenn du im Schlafanzug kommst, weiß ich, dass du gelogen hast.«

Sie klappte das Handy zu und schob es in die Tasche zurück. Wo mochte sie das während einer Vorstellung lassen, fragte sich Brunetti. »Er hat sich Sorgen gemacht«, erklärte sie. »Aber du hast es ja gehört. Er sagt, er ist noch auf und will uns zur Brücke entgegenkommen, damit du nicht den ganzen Weg mit mir nach Hause gehen musst. – Freddy kann nicht anders«, sagte sie und ging los, »immerzu macht er sich Sorgen.«

Der Nachtwächter saß in der Pförtnerloge, ein angebissenes Sandwich und eine Thermoskanne vor sich, aus deren Kappe er gerade trank. »Guten Abend, Signora«, sagte er. »Vorhin waren viele Leute da, die alle auf Sie gewartet haben.« Er hob die Tasse und prostete dem menschenleeren Bühnenausgang zu. »Aber inzwischen sind sie alle weg.«

Sie drehte sich zu Brunetti um und sagte fassungslos: »Das ist mir noch nie passiert, dass ich sie einfach vergessen habe.« Der Nachtwächter musterte Brunetti von oben bis unten, und als Brunetti seinem Blick standhielt, trank er noch einen Schluck.

Flavia murmelte schulterzuckend: »Lässt sich nicht mehr ändern«, wünschte dem Mann eine gute Nacht und stieß die Tür zur *calle* auf. Draußen wandte sie sich nach rechts, Richtung Campo San Fantin. Er wollte schon sagen, links herum wäre kürzer, als ihm einfiel, dass sie dann durch eine sehr schmale und dunkle *calle* mussten. Am Hotel bog sie ab, und er ließ sie gerne die Führung übernehmen. Vor dem Theater war niemand zu sehen gewesen, aber das hatte nicht viel zu bedeuten: Ihr Heimweg führte Flavia über den Ponte dell'Accademia. Dort würde Freddy sie in Empfang nehmen, aber die Brücke war genau der Ort, wo auch jeder andere auf sie warten würde.

Seit man vor etwa zehn Jahren die städtische Beleuchtung geändert hatte, schimpfte Brunetti regelmäßig darüber, wie hell es in den Nächten geworden war; Freunde von ihm klagten, sie könnten abends im Bett bei dem Licht lesen, das durch die Fenster drang. Hier jedoch, vor dem Durchgang zu der engen *calle* Richtung Campo Sant'Angelo, war er froh über die Helligkeit.

Als sie auf den *campo* hinaustraten, fragte sie: »Machst du das öfter?«

»Was? Frauen nach Hause begleiten?«

»Nein. So spät noch unterwegs sein, ohne zu Hause anzurufen.«

»Ah«, sagte er. »Paola hat nichts dagegen, wenn sie in Ruhe lesen kann.«

»Hat sie das lieber, als wenn du bei ihr wärst?«, fragte Flavia verblüfft.

»Nein, sie hätte mich lieber zu Hause, und wahrscheinlich bleibt sie auf, bis ich komme. Aber wenn sie liest, spielt es keine große Rolle, ob jemand bei ihr ist: Sie bekommt sowieso nichts mit.«

»Wie kann das sein?«

Die Frage hatte man ihm schon oft gestellt. Er und Paola lasen nicht nur zum Zeitvertreib, was sie lasen, nahm sie völlig in Beschlag, die Gegenwart eines anderen war dabei nicht so wichtig. Brunetti lenkten die Kinder ab; er beneidete Paola um ihre Fähigkeit, vollständig in einem Text zu verschwinden und sie alle hinter sich zu lassen. Aber er wusste, die meisten fanden das befremdlich, nahezu unmenschlich, weshalb er jetzt sagte: »Sie wurde so erzogen, allein zu lesen, sie ist nichts anderes gewohnt.«

»Ist sie hier aufgewachsen?«, fragte Flavia. »In dem Palazzo?«

»Ja, sie hat dort bis zu Beginn ihres letzten Studienjahrs gewohnt – da habe ich sie kennengelernt –, erst dann ist sie an eine andere Uni, um ihr Studium zu beenden.«

»Sie ist nicht hiergeblieben?«

»Nein«, antwortete er und fragte sich, wie seine eigenen Kinder sich demnächst entscheiden würden.

»Wohin ist sie gegangen?«

»Nach Oxford.«

»In England?« Flavia blieb stehen und sah ihn an.

»Nicht das in Mississippi«, antwortete Brunetti, wie er es schon oft getan hatte.

»Pardon?«, fragte sie verwirrt.

»In Oxford, Mississippi, gibt es auch eine Universität«, erklärte Brunetti.

»Ah, verstehe«, sagte Flavia und schlenderte weiter. »Du hast sie kennengelernt, und sie ist weggegangen. Für wie lange?«

»Nur anderthalb Jahre.«

»›Nur‹?«

»Eigentlich waren drei Jahre vorgesehen, aber sie hat es in der Hälfte der Zeit geschafft.«

»Wirklich?«

»Vermutlich, weil sie sehr schnell gelesen hat«, sagte er lächelnd.

Am Eingang zum Campo Santo Stefano, neben der jetzt geschlossenen *edicola*, blieb Flavia stehen. Nur wenige Leute waren noch unterwegs, und alle in Bewegung, niemand schien hier postiert zu sein, um zu beobachten, wer aus Richtung des Theaters kam. In einer sehr untheatralischen Geste wies sie mit dem Kinn auf die Statue im Zentrum und die umliegenden Gebäude. »Das alles ist für euch alltäglich?«, fragte sie.

»Was denn sonst? Wir gehen seit unserer Kindheit daran vorbei, zur Schule, zu Freunden, auf dem Heimweg vom Kino. Nichts könnte selbstverständlicher sein.«

»Meinst du, deswegen seid ihr so, wie ihr seid?«

»Wer? Die Venezianer?«

»Ja.«

»Wie sind wir denn?«, fragte er und erwartete eine Aufzählung der üblichen Klischees: reserviert, arrogant, habgierig.

»Traurig«, sagte sie.

»Traurig?« Überraschung und Zweifel waren ihm deutlich anzuhören.

»Ja. Ihr hattet das alles, und jetzt ist euch nur noch die Erinnerung geblieben.«

»Wie meinst du das?«

Sie ging wieder weiter. »Ich bin jetzt fast einen Monat hier, und in den Bars, wo die Venezianer unter sich sind und sagen, was sie wirklich denken, höre ich ständig, wie schrecklich es hier sei: die Menschenmassen, die Korruption, die Kreuzfahrtschiffe, und wie hier alles zugrunde geht.« Sie zeigte auf die Fenster des Palazzo Franchetti mit ihren Steinbrüstungen wie aus Spitze, durch die das Licht vom anderen Kanalufer hindurchschimmerte. Die Tore zum Garten und zum Gebäude selbst waren verschlossen.

»Dort hat bestimmt einmal eine große Familie gewohnt«, sagte sie, als sie den kleinen *campo* am Fuß der Accademia-Brücke erreichten. Sie blickte über den Kanal nach den Palazzi auf der anderen Seite: »Und auch dort haben Familien gelebt.«

Als klar war, dass sie nichts mehr zu sagen hatte, begann Brunetti die Stufen hinaufzusteigen, um so vielleicht die Verstimmung hinter sich zu lassen, die ihre Worte in ihm ausgelöst hatten.

Hinter ihm ertönten ihre Schritte. Sie holte ihn ein und hielt sich zu seiner Rechten, nahe am Geländer. Als er die Stofftasche von einer Schulter zur anderen wechselte, hörte er das Papier darin rascheln.

»Gibst du mir nicht recht?«, fragte sie.

»Davon wird es auch nicht besser. Hamburg ist nicht mehr Hamburg, die Pariser jammern über den Niedergang von Paris, bei Venedig aber hält sich alle Welt für berechtigt, in ein Klagelied auszubrechen. Ich halte mich da raus.«

»Flavia«, rief von oben eine Männerstimme, und Brunetti machte unwillkürlich einen großen Schritt nach vorn und stellte sich blitzschnell vor sie, so dass sie in ihn hineinrannte. Beide suchten auf den Stufen schwankend das Gleichgewicht zu halten, während Brunetti sich nach dem Rufer umsah.

Es war Freddy, Marchese d'Istria. In hellblauen Jeans, weißem Hemd und dunkelblauer Jacke wirkte er um Jahre jünger. Er kam ihnen jetzt die Treppe herunter entgegen. Wie immer strahlte er Gesundheit und Ruhe aus. Brunetti bemerkte, dass die Knöpfe an Freddys Jacke spannten, aber niemand wäre auf die Idee gekommen, ihn als dick zu bezeichnen: Er war lediglich »*robusto*«, was nur für seine Gesundheit sprach.

Brunetti trat nach links, Flavia nahm die Hand vom Geländer und ging Freddy entgegen. Der küsste sie auf beide Wangen, drehte sich dann zu Brunetti um, verkniff sich jeden Kommentar über dessen Beschützerinstinkt und umarmte ihn. »Wie schön, dich zu sehen, Guido! Zwei meiner liebsten Freunde gleichzeitig zu sehen ist ein seltenes Vergnügen.« Er wies mit einem Arm auf Santa Maria della Salute und legte den anderen fürsorglich um Flavias Schultern. »Und an einem so wunderbaren Ort.« Plötzlich ernüchtert, fügte er hinzu: »Ich wünschte nur, die Umstände wären erfreulicher.«

Flavia wand sich wie ein Aal aus Freddys Umklammerung und sagte zu Brunetti: »Danke, dass du mich bis hierher begleitet hast, Guido. Den Rest übernimmt jetzt Freddy. Demnächst wird man mich auf Rollen durch die Stadt schieben, an jeder Brücke übernimmt ein anderer.«

Das sollte unbeschwert klingen, aber Brunetti hörte etwas anderes, wesentlich Ernsteres heraus.

Freddy fragte, wie die Vorstellung gelaufen sei, und Flavia merkte etwas Kritisches über den Dirigenten an; beide gaben sich Mühe, dies wie eine normale Unterhaltung klingen zu lassen. Brunetti achtete darauf, sich ihnen gelegentlich zuzuwenden, während sie zu dritt nebeneinander die Treppe hinuntergingen, aber seine Aufmerksamkeit blieb ständig auf die Leute gerichtet, die ihnen auf der Brücke entgegenkamen oder folgten. Zu dieser späten Stunde waren es nur wenige, zumeist Paare oder kleinere Gruppen. Ein Mann mit einem Terrier kam ihnen entgegen, der nicht angeleinte Hund jagte die Brücke hinauf, machte kehrt und flitzte zu seinem Herrchen zurück. Eine großgewachsene Frau, die sich einen Schal ins Gesicht gezogen hatte, überholte sie, in ihr *telefonino* sprechend, ohne auf die drei zu achten. Brunetti registrierte die auffällig nach außen gedrehten Füße und die Sorgfalt, mit der sie sie aufsetzte, was sich auf diesen feuchten Stufen durchaus empfahl – wobei sie ein Bein schonte.

Auf dem letzten Absatz blieb Brunetti stehen. Er hielt es für das Beste, die beiden gehen zu lassen, sie nach links, er selbst nach rechts, ohne sich für den nächsten Tag mit Freddy zu verabreden. Flavia war schon unruhig genug; sie sollte nicht auch noch auf die Idee kommen, er und Freddy würden sich treffen, um über sie zu sprechen. Er verabschiedete sich von Flavia mit zwei Wangenküssen, gab Freddy die Hand, wünschte eine gute Nacht, ging die letzten Stufen hinunter und schlug den Weg nach Hause ein. Auf dem kleinen *campo* vor dem Museum drehte er sich nach den beiden um, aber sie waren schon verschwunden. Er ging ein kleines Stück zurück und sah sie eben noch nach links in die *calle* einbiegen, die über die Brücke und weiter nach San Vio führte. Obwohl er sich völlig idiotisch dabei vorkam, eilte Brunetti ihnen bis zu der Ecke nach, blieb stehen und beobachtete sie, bis sie die Brücke erreichten. Er verwarf seine Bedenken, dass sie ihn in der ansonsten menschenleere *calle* jederzeit bemerken konnten, und setzte die Verfolgung fort – warum, wusste er selbst nicht.

An der Brücke nach San Vio riet ihm sein Instinkt, sich umzusehen, und tatsächlich erblickte er rechts eine Gestalt, eigentlich nur eine halbe Gestalt, an der Stelle, wo eine *calle* an der *riva* endete. Er sah einen Mantel, vielleicht einen Regenmantel, vielleicht einen Schal. Vor Schreck strauchelte Brunetti und trat schwer mit dem linken Fuß auf. Die Tasche rutschte ihm von der Schulter, und als er sich wieder gefangen hatte, war die Gestalt nicht mehr da, nur noch ihre leiser werdenden Schritte waren zu hören. Er rannte zum Eingang der *calle*, aber als er hineinspähte, war die ganze Gasse leer, und obwohl er immer noch Schritte hörte, war unmöglich zu erkennen, aus welcher Richtung sie kamen. Er lief zur ersten Kreuzung: kein Mensch, weder rechts noch links. Und immer noch irgendwo in der Ferne diese Schritte. Er blieb stehen und hielt den Atem an, vermochte aber auch so nicht auszumachen, wohin sie gingen, ob Richtung Salute oder Accademia. Schließlich erstarben sie ganz. Brunetti machte kehrt und ging nach Hause.

18

Paola hatte wohl alle Hoffnung auf Brunettis Heimkehr fahrenlassen, und so begab er sich, da niemand mehr auf ihn wartete, auf der Suche nach fester und flüssiger Nahrung in die Küche, stellte aber bald fest, dass er eigentlich nur noch zu seiner Frau ins Bett wollte. Vorher jedoch musste er einen Platz für die grüne Stofftasche finden. Doch da sagte ihm sein gesunder Menschenverstand, dass die Tasche höchstens acht Stunden in der Wohnung bleiben würde, also ließ er sie einfach auf der Kommode liegen und ging ins Bad.

Als er neben seiner Frau ins Bett sank, wurde dies mit einem Knurren begrüßt, das er als zärtlich zu deuten beschloss, und bald verlor er sich in Traumbildern von wallenden Schals, verhallenden Schritten und Bergen von gelben Rosen.

Am Morgen erzählte er Paola kurz von seinem Gespräch mit Flavia; bei der Erwähnung der Smaragdkette horchte sie auf und fragte, ob sie die mal sehen dürfe. Seinen wenig poetischen Vergleich der Steine mit Fisherman's-Friend-Pastillen fand sie unpassend und meinte, die seien doch wohl eher so groß wie Kiebitzeier – ein Ausdruck, auf den sie beim Lesen schon oft gestoßen sei, auch wenn sie keine Ahnung habe, wie groß die seien.

»Wir dürfen die Kette erst anfassen, nachdem sie auf Fingerabdrücke untersucht wurde«, erklärte er, nach nur einem Kaffee nicht bereit, sich auf eine Diskussion über die Größe von Kiebitzeiern einzulassen. Tatsächlich hätte er nicht einmal zu sagen gewusst, wie Kiebitze genau aussahen, und folglich auch keine Berechnungen über die Größe ihrer Eier anstellen können.

Er brach mit der Tasche über der Schulter auf und ließ sie dort auch, als er unterwegs auf einen Kaffee und eine Brioche einkehrte. In der Questura suchte er als Erstes das Labor auf, um mit Bocchese zu sprechen. Das stets etwas herablassende Wesen des Chefs der Kriminaltechnik reizte Brunetti oft zu sinnlosen Provokationen: Er näherte sich Boccheses Arbeitstisch und ließ das Päckchen ohne ein Wort der Erklärung aus der Tasche vor ihn hingleiten. Wie der Zufall es wollte, verfing sich das Einwickelpapier in einer Trageschlaufe, so dass die Kette offen auf dem königsblauen Papier zu liegen kam.

»Für mich?«, fragte Bocchese und strahlte Brunetti mit einem idiotischen Grinsen an. »Woher wissen Sie, dass ich heute Geburtstag habe, Guido? Na, egal: Danke, dass Sie daran gedacht haben. Ich denke, die werde ich zu meinem roten Kleidchen tragen.« Er spreizte die Finger seiner Rechten und tat, als würde er jeden Moment nach der Kette greifen, aber Brunetti ging nicht auf solche Spielchen ein und trat einen Schritt zurück.

Bocchese gab sich geschlagen und ließ die Hand sinken. Er zog eine Schublade auf, wühlte darin herum, fand eine Uhrmacherlupe und klemmte sie sich vors Auge. Sorgfältig darauf achtend, Kette und Papier nicht zu berühren, beugte er sich darüber. Nach einem ersten Blick auf die Steine scheuchte er Brunetti zur Seite und ging um den Tisch herum, um sie aus einem anderen Winkel zu betrachten. Während er einen Stein nach dem anderen begutachtete, summte er ein Liedchen vor sich hin, das Brunetti immer nur zu hören bekam, wenn Bocchese ganz besonders zufrieden war.

Bocchese legte die Lupe auf den Tisch und nahm wieder Platz. »*Maria Vergine.* Was Schmuck betrifft, haben Sie wirklich einen guten Geschmack, Guido. Die Steine hier sind in Gold gefasst, daher wahrscheinlich echt, und wenn dem so ist, sind sie … sehr viel wert.«

»Wahrscheinlich echt?«, fragte Brunetti.

Während er sich eine Antwort zurechtlegte, stülpte Bocchese die Lippen vor, als wolle er ein Baby küssen. »Angesichts der Steine, die heutzutage aus Südafrika kommen, ist das nahezu unmöglich festzustellen.« Verärgert schüttelte er den Kopf, so sehr fuchste ihn das.

»Aber wenn die Fassung so alt ist, wie ich vermute«, fuhr der Techniker fort, »also mindestens dreißig Jahre, und wenn niemand daran herumgepfuscht hat, ist die Kette unbezahlbar.«

»Ich habe mich schon immer gefragt, wie dieses Wort zu verstehen ist, besonders wenn es auf Dinge angewendet wird, die doch von irgendwem gekauft, also bezahlt werden«, sagte Brunetti.

»Sehr richtig!«, rief Bocchese gutgelaunt. »Schon seltsam, dass wir es immer wieder in den Mund nehmen.«

»Also, was müsste man etwa für dieses unbezahlbare Stück berappen?«, fragte Brunetti.

Bocchese lehnte sich zurück, verschränkte die Arme und betrachtete die Kette. »Normalerweise würde ich so etwas einem Freund von mir zeigen – er ist Juwelier – und ihn um eine Einschätzung bitten.«

»Von wem sprechen Sie?«, fragte Brunetti.

»Vallotto.«

Brunetti reagierte schockiert. »Aber der ist ein Dieb.«

»Nein, Guido«, sagte Bocchese, »er ist viel mehr als ein Dieb. Er ist ein Gauner und Betrüger, aber sehr raffiniert, so dass man nach einem Geschäft mit ihm nicht behaupten kann, er habe einen ausgeraubt; denn man hat ein Formular unterschrieben, in dem steht, dass man mit seinen Preisen einverstanden ist, und folglich kann man nichts gegen ihn ausrichten.«

»Er verkauft nicht nur, sondern kauft auch, oder?«, fragte Brunetti und dachte an das elegante Geschäft des Mannes in der Nähe des Rialto.

»Ja, und ich vermute, er ist nur zufrieden, wenn er das Gekaufte für mindestens das Fünffache dessen verkaufen kann, was er dafür bezahlt hat.«

»Aber Sie vertrauen ihm?«

Bocchese sah nach dem kleinen Bronzetaler aus der Renaissance, den er als Briefbeschwerer oder Glücksbringer auf seinem Tisch liegen hatte. Er schob ihn mit dem Zeigefinger ein wenig nach links. »Ich habe ihm einmal einen Gefallen getan, und wenn wir auch nicht direkt Freunde sind, hilft er mir doch gelegentlich. Das heißt, er wird mir eine genaue Schätzung geben.«

»Obwohl er weiß, dass Sie für die Polizei arbeiten?«

»Die ihn für seine Dienste auch bezahlen könnte, meinst du?«, fragte Bocchese.

»Nein, das nicht. Die ihn eines Tages verhaften könnte.«

Bocchese schob den Taler an seinen angestammten Platz zurück. »Er glaubt, ich habe ihm einen großen Gefallen getan.«

»Was denn genau?«, fragte Brunetti, der spürte, dass der Techniker, der für gewöhnlich niemanden an sich heranließ, auf diese Frage gewartet hatte.

Bocchese sah wieder nach dem Taler, als hätten die beiden menschlichen Figuren darauf ebenfalls Interesse an seiner Geschichte bekundet. »Wir sind zusammen zur Schule gegangen. Das ist vierzig Jahre her; länger. Schreckliche Familienverhältnisse; der Vater ständig betrunken, immer wieder im Gefängnis. Die Mutter schlug sich mit dem bisschen, was sie verdiente, gerade so durch. Aber die Kinder gingen ordentlich zur Schule und lernten fleißig.« Solche Geschichten hatte Brunetti schon unzählige Male gehört: die Jugend seiner Freunde und Gefährten.

»Jedenfalls«, kam Bocchese zur Sache, als trieben ihn die Männer auf dem Taler zur Eile, »eines Tages in einem Lebensmittelladen, wo ich für meine Mutter etwas einkaufen sollte, sehe ich seine Mutter in einem der Gänge stehen, mit einem Gesicht, als sei der Leibhaftige hinter ihr her. Ich sage guten Tag, aber sie antwortet nicht. Plötzlich taucht der Ladenbesitzer auf und schreit: ›Ich habe Sie beobachtet, Sie haben Reis gestohlen!‹ Da erst fiel mir auf, dass sie eine Hand unter ihrem Mantel hatte.

Die Ärmste war drauf und dran, in Ohnmacht zu fallen, und der Mann schreit immer noch: ›Sie hat gestohlen! Holt die Polizei!‹

Und ich dachte an Leonardo und die anderen Kinder, und wie das für sie wäre, wenn auch ihre Mutter ins Gefängnis käme.«

»Und was haben Sie getan?«, fragte Brunetti.

»Der Mann kam jetzt auf sie zu, und ich ging ihm entgegen, griff nach einer Schachtel Pasta und stieß dabei ein paar andere Schachteln aus dem Regal, um ihn abzulenken. Er schnappte nach mir, aber ich riss mich los und rannte aus dem Laden, und schon hatte er die Frau vergessen und setzte mir nach. Ich lief extra langsam, damit er versuchte, mich einzuholen, und als ich ihn zwei Straßen weit von dem Laden weggelockt hatte, legte ich ein paar Gänge zu und hängte ihn ab.«

Ohne die Spur eines Lächelns fuhr Bocchese fort: »Als er in sein Geschäft zurückkam, war sie weg. Ich weiß nicht, ob er sie erkannt hatte; mich jedenfalls kannte er nicht.«

»Wie hat Vallotto davon erfahren?«, fragte Brunetti.

»Ich nehme an, seine Mutter hat es ihm erzählt«, meinte Bocchese achselzuckend. »Er hat nie davon gesprochen, erst Jahre später, als wir uns zufällig einmal trafen. Er habe gehört, dass ich demnächst heirate, sagte er, ich könne bei ihm vorbeikommen und mir die Ringe aussuchen.

Er muss meine Verblüffung bemerkt haben, denn er sagte: ›Ich weiß, was du für meine Mutter getan hast. Ich werde dich nie übers Ohr hauen und dir immer helfen, wenn ich kann.‹« Bocchese sah Brunetti an und fügte hinzu: »Und er hat Wort gehalten.«

»Zum Beispiel?«

»Wissen Sie noch«, fragte Bocchese, »wie wir vor sechs Jahren in der Wohnung eines Verdächtigen ein Diamantarmband und ein paar Ringe gefunden haben und er behauptete, die hätten seiner Mutter gehört?«

Brunetti nickte, obwohl er sich nur sehr undeutlich an den Fall erinnerte.

Bocchese fuhr fort: »Ich habe die Sachen Leonardo gezeigt und ihm gesagt, es gehe um eine polizeiliche Ermittlung. Ob er uns trotzdem helfen wolle.«

»Und?«

»Er hat mir den Namen der Familie genannt, der die Sachen gestohlen worden waren.« Bocchese sah Brunetti erwartungsvoll an, doch dem fiel nichts dazu ein.

»Also, was soll ich damit?«, fragte Bocchese schließlich und wies auf die Kette.

»Nach Fingerabdrücken suchen, auch auf dem Papier, ein paar Fotos machen und mir schicken, vielleicht kann Signorina Elettra etwas darüber in Erfahrung bringen.«

»Und dann?«, fragte Bocchese.

»Sie haben doch einen Tresor, oder?«, fragte Brunetti.

»Allerdings«, sagte Bocchese und schob das Papier und die Kette in die Stofftasche zurück.

Als Nächstes ging Brunetti bei Signorina Elettra vorbei, um sich zu erkundigen, ob sie noch streikte und, falls ja, wie Vice-Questore Patta und Tenente Scarpa damit zurechtkamen. Außerdem wollte er wissen, ob sie herausgefunden hatte, von wem die gelben Rosen im Theater und vor Flavias Wohnung stammten. Und was sie zu der Halskette sagte. Sie saß an ihrem Schreibtisch, und als er ihre Miene sah, wusste er sofort, dass er sich die Frage nach dem Absender der Blumen sparen konnte.

»Nichts«, sagte sie von sich aus. »Mein Freund von der Bar am Theater ist in Urlaub. Ich habe bei den wenigen Blumenhändlern nachgefragt, die es noch in der Stadt gibt, aber keiner von ihnen hatte in letzter Zeit einen so großen Auftrag. Mestre und Padua ebenfalls Fehlanzeige, danach habe ich aufgegeben.« Hatte er das jemals aus ihrem Mund gehört?

Sie ließ ihn nicht zu Wort kommen. »Ich habe einige Artikel über Fans und Stalker zusammengestellt, in Italienisch und Englisch, aber was die sagen, kann man sich eigentlich auch selber denken. Opernfans sind fast ausschließlich Frauen.« Sie schenkte ihm ein Lächeln. »Frauen auch bei Rockmusik, Männer bei Jazz.«

Das erinnerte ihn an einen Freund, Inhaber eines CD-Geschäfts, früher, als man CDs noch im Laden kaufte; der hatte ihm erzählt, die verrücktesten Kunden seien Leute, die sich für Orgelmusik interessieren. »Die meisten von ihnen kommen erst bei Einbruch der Dunkelheit zum Einkaufen«, hatte sein Freund gesagt. »Ich vermute, das ist die einzige Zeit, wo manche von ihnen überhaupt jemals aus dem Haus gehen.«

»Und die Petrelli«, fuhr Signorina Elettra fort, »habe ich gründlich durch die Regenbogenpresse verfolgt: Ihre Affäre mit dieser Amerikanerin war anfangs ein großes Thema, aber mit der Zeit flaute das Interesse ab, und das Thema verschwand von den Titelseiten und schließlich ganz. Über ihren Gesang wird natürlich nie berichtet. Das letzte Mal kam sie in die Schlagzeilen, als ihr Mann vor Gericht zog, um seine Zahlungen an sie reduzieren zu lassen.«

»Und?«, fragte Brunetti.

»Sie muss den besten Scheidungsanwalt von ganz Spanien gehabt haben. Die öffentliche Meinung war sowieso auf ihrer Seite, und der Richter, der den Einspruch gegen die Scheidungsvereinbarung zu verhandeln hatte, sagte dem Mann, er solle aufhören, dem Gericht die Zeit zu stehlen.

Wenn er die vereinbarten Zahlungen nicht leiste, wandere er ins Gefängnis.«

»Hatte dieses letzte Wort die übliche ernüchternde Wirkung?«, fragte Brunetti.

»Allerdings.«

»Meinen Sie, er könnte damit zu tun haben?«

Nachdem sie die Frage gebührend erwogen hatte, sagte sie: »Eher nicht«, stellte aber gleich klar: »Nicht weil ich es ihm nicht zutraue, sondern weil er klug genug ist zu wissen, dass er als Erster verdächtigt würde, wenn ihr etwas zustoßen sollte. Außerdem ist er in Argentinien.«

»Hat die Presse ihr nach der Scheidung noch viel Aufmerksamkeit gewidmet?«, fragte Brunetti.

»Nur die Musikpresse. Da kam sie gelegentlich auf die Titelseiten, wenn ihr mal wieder eine Auszeichnung verliehen wurde. Aber ihr Privatleben scheint niemanden mehr zu interessieren.«

»Ob das an ihrem Alter liegt?«

»Wahrscheinlich«, räumte Signorina Elettra ein. »Und das Leben der Popstars ist ja auch viel aufregender.«

Er nickte. Das kannte er von den Unterhaltungen seiner Kinder und den Zeitschriften, die sie in der Wohnung herumliegen ließen. »In meiner Generation war es auch schon so«, sagte er.

»In meiner auch«, sagte sie schulterzuckend.

Ihm lag schon auf der Zunge, »in Neros auch« zu sagen, verkniff es sich aber.

»Und die Amerikanerin?«, fragte er schließlich.

»Seit Jahren nichts mehr, abgesehen von ihren Artikeln und Büchern über chinesische Kunst.«

»Kein Hinweis darauf, wo sie sich zurzeit befindet?«

»Nach allem, was ich gefunden habe, ist sie in China, obwohl gelegentlich auch erwähnt wird, sie sei dort gerade erst zu einer Konferenz eingetroffen. Aber von wo, wird nicht gesagt.«

Seine Miene verfinsterte sich. Er steckte in einer Sackgasse. Hier wurde er nicht fündig. Genau wie Flavia es ihm zu verstehen gegeben hatte. »Verflixt und zugenäht«, sagte er.

Signorina Elettra sah überrascht auf.

19

W as ist mit Alvise?«, fragte er.

Die Überraschung verschwand aus ihrem Gesicht. »Er wurde suspendiert.«

»Seit wann ist so etwas möglich?«, fragte Brunetti.

»Verzeihung?«

»Ich habe noch nie gehört, dass ein Beamter so ohne weiteres suspendiert werden kann, ohne Untersuchung oder Anhörung, und doch nehmen wir das einfach so hin, als ob Scarpa dazu befugt wäre. Aber ist er das?«

Sie sah ihn mit offenem Mund an, als habe er plötzlich auf Ungarisch mit ihr gesprochen. »Die Maßnahme soll es ermöglichen, die Gehaltszahlungen an einen Beamten einzustellen, ohne direkt Anklage gegen ihn zu erheben«, sagte sie, als ob ausgerechnet ein Commissario sich mit den Anordnungen des Innenministeriums auskennen sollte.

»Von wem haben Sie das?«, fragte Brunetti.

Wieder starrte sie ihn an, ein Kardinal, der der Sünde bezichtigt wird. »Aber das weiß doch jeder …«, fing sie an, aber dann ging ihr ein Licht auf. »Von Tenente Scarpa«, sagte sie, nun kein Kardinal mehr, sondern ein Inquisitor, der auf einen Fall von Ketzerei gestoßen ist.

»Aha«, meinte Brunetti kühl und fragte betont beiläufig: »Haben Sie vielleicht mal einen Blick in die Vorschriften des Ministeriums geworfen?«

Sie drehte sich zu ihrem Computer um und flüsterte: »Das glaube ich jetzt nicht!«

Brunetti widerstand der Versuchung, ihr bei der Recherche über die Schulter zu sehen; helfen konnte er ihr sowieso nicht, er verstand ja nicht einmal ansatzweise, was sie da tat. Er lehnte sich ans Fensterbrett, verschränkte die Arme und wartete. Ihre Fingernägel klapperten auf den Tasten. Er betrachtete seine Schnürsenkel, die schon ein wenig verschlissen waren und bald ersetzt werden mussten. Tenente Scarpa müsste man auch ersetzen, aber nicht, weil er verschlissen war. Zeit verging.

»Das ist nicht möglich«, sagte sie, ohne den Blick vom Bildschirm zu wenden. »So eine Vorschrift gibt es nicht. Selbst wenn man eines Verbrechens beschuldigt wird, gilt man weiter als Beamter und bekommt sein Gehalt.« Sie blickte finster entschlossen auf. »Er kann das nicht machen. Die können seine Gehaltszahlungen nicht einstellen.«

Brunetti durfte ja nicht wissen, dass sie Alvise nicht von der Gehaltsliste gestrichen hatte. Er wandte seine Aufmerksamkeit wieder seinen Schuhbändern zu und dachte über die Konsequenzen nach. Signorina Elettra setzte sich seit Jahren ungeniert und ungestraft über sämtliche Datenschutz- und Geheimhaltungsvorschriften hinweg. Sie drang in die Computer von Banken und Ministerien ein, machte selbst vor dem Vatikan nicht halt. Wenn sie dabei gelegentlich zu weit ging, versetzte sie alle, die wussten, was sie tat, und die sie oft genug selbst dazu angestiftet hatten, in Angst und Schrecken. Aber bisher war es ihr noch jedes Mal gelungen, sich davonzumachen, ohne Spuren zu hinterlassen.

Weiteres Theater schien ihm unangebracht. Das Schiff ging unter: Er warf seine Zurückhaltung über Bord. »Unter wessen Namen haben Sie die Anweisung herausgegeben, die Gehaltszahlung an Alvise fortzusetzen?«

Ihre Miene blieb unverändert. Sie rieb sich mit drei Fingern ihrer Linken die Lippen. »Das ist nicht gut«, sagte sie.

»Was haben Sie getan?«

»Ich habe beantragt, Alvise für Überstunden zu bezahlen. Die Anweisung zum Gehaltsstopp wollte ich nicht widerrufen, das hätte vielleicht Verdacht erregt, also habe ich nur seinen Namen in eine andere Kategorie verschoben und ihm Lohn für Sonderschichten zugewiesen. Fünf in einer Woche.« Und dann: »Ich habe wirklich gedacht, Scarpa sei befugt, ihn zu suspendieren. Keine Ahnung, warum ich ihm geglaubt habe.«

»Wer hat die Zahlungen für die Sonderschichten autorisiert?«, fragte Brunetti, der sich, genau wie bei den Kindern, nicht mit Ausflüchten und Erklärungen aufhalten wollte.

»Deswegen habe ich gesagt, das ist nicht gut«, gestand sie. »Die Autorisierung stammt von Ihnen.«

»Aaa«, sagte Brunetti gedehnt, während er schon über die Konsequenzen nachzudenken begann. Er sah sie an, aber sie wandte sich ab. »Rom liegt also die Meldung vor, dass einer unserer Leute diese Woche das Doppelte gearbeitet hat?«, fragte er.

»Richtig.« Wieder wich sie seinem Blick aus.

»Und falls das dort jemandem auffallen sollte, was würde man daraus schließen?«

»Dass derjenige, der Alvise die Überstunden genehmigt hat, das zusätzliche Geld mit ihm teilen wird«, antwortete sie prompt.

Vermutlich hätte Brunetti denselben Schluss gezogen, würde er in Rom arbeiten. Oder sonst wo.

»Scarpa schlägt also gleich zwei Fliegen mit einer Klappe. Man wird Alvise wegen der unberechtigten Forderung drankriegen, und mich, weil ich sie genehmigt habe; wen interessiert es schon, ob ich das Geld von ihm bekommen habe oder nicht? Warum sollte ich sonst so etwas tun?«

Darüber musste sie doch nachgedacht haben, wahrscheinlich hatte sie sogar schon die Schlagzeilen formuliert: »Korruption nicht nur im Süden«, »Doppeltes Gehalt nach Übergriff auf Arbeiter«.

Signorina Elettra zählte etwas an ihren Fingern ab.

»Was ist?«, fragte Brunetti.

»Ich rechne aus, in wie viel Tagen wir unser Gehalt bekommen«, sagte sie.

»Sieben«, ersparte er ihr die Mühe. »Warum?«

Sie blickte auf, schien ihn aber nicht wahrzunehmen. »Ich überlege, wie ich das in Ordnung bringen kann«, sagte sie schließlich.

»Vielleicht sollte ich einen Nervenzusammenbruch bekommen, dann muss ich mich nicht verantworten«, schlug Brunetti vor.

Seine Worte verhallten ungehört. Sie starrte ins Leere, gab irgendwelche Befehle in den Computer ein, sah nach dem Ergebnis und tippte weiter. Ein Fenster nach dem andern tat sich auf, sie kniff die Augen zusammen und las konzentriert alles durch.

Brunetti sagte sich, seine Tage in der Questura seien so gut wie gezählt, also sollte er diese letzten so angenehm wie möglich verbringen, und kaum etwas war ihm angenehmer, als Signorina Elettra dabei zu beobachten, wie sie in Trance verfiel, bevor sie etwas Gesetzeswidriges tat. Sieh sie dir an, sagte er sich: Heute geht sie als Industriekapitän, mit eng geknöpfter schwarzer Wollweste über einer weißen Baumwollbluse, anthrazitfarbenen Nadelstreifenhosen und dezenter Krawatte. Patta könnte sich so kleiden, wäre er auf göttlichen Ratschluss eine Frau geworden.

Minuten vergingen, und er sah ihr weiter beim Arbeiten zu. Beziehungsweise bei den Tricks und Manövern, mit denen sie den Lauf der Gerechtigkeit – oder jedenfalls den Gang der Justiz – verdrehte, untergrub und ins Gegenteil verkehrte. Brunetti hatte keine Ahnung, was sie da tat, wartete aber geduldig den Erfolg oder Misserfolg ihrer Bemühungen ab, so wie manche Leute in den Vorhallen großer Banken gebannt auf die Monitore starren, über die die Aktienkurse der Mailänder Börse flimmern. Ein Blick in die verzückten Gesichter, mit denen sie ihren Gott, den Wertpapiermarkt, anhimmeln, und man erkennt, wohin ihre Reise geht: Die Richtung wird vom Auf und Ab der Preise bestimmt.

Brunetti verlor jegliches Zeitgefühl. Sein einziger Kontakt zur Welt war Signorina Elettras Miene. Er sah sie niedergeschlagen, trotzig, völlig verblüfft, ängstlich, hoffnungsvoll, beunruhigt, entsetzt, und dann plötzlich absolut sicher, dass sie die Lösung, die Wahrheit und das Licht gefunden hatte.

Sie wandte sich vom Bildschirm ab und sah Brunetti mit großen Augen an. »Sind Sie schon lange hier?«, fragte sie, als bemerkte sie jetzt erst seine Anwesenheit.

Er sah auf die Uhr. »Eine halbe Stunde«, sagte er und wies auf ihren Computer. »Was gefunden?«

»Ja. Es gibt eine Hintertür zu den Überstundenanträgen.«

»Hintertür?«

»Dort komme ich an die Einträge heran und kann sie ändern.«

»Was können Sie ändern?«

»Alles«, antwortete sie. »Einsatzzweck, Dauer, Arbeit in Uniform oder nicht.«

»Können Sie auch den Namen des Vorgesetzten ändern, der den Einsatz genehmigt hat?«

»Das habe ich bereits getan«, sagte sie und strich selbstzufrieden über ihre Krawatte, eine Gebärde, die ihm auch schon bei Patta aufgefallen war.

»Darf ich fragen?«

»Tenente Scarpa setzt den Beamten Alvise als Verbindungsmann – das Wort wollte ich immer schon mal benutzen – zum Personal des Krankenhauses ein, um dem Opfer eines Überfalls bestmöglichen Schutz zu gewähren. Da er ausdrücklich Alvise für diesen Einsatz haben will, genehmigt er ihm unbeschränkte Überstunden.«

»Sie kennen wirklich keine Scham, oder?«, meinte Brunetti mit breitem Grinsen.

»Und noch weniger Gnade«, grinste sie zurück.

Brunetti fand es ratsam, den Triumph still zu genießen; er nahm sein Handy aus der Tasche und hielt es möglichst lässig hoch. »Bocchese hat mir ein paar Fotos von der Halskette geschickt. Wäre schön, wenn Sie etwas darüber herausfinden könnten.«

»Wurde sie gestohlen?«

»Das weiß ich nicht«, sagte Brunetti und tippte auf dem

Handy herum, bis die Fotos auf dem Display erschienen. »Ich schicke sie Ihnen rüber.« Er rief sich ins Gedächtnis, was Chiara ihm beigebracht hatte, und folgte ihren Anweisungen Schritt für Schritt. Mit leisem Zischen – stellte er sich vor – glitt das erste Foto aus seinem Handy und legte die zwei Meter zu Signorina Elettras Computer zurück. Die anderen folgten. Ohne sich anmerken zu lassen, wie zufrieden er mit sich war, blickte er auf, aber Signorina Elettra bewunderte schon das erste Foto, das auf ihrem Bildschirm angekommen war.

»*Maria Santissima*«, flüsterte sie. »So etwas habe ich noch nie gesehen.«

Brunetti las, was Bocchese dazu geschrieben hatte: Die Fassung sei mindestens vierzig Jahre alt, folglich seien die Steine sehr wahrscheinlich echt.

»Wo hat er das her?«, fragte sie.

»Signora Petrelli hat es mir übergeben. Jemand hat es ihr in die Garderobe gelegt.«

Sie rückte näher an den Bildschirm heran. »Gelegt?«

»So hat sie es mir erzählt.«

»Sie möchten wissen, woher die Kette stammt?«

»Ja. Wenn's geht.«

»Wenn sie gestohlen wurde, könnte man es herausfinden: Interpol führt eine Datei über wertvolle Stücke, die als gestohlen gemeldet werden.« Sie schien nach der Kette auf dem Bildschirm greifen zu wollen, ließ die Hand aber wieder sinken, vielleicht weil sie genau wie er keine Fingerabdrücke auf etwas so Schönem hinterlassen wollte.

»Können Sie auch bei Juwelieren nachfragen?«, wollte Brunetti wissen.

Sie nickte, ohne den Blick davon abzuwenden. »Wer das verkauft hat, erinnert sich garantiert daran.« Sie riss sich von dem Foto los. »Ich habe hier drin eine Liste von Juwelieren, die etwas so Wertvolles verkauft haben könnten. Denen werde ich das Foto schicken und sie fragen, ob ihnen das innerhalb der letzten …?« Sie sah Brunetti fragend an.

»Den Zeitraum brauchen Sie nicht näher anzugeben«, meinte er. Schon jemand wie Brunetti, der sich nicht viel aus Edelsteinen machte, hätte niemals vergessen, wann er diese Kette gekauft hatte; und bei einem Juwelier, der eine bessere Vorstellung von ihrem Wert und einen feineren Sinn für ihre Schönheit besaß, war das noch unwahrscheinlicher.

»Nur bei uns oder international?«

»Ich würde sagen: überall«, antwortete Brunetti.

Sie nickte. »Sonst noch etwas?«

»Sie könnten mir verraten, was mit dem Tenente geschehen wird«, sagte Brunetti mit einem milden Lächeln.

»Ach«, sagte sie leichthin, »bei seinen guten Beziehungen zu Rom wird ihm schon nichts passieren.«

»Gute Beziehungen? Zu wem?«, fragte Brunetti im selben Ton und erinnerte sich daran, wie sie gesagt hatte, sie wolle Scarpas Kopf.

»Da möchte ich nicht spekulieren, Commissario«, sagte sie und drehte sich nach einem Geräusch hinter ihm um. »Vielleicht können Sie den Vice-Questore danach fragen.«

Huldvoll wie stets im Umgang mit seinen Vasallen kam Vice-Questore Patta auf die beiden zu. Mit sanfter Stimme fragte er Signorina Elettra: »Wenn Sie mit ihm reden, heißt das, Sie reden auch mit mir?«

»Selbstverständlich rede ich mit Ihnen, Vice-Questore«,

flötete sie. »Wie könnte ich nicht?« Mit ihrer Stimme hätte sie alles verkaufen können: von Honig bis Waschpulver.

»Was haben Sie zu besprechen?«, fragte Patta in dem Ton, in dem er nur mit ihr sprach, nie mit Brunetti. Honig, Waschpulver.

Signorina Elettra zeigte auf Brunetti. Der fing den Ball auf: »Ich habe Signorina Elettra erklärt, wie sehr es mich freut, dass Alvise sich um das Mädchen im Krankenhaus kümmert.«

Wie ein Leuchtturm einem Schiff am Horizont wandte Patta sein edles Haupt Brunetti zu und fragte: »Mädchen?« Und dann: »Alvise?«

»Das hat der Tenente dankenswerterweise angeordnet.«

»Dass Sie das für einmal auch so sehen.« Sosehr der Vice-Questore seine Genugtuung zu verbergen suchte, war sie ihm doch anzuhören.

Brunetti, dem Genugtuung lieber war als Argwohn, riskierte ein demütiges Lächeln und schüttelte den Kopf. »Wohl wahr. Doch Ehre, wem Ehre gebührt.« Er überlegte, ob er auch noch die Lippen spitzen und anerkennend nicken sollte, aber das wäre wohl zu viel des Guten.

Patta sah zu Signorina Elettra, aber die war damit beschäftigt, ihre Krawatte neu zu binden. Brunetti staunte, mit welcher Anmut diese Handgriffe verrichtet werden konnten. Eine dunkelgraue Krawatte mit kaum sichtbaren roten Streifen zu einer schwarzen Wollweste und Nadelstreifenhosen: Warum, bei Gott, musste er, als sie das Tuch durch den Knoten zog, an Paola denken, wie sie ihre Strümpfe auszog, damals, als Strümpfe noch getragen wurden?

»Wollten Sie zu mir?« Pattas Frage holte ihn in die Gegenwart zurück.

»Nein, Vice-Questore. Ich wollte Signorina Elettra bitten, die Herkunft eines Schmuckstücks zu klären.«

»Diebesgut?«, fragte Patta.

»Nicht dass ich wüsste, Vice-Questore.«

»Wertvoll?«

»Für den Besitzer bestimmt«, antwortete Brunetti. In Pattas Miene zogen Wolken auf, aber bevor daraus ein Unwetter werden konnte, fügte Brunetti hinzu: »Es ist doch wohl so, dass den meisten Leute Dinge, die sie besitzen oder mögen, wertvoller erscheinen als anderen«, wobei er daran dachte, für wie wertvoll der Vice-Questore den Tenente hielt.

Signorina Elettra schaltete sich ein: »Ich glaube nicht, dass es sehr kostbar ist, Commissario, aber vielleicht finde ich ja etwas darüber.« Es gelang ihr, gleichzeitig gelangweilt und ein wenig verärgert über einen so banalen Auftrag zu klingen.

Dass sie so mit Brunetti sprach, schien dem Vice-Questore zu behagen, weshalb Brunetti sich einen irritierten Blick in ihre Richtung gestattete, bevor er sagte: »Wenn sonst nichts mehr anliegt, Vice-Questore, gehe ich jetzt in mein Büro.«

Patta nickte und wandte sich zu seiner Tür. Hinter seinem Rücken zwinkerte Signorina Elettra Brunetti zu und verpasste ihrer Krawatte den letzten Schliff.

20

Was jetzt?, fragte sich Brunetti, als er hinter seinem Schreibtisch Platz genommen hatte. Es widerstrebte ihm, sich für seinen nichtigen Sieg über Patta auf die Schulter zu klopfen; mit den Jahren lag ihm immer weniger daran, seinen Vorgesetzten hinters Licht zu führen, auch wenn er dem Drang gelegentlich noch nachgab. Er dachte an Kollegen in anderen Städten und Provinzen und was die von ihren Vorgesetzten erzählten, wie oft sie – ohne es jemals offen auszusprechen – zu verstehen gaben, dass manche hochrangigen Beamten längst nicht mehr dem Staat, sondern einer anderen Institution dienten, was man dem Vice-Questore immerhin nicht nachsagen konnte.

Pattas Engagement, hatte Brunetti im Lauf der Jahre erkannt, galt ausschließlich seiner Familie. Bedingungslos und ohne Vorbehalt: Das machte ihn Brunetti sympathisch. Patta mochte faul und eitel sein, egoistisch und manchmal töricht, aber solche Schwächen hatte niemand mit Vorsatz. Der Mann war ein Sprücheklopfer, aber ohne List und Tücke: Die blieben Tenente Scarpa vorbehalten.

Auch Pattas Motive waren leicht zu deuten und ebenso leicht zu verstehen: Er suchte Erfolg auf der Karriereleiter und den Beifall seiner Vorgesetzten. Das taten die meisten, räumte Brunetti ein; hätte er selbst nicht den Reichtum und die Macht von Paolas Familie im Rücken, würde wohl auch er nicht so unbekümmert mit seiner Arbeit und seinem Chef umgehen.

Aber woher kam Pattas Loyalität gegen Scarpa, die doch weder seine Vorgesetzten beeindrucken noch seiner Karriere förderlich sein konnte? Brunetti hatte die beiden nie außerhalb der Questura beisammen gesehen, und auch niemand von denen, die er danach gefragt hatte. Beide stammten aus Palermo. Familienbande? Alte Protektionsschulden, die es abzuleisten galt?

Brunetti lehnte sich in seinem Stuhl zurück, verschränkte die Arme und sah auf den *campo* hinaus. Das runde Fenster oben in der Fassade von San Lorenzo starrte zurück wie das Auge eines Zyklopen. Soweit er sich erinnerte, war Scarpa vor Jahren plötzlich in der Questura aufgetaucht. Brunetti war sich ziemlich sicher, dass Patta ihn vorher nicht von dessen Kommen unterrichtet hatte. Und er hatte auch nicht den Eindruck gehabt, dass die beiden einander von früher kannten, obwohl jene ersten Monate schwer zu rekonstruieren waren: Damals war Tenente Scarpa nur als langer, dünner Schatten in Erscheinung getreten, bemerkenswert war allein seine stets tadellose Uniform, aber nichts von dem, was er tat oder sagte.

Brunetti wusste noch, wie er die ersten Symptome erkannt hatte, als er den beiden Männern einmal zufällig auf dem Korridor begegnet war; da unterhielten sie sich in einer Sprache, die ihn an Arabisch, Griechisch und vage an Italienisch erinnerte. Stark näselnd klang es, statt »tsch« hörte er irgendso etwas wie »tr«, und die Verben tauchten erst am Ende der Sätze auf. Verstehen konnte er nicht.

Das war zu Beginn seiner zweiten Ermittlung gegen das Casino gewesen, also vor etwa acht Jahren. Seitdem sonnte Scarpa sich in der Gunst Pattas.

Egal wie angestrengt Brunetti den Zyklopen anstarrte, er gab ihm keine Antwort. Odysseus hatte seine Männer und sich selbst unter den Widdern versteckt und so den Zyklopen überlistet. Brunetti aber fiel kein Mittel gegen Scarpas Arglist ein.

Es klopfte dreimal kurz an seine Tür, und schon trat Griffoni ein, inzwischen auch eine von denen, die es sich erlaubten, nicht auf sein »Herein« zu warten. Vielleicht in Erwartung eines heißen Sommers, hatte sie sich die Haare sehr kurz schneiden lassen: die zweite knabenhafte Frau in der Questura, diese jedoch mit blonden Löckchen und in einem schwarzen Kleid, das ihr gerade bis über die Knie reichte. Wenigstens trug sie keine Krawatte.

Brunetti wies auf den bequemeren der zwei Stühle vor seinem Schreibtisch. »Sieht gut aus«, sagte er knapp. »Im Theater was erfahren?«

»Während ich mit dem *portiere* sprach, kamen drei Männer, stempelten ihre Stechkarten und gingen wieder.«

»Und?«, fragte Brunetti.

»Das hat mich an zu Hause erinnert«, sagte sie wehmütig.

Neapel? »Wie das?«, fragte er.

»Ich hatte einen Onkel, der war Taxifahrer, hatte aber einen Freund in der Geschäftsstelle des Teatro San Carlo«, sagte sie, als sei damit alles erklärt.

»Und?«

»Er stand als Bühnenhelfer auf der Lohnliste, brauchte aber nur zweimal täglich vorbeizukommen, um seine Karte zu stempeln.« Sie sah Brunettis verblüfften Blick. »Ich weiß, ich weiß. Aber nach einer Buchprüfung hatte man dort Stechkarten eingeführt; jeder, der auf der Lohnliste stand, sollte sich zumindest ein- und ausstempeln.«

»Er hat dort nicht gearbeitet?«, fragte Brunetti verwirrt.

»Großer Gott, nein. Er hatte fünf Kinder und musste zwölf Stunden täglich Taxi fahren, sieben Tage die Woche.« Sie lächelte, offenbar hatte sie Freude an dieser Geschichte.

»Er hat sich also ein- und ausgestempelt und stand auf der Lohnliste?« Sie nickte, und er fragte weiter: »Und das ist keinem aufgefallen?«

»Na ja«, sagte sie zögernd, »er war ja nicht der Einzige. Und für das Taxi hatte er sowieso keine Konzession, also hatte er offiziell nur den Job beim Theater.«

»Wie viele Jahre hat er am Theater … gearbeitet?«

Sie sah auf ihre Finger und rechnete. »Siebenundzwanzig.« Dann: »Das Taxi hat er sechsunddreißig Jahre lang gefahren.«

»Aha«, seufzte Brunetti und sagte das Einzige, was ihm einfiel: »Da muss er die Stadt sehr gut kennengelernt haben.«

»In jeder Hinsicht«, sagte Griffoni. Sie straffte sich, ließ das Thema fallen und kam wieder zur Sache. »Der *portiere* sagt, am Abend einer Vorstellung kommen alle möglichen Leute, nicht nur die Sänger und Musiker, auch deren Verwandte, Freunde und Zweitbesetzungen. Oft herrscht im Vorraum ein solches Gedränge, sagt er, dass jemand, der sich unbemerkt einschleichen möchte, keine Schwierigkeiten hätte.«

Brunetti dachte an die vielen Leute an dem Abend, als er und Paola auf Flavia gewartet hatten.

Claudia fuhr fort: »Am schlimmsten ist es eine Stunde

vor der Vorstellung, wenn sie alle reinkommen, besonders bei einer Oper wie *Tosca*, mit Chor und Kinderchor, sagt er, das sei der reine Wahnsinn.« Sie ließ Brunetti nicht zu Wort kommen. »Hinterher dasselbe, wenn die Leute am Ausgang auf die Sänger warten.«

»Und die Blumen?«, fragte Brunetti.

»Dazu konnte der Pförtner nicht viel sagen: Zwei Männer haben sie gebracht. Ihre Garderobiere und die Frau, die für die Perücken zuständig ist, haben die Blumen erst gesehen, als sie nach der Vorstellung in die Garderobe kamen. Ich habe auch einige Bühnenarbeiter befragt, aber niemand hat etwas Ungewöhnliches bemerkt.«

»Aber jemand hat die Blumen in ihre Garderobe gebracht.«

»Und die Vasen«, ergänzte Griffoni. »Jedenfalls, wenn die Garderobiere die Wahrheit sagt.«

»Und jemand hat noch mehr Blumen in die Seitenlogen gebracht und zu ihr runtergeworfen.« Das hatte Brunetti selbst gesehen. »Wie war das möglich?«

»Vielleicht hat ein Platzanweiser sie reingebracht. Wer weiß?« Und dann: »Falls ein Verrückter Freunde hat, hat ihm vielleicht ein Freund dabei geholfen.«

Brunetti fand, so kämen sie nicht weiter, und wechselte das Thema. »Was ist mit Alvise?«

»Er hat sich dem Mädchen im Krankenhaus vorgestellt und ihr gesagt, er werde ein Auge auf sie haben und dafür sorgen, dass sie nicht gestört wird.« Griffoni brauchte Brunetti nicht eigens darauf hinzuweisen, dass Verschwiegenheit für Alvise ein Fremdwort war.

»Wie lange hält er sich dort auf?«, fragte Brunetti.

»Er will zu den Besuchszeiten da sein: von zehn bis eins, und dann von vier bis sieben.«

»Und die übrige Zeit?«

Griffoni konnte nur mit den Schultern zucken. Alvise war schließlich Alvise. »Er ist nicht auf die Idee gekommen, dass außerhalb der Besuchszeiten etwas passieren könnte.«

»Nein«, sagte Brunetti. »Das kann man natürlich ausschließen.«

Griffoni konnte sich die Frage nicht verkneifen: »Meinen Sie, sie ist in Sicherheit?«

»Wollen wir's hoffen. Aber Hauptsache, sie fühlt sich sicher, das wird ihr guttun. Und außer Alvise können wir zurzeit niemanden hinschicken.«

Sie verfielen in ein behagliches Schweigen, wie es nur unter Kollegen möglich ist, die im Lauf der Jahre zu Freunden geworden sind. Das Tuckern eines nahenden Bootes war zu hören.

»Es könnte eine Frau sein«, sagte Brunetti schließlich und erwähnte den Diebstahl von Flavias Adressbuch und den Anruf einer Unbekannten bei ihrer Freundin in Paris.

Griffoni sah ihn überrascht an und wandte sich dann dem Zyklopen zu. Sie schlug die Beine übereinander und ließ den extrem hochhackigen Schuh von ihrer Fußspitze baumeln, auf und nieder, ganz in Gedanken versunken. Erst Signorina Elettras Krawatte, jetzt dieser Schuh. Brunetti ertappte sich bei der Frage, wie wohl Petrarca reagiert hätte, wenn Laura mit diesen Schuhen oder dieser Krawatte vor ihm erschienen wäre. Hätte er sie mit einem Sonett besungen? Oder sich entsetzt von einer so unschicklichen Kleidung abgewandt?

Er bastelte noch an der dritten Zeile eines Sonetts auf den Schuh, als Griffoni sagte: »Ja, das könnte sein.«

Brunetti brach die Suche nach einem Reim auf *»scarpa«* bereitwillig ab, zumal er fürchtete, *»arpa«* könnte so tiefen Gefühlen nicht wirklich gerecht werden, auch wenn die Harfe einem Sonett bestimmt gut anstehen würde.

»Flavia Petrelli sagt, weibliche Fans machen sie besonders nervös, weil die etwas von ihr haben wollen.«

»Meinen Sie, das könnte an ihrer sexuellen Vorgeschichte liegen?«, fragte Griffoni so sachlich, als ginge es um ihre Haarfarbe.

»Kann ich nicht sagen«, antwortete Brunetti. »Ich weiß nicht, wie Frauen ticken.«

Sie zog die Augenbrauen hoch. »Das kommt doch wohl auf die jeweilige Frau an«, sagte sie. »Wenn dieser Fan eine Frau ist, dürfte sie für das weibliche Geschlecht kaum repräsentativ sein.«

»Möglich«, gab Brunetti zu.

»Ich will damit nur sagen, dass wir nicht alle gewaltbereit sind, aber diese Frau hier offenbar schon.« Sie sah aus dem Fenster, als verfolge sie den Gedanken. »Aber sie ist nicht sehr gut darin, oder?«

»Wie meinen Sie das?«

»Angenommen, sie hat das Mädchen gestoßen«, erklärte Griffoni, »dann hat sie es nicht sehr gründlich getan. Nur mal kurz nachgesehen und gleich darauf das Weite gesucht.«

»Und das heißt?«, fragte Brunetti.

Griffoni sah wieder zu ihm hin. »Ich würde sagen, das heißt, sie wollte sie nicht umbringen, sondern ihr nur weh tun oder ihr drohen. Oder sie hat es sich plötzlich anders überlegt. Weiß der Himmel, was in ihr vorgegangen ist.«

Brunetti fand es bemerkenswert, wie sie beide so ohne weiteres von »er« auf »sie« umgeschaltet hatten, wenn sie von dem Angreifer sprachen. Es gab keinen Beweis, nur die Stimme der Person, die Flavias Freundin in Paris angerufen hatte, und die konnte genauso gut tatsächlich eine Freundin gewesen sein, die nur wissen wollte, wo Flavia steckte.

Er fragte sich, ob er und Claudia nicht dem alten Vorurteil aufsaßen: Bizarres Verhalten lag an den Hormonen, war hysterisch, das Vorrecht von Frauen, die keinen Mann abbekommen hatten.

»Ich denke, ich gehe jetzt essen«, sagte er und stand auf.

Sie sah auf ihre Uhr und erhob sich ebenfalls. Als sie die Treppe hinuntergingen, staunte Brunetti, wie mühelos sie auf diesen hohen Absätzen ging, auf denen er sich bestimmt nur aufrecht halten könnte, wenn er vorsichtig jede Stufe einzeln nehmen und sich seitlich am Geländer festhalten würde. Frauen – was für begabte Geschöpfe!

21

Brunetti war während des ganzen Mittagessens abgelenkt, so sehr ging ihm die Vorstellung gegen den Strich, dass auch Frauen gewalttätig sein könnten. Natürlich waren ihm in seinem Berufsleben schon einige über den Weg gelaufen, er hatte sogar einige festgenommen, aber im – sozusagen – wirklichen Leben war ihm noch nie eine begegnet.

Seine Lieben plauderten angeregt miteinander, und während sie sich zuerst Linsen mit scharfer Salami und kandierten Preiselbeeren, dann mit Luganega gefüllte Kalbsrouladen schmecken ließen, fiel ihnen sein Schweigen gar nicht auf. Obwohl Brunetti die Linsen besonders mochte, sagte er Paola nur, sie seien wunderbar, und versank gleich wieder in Grübeleien über das, was er für einen Widerspruch in sich hielt: eine gewalttätige Frau.

Er aß seine *crème caramel* und bat ausnahmsweise nicht um Nachschlag. Paola fragte, ob sie den Kaffee ins Wohnzimmer oder – falls er meinte, es sei schon warm genug – auf die Terrasse bringen solle.

Da es ihm draußen nicht warm genug war, setzte Brunetti sich aufs Sofa und sann über Bücher nach. Als Paola wenige Minuten später mit zwei Tassen Kaffee auf einem Holztablett zu ihm kam, fragte er: »Fallen dir aus der Literatur irgendwelche gewalttätigen Frauen ein?«

»Gewalttätig?«, fragte sie. »Mörderisch gewalttätig oder einfach nur gewalttätig?«

»Vorzugsweise Ersteres«, antwortete er und nahm seine Tasse.

Paola löffelte Zucker in ihren Kaffee, stellte sich damit ans Fenster und sah zum Glockenturm hinaus. Gedankenverloren rührte sie so lange in der Tasse herum, bis das Geräusch Brunetti auf die Nerven ging. Er wollte sie gerade bitten, damit aufzuhören, als sie sich zu ihm umdrehte und sagte: »Als Erste fällt mir Tess von den d'Urbervilles ein, aber die hatte weiß Gott auch Grund genug dazu.« Sie hob die Tasse an ihre Lippen und ließ sie, ohne etwas getrunken zu haben, wieder sinken. »Dann Mrs. Rochester in *Jane Eyre*, aber die ist wahnsinnig; auch bei Balzac wimmelt es bestimmt von gewalttätigen Frauen, aber es ist schon so lange her, seit ich ihn gelesen habe, dass ich mich an Einzelheiten nicht mehr erinnere. Und bei den Russen, wahrscheinlich auch bei den Deutschen, gibt es bestimmt welche, aber da fällt mir jetzt nichts ein.«

Endlich nahm sie einen Schluck und fragte: »Wie ist es bei Dante? Den kennst du doch besser als ich.«

Brunetti starrte in seine Tasse und hoffte, sie habe ihm nicht angesehen, wie sehr ihn ihr Kompliment überrascht und erfreut hatte. Er – ein besserer Leser? Er lehnte sich zurück und schlug die Beine übereinander. »Nein«, sagte er lässig, »da fällt mir keine Einzige ein. Francesca ist wegen Ehebruchs in der Hölle, Thaïs wegen Schmeichelei. Medusa und die Harpyien zählen ja wohl nicht.«

Interessant – er hatte es entweder vergessen oder nie darüber nachgedacht –, wie gut die Frauen bei Dante wegkamen. Nun, Dante war auch einer von denen, die eine Frau liebten, die sie kaum kannten; doch da Brunetti keine boshaften Bemerkungen über eine weitere Säule der italienischen Kultur provozieren wollte, sah er davon ab, Paola darauf hinzuweisen. »Wenn überhaupt, verteidigt er sie: Warum sonst werden die Kuppler und Verführer bestraft?«

Sie stellte ihre Tasse auf das Tablett zurück.

»Fällt dir sonst nichts mehr ein?«, fragte er.

»Unausstehliche Frauen, die anderen sehr hässliche Dinge antun, gibt es jede Menge; zum Beispiel bei Dickens.« Sie hob eine Hand, was ihn an eine Verkündigung erinnerte, die sie in den Uffizien gesehen hatten. »Ah«, kam der Heilige Geist über sie wie über die Jungfrau Maria, »die französische Zofe in *Bleak House*.« Brunetti beobachtete, wie sie Charles Dickens' gesammelte Werke innerlich durchblätterte, bis sie die Szene in *Bleak House* fand. Und schon hatte sie es: »Hortense.«

Auf dem Weg zur Questura versuchte er sich vorzustellen, wie sie das machte. Es war kein Partytrick und auch keine Angeberei, wenn Paola etwas, das sie einmal gelesen hatte, aus den Tiefen ihrer Erinnerung hervorholte. Er kannte Männer, die jeden Spielzug jedes Fußballspiels, das sie jemals gesehen hatten, in allen Einzelheiten schildern konnten; also war solch ein optisches Gedächtnis womöglich weiter verbreitet, als er dachte. Er selbst hatte ja auch ein gutes Gedächtnis für kluge Dinge, die andere Leute sagten, und für Gesichter.

Zwei Gehminuten von der Questura entfernt, der Kanal bereits in Sichtweite, klingelte sein Handy. Auf dem Display erschien Vianellos Nummer. »Was gibt's, Lorenzo?«

»Wo bist du?«, fragte der Ispettore.

»Kurz vorm Eingang. Warum?«

»Wir treffen uns da. Auf dem Boot.« Vianello legte auf, bevor Brunetti weitere Fragen stellen konnte. Als er um die Ecke bog, hörte er das Boot schon, noch ehe es, mit Foa am Steuer, vor der Questura anlegte.

Vianello kam in Uniform aus der Tür gerannt und hechtete aufs Boot, ohne sich nach Brunetti umzusehen. Davon angespornt, lief Brunetti die letzten zwanzig Meter und sprang ohne nachzudenken an Bord.

»Fahr los«, sagte Vianello und gab Foa einen Klaps auf den Rücken. Das Boot löste sich von der Anlegestelle. Foa stellte die Sirene an; sie wurden schneller und hielten auf das *bacino* zu. Vianello packte Brunetti am Arm, zog ihn die Treppe hinunter in die Kabine und wartete, bis sich die Pendeltür schloss, in der vergeblichen Hoffnung, dass dann die Sirene leiser wäre.

»Was ist los?«

»Im Parkhaus am Piazzale Roma wurde ein Mann niedergestochen«, sagte Vianello, der ihm gegenüber Platz genommen hatte und sich mit beiden Händen an der mit Samt bezogenen Sitzbank festhielt.

Während sie aufs offene Wasser hinausfuhren, fragte Brunetti: »Warum fahren wir nicht zum Krankenhaus?«

»Vorhin war kein Boot frei, das ihn abholen konnte, also hat man ihn nach Mestre gebracht.«

»Wie ist das möglich?«, fragte Brunetti.

»Sanitrans hatte gerade eine Ambulanz da – Krankentransport aus Padua –, die konnten ihn dann gleich vom Parkhaus abholen.«

»Wer ist das Opfer?«

»Ich glaube, ein Freund von dir.«

Eiskalte Finger griffen nach Brunettis Herz. »Ein Freund?«

»Federico d'Istria.«

»Freddy?«, entfuhr es Brunetti. Er dachte an ihre letzte Begegnung. Auf der Brücke. Mit Flavia. Brunetti erstarrte. Freddy, niedergestochen, Freddy, der Paola seit Kindertagen kannte, der sie damals Poppie genannt hatte, ein Name, den sie schon als Sechsjährige gehasst hatte und der sie auch jetzt noch auf die Palme bringen konnte. »Wie geht es ihm?«, fragte er, mühsam um Fassung ringend.

»Ich weiß es nicht.«

»Wann ist es passiert?«

»Der Anruf kam vor fünfzehn Minuten, aber da war er schon auf dem Weg ins Krankenhaus.«

»Wer hat angerufen?«

»Einer von den Parkwächtern«, antwortete Vianello. »Ein Mann sei niedergestochen worden und liege nicht weit von seinem Auto auf dem Boden. Anscheinend konnte er noch auf den Gang kriechen, wo ihn dann jemand gesehen hat, und der hat den Wächter alarmiert, und der hat das Krankenhaus und dann uns angerufen.«

Brunetti hatte Mühe, das Gehörte in einen Zusammenhang zu bringen. »Er ist also noch auf dem Weg dorthin?«, fragte er.

Vianello sah auf die Uhr. »Nein, das ist schon länger her. Eine halbe Stunde. Er müsste inzwischen dort sein.«

Brunetti wollte nach seinem *telefonino* greifen, legte die Hand aber wieder flach auf den Oberschenkel. »Bekommen wir ein Auto?«, fragte er, in Gedanken schon auf dem

Piazzale Roma, von wo sie zum Krankenhaus fahren mussten.

»Das wartet bereits«, versicherte Vianello.

»Man hat dir nichts gesagt?«, ließ Brunetti nicht locker.

Vianello schüttelte den Kopf. »Nein. Ich habe im Kran-
kenhaus angerufen und gebeten, bei den Sanitätern im
Krankenwagen nachzufragen, aber das hat man abgelehnt.
Auskunft bekämen wir nur vor Ort.«

»Hat man seine Frau benachrichtigt?«

»Das weiß ich nicht.«

Brunetti nahm sein Handy und suchte die Nummer von
Silvana heraus; nach dem siebten Klingeln wurde ihm von
einer weiblichen Automatenstimme mitgeteilt, er könne
eine Nachricht hinterlassen. Dies wollte er ebenso wenig
wie eine SMS schicken.

»Woher wusstest du, dass er ein Freund von mir ist?«,
fragte er Vianello.

»Du hast ihn voriges Jahr erwähnt, nach eurem Klassen-
treffen. Du hast gesagt, er sei auch da gewesen.«

»Und wieso erinnerst du dich daran?«, fragte Brunetti
aufrichtig verwirrt.

»Nadias Mutter hat als Köchin bei seinen Eltern gearbeitet – das ist Ewigkeiten her –, und die hat immer gesagt, er
sei ein netter kleiner Junge gewesen.«

Brunetti legte die Hände zusammen und klemmte sie
zwischen die Beine. Er ließ den Kopf sinken und sagte:
»Als kleinen Jungen habe ich ihn nicht gekannt. Aber er ist
ein sehr sympathischer Mann.«

Die nächsten Minuten hörten sie nur die Sirene, dann
wurden sie langsamer und legten am Piazzale Roma an.

Brunetti vergaß, Foa zu danken, sprang von Bord und lief die Stufen zur Straße hinauf. Das Polizeiauto wartete mit blinkendem Blaulicht; er und Vianello stiegen ein, und Brunetti wies den Fahrer an, die Sirene einzuschalten.

Sie brauchten zwölf Minuten. Brunetti hatte ständig auf die Uhr gesehen und darauf gedrängt, dass sie einen langsamen Bus und dann auch ein Fahrrad überholten, das auf dieser Straße nichts zu suchen hatte. Der Fahrer blieb stumm auf den Verkehr konzentriert. Sie nahmen eine neue Abfahrt, und binnen Sekunden kannte Brunetti sich nicht mehr aus. Er sah aus dem Fenster, aber da war nur Hässliches, also schaute er sich lieber den Hinterkopf des Fahrers an. Schließlich hielten sie, und der Fahrer drehte sich zu ihm um. »Wir sind da, Commissario.«

Brunetti dankte ihm und eilte in das Krankenhaus, das erst wenige Jahre alt war, aber schon etwas heruntergekommen wirkte. Vianello führte ihn in die Tiefen des Gebäudes. Als sie zum zweiten Mal von einem Weißgekleideten gefragt wurden, wer sie seien, zückte Vianello seinen Dienstausweis und schwenkte ihn wie einen Talisman zur Abwehr böser Geister im Gehen vor sich hin und her. Brunetti hoffte, es würde helfen.

Der Ispettore stieß die Tür zur Notaufnahme auf, entdeckte eine Frau mit einem Stethoskop um den Hals, hielt ihr seinen Dienstausweis hin und fragte: »Wo ist der Mann, der eben eingeliefert wurde?«

»Welcher?«, fragte sie. Sie war sehr groß, größer als die beiden, und machte einen erschöpften und gereizten Eindruck.

»Der mit den Stichverletzungen«, antwortete Vianello.

»Im op.«

»Wie geht es ihm?«, fragte Brunetti. Sie drehte sich zu ihm um, offenbar fragte sie sich, wer von den beiden das Sagen hatte. Brunetti zeigte ihr seinen eigenen Dienstausweis. »Commissario Brunetti, Venedig.«

Sie sah ihn unbeteiligt an, und er fragte sich, ob Leute, die ständig mit menschlichem Leid zu tun haben, nur schon zum Schutz eine solche Reserviertheit in ihren Blick legen. Sie wies auf eine Reihe oranger Plastikstühle, die zum größten Teil schon besetzt waren. »Sie können dort warten.« Sie spürte, wie wenig ihnen das passte, und fügte hinzu: »Wenn Sie wollen, können Sie sich auch anderswo hinsetzen.«

»Nein, wir warten hier.« Brunetti rang sich ein Lächeln ab. »Wir wären Ihnen für jede Information dankbar, die Sie uns geben können.«

Sie wandte sich ab und ging ihrer Wege. Brunetti und Vianello setzten sich auf die beiden einzigen benachbarten Plätze, die noch frei waren. Rechts von ihnen hielt ein junger Mann mit Blut im Gesicht eine geschwollene Hand mit der anderen hoch; links saß eine junge Frau, die Augen geschlossen, den Mund schmerzverzerrt.

Der junge Mann neben Brunetti verströmte jenen säuerlichen Geruch, in dem sich Angst und Alkohol mischen – und den Brunetti schon öfter wahrgenommen hatte, als ihm lieb war. Von der anderen Seite ließ sich gelegentlich das leise Stöhnen der Frau vernehmen.

Sie warteten eine Viertelstunde, stumm und wie versteinert. Den Geruch und das Stöhnen nahm Brunetti bald kaum noch wahr. Dann ging die Tür auf, und die Frau mit dem Stethoskop gab ihnen ein Zeichen.

Sie erhoben sich und folgten ihr.

Die Frau führte sie einen Korridor hinunter und öffnete die Tür zu einem kleinen unaufgeräumten Büro. Sie warf das Stethoskop auf den Schreibtisch, wo es neben einem aufgeschlagenen Buch auf einem Stapel Papier landete. Sie blieb stehen und bat auch die beiden nicht, Platz zu nehmen.

»Der Mann ist noch im OP, es dauert sicher noch eine Weile«, fing sie an. »Er hat vier Stichwunden. Im Rücken.« Vianello nahm sein Notizbuch und schrieb mit. Brunetti dachte an das gute Essen, das Freddy sich jahrelang gegönnt hatte: Auch wenn Freddy seine Leibesfülle geschickt durch maßgeschneiderte Jacketts kaschierte, hoffte Brunetti inständig, dass sein Polster ihm nun zugutegekommen sein mochte. Er nahm sich vor, Freddy nie mehr damit aufzuziehen.

»Mehr kann ich Ihnen nicht sagen. Aber es gibt Grund zur Hoffnung. Der Chefarzt hat bereits einen seiner Assistenten fortgeschickt und gesagt, er und sein Mitarbeiter würden allein damit fertig.«

Am liebsten hätte Brunetti gefragt, warum die Ärzte dann so lange brauchten. »Danke, dass Sie mit uns gesprochen haben, Dottoressa«, sagte er stattdessen, was sie mit einem knappen Lächeln quittierte.

Plötzlich merkte Brunetti, dass er die Ausdünstungen des jungen Mannes in diesen Raum mitgenommen hatte. Er reichte ihr die Hand, unsicher, ob sie die nehmen werde. Aber sie tat es, gab auch Vianello die Hand und eilte davon.

Sobald die Tür hinter ihr zugefallen war, wählte Brunetti auf seinem Handy noch einmal Silvanas Nummer, aber da meldete sich immer noch niemand. Er rief Signorina Elettra in der Questura an.

»Ich bin im Krankenhaus in Mestre«, erklärte er ihr. »Mein Freund Freddy d'Istria wurde in dem Parkhaus am Piazzale Roma niedergestochen und hier eingeliefert. Rufen Sie dort an und veranlassen Sie, dass die betreffende Etage abgesperrt wird. Fragen Sie nach Überwachungskameras und ob sein Auto – er wurde nicht weit davon überfallen – im Sichtbereich einer Kamera steht. Besorgen Sie die Aufzeichnungen.« Dann hatte er eine bessere Idee: »Besorgen Sie eine richterliche Anordnung zur Herausgabe sämtlicher Aufzeichnungen von heute. Und sagen Sie Bocchese Bescheid, er soll ein Team in das Parkhaus schicken.«

Er warf Vianello einen fragenden Blick zu, ob sonst noch etwas nötig sei, aber der schüttelte den Kopf.

»Das Opfer ist der Eigentümer der Wohnung von Flavia Petrelli«, teilte Brunetti ihr mit.

»*Oddio*«, hörte er sie flüstern. »Braucht er Personenschutz?«

Brunetti dachte darüber nach; Venedig war relativ weit weg. »Hier in Mestre ist das wohl nicht nötig.« Jemand war Freddy gefolgt, was zweifellos auf ein gezieltes Vorgehen hinwies; aber viermal auf einen Mann einzustechen, ohne ihn zu töten, widersprach dieser Vermutung. Wie bei dem Angriff auf der Brücke hatten Wut und Jähzorn die Regie übernommen. In beiden Fällen war das Opfer ohnmächtig zurückgelassen worden: Der Angreifer besaß nicht den Killerinstinkt, die Sache zu Ende zu bringen, solange er die Gelegenheit dazu hatte.

Signorina Elettra hatte längst aufgelegt. Vianello, das

aufgeschlagene Notizbuch in der Hand, sah ihn an und fragte: »Was jetzt, Guido?«

»Du bleibst hier«, sagte Brunetti. »Sprich mit ihm, sobald die Ärzte dich zu ihm lassen. Frag ihn, woran er sich erinnert.«

Vianello nickte. »Und du?«, fragte er.

»Ich rede mit Signora Petrelli und versuche herauszufinden, wer das getan hat«, sagte er und wandte sich zur Tür.

22

Auf dem Weg zum Ausgang überlegte Brunetti, ob es sich schlicht um eine Triebtat handeln könnte. Flavia hatte sich auffallend um das Mädchen bemüht. Außerdem wohnte sie in Freddys Palazzo, und dessen Affäre mit ihr war durch alle Medien gegangen. Brunetti selbst hatte gesehen, wie Freddy ihr vergangene Nacht den Arm um die Schultern gelegt hatte.

Dieser Fan, ja jeder Fan von Flavia – ob Mann oder Frau – musste von Freddy wissen, und ihre lobenden Worte an die junge Altistin hätte jeder mitbekommen können, der gerade im Theater war.

Brunetti wusste nicht viel über Stalker. Die meisten belästigten ehemalige Partner; das konnten Geschäftspartner sein, Ehegatten, Geliebte, Vorgesetzte, Angestellte, obwohl Liebesverwicklungen der häufigste Fall waren. Das Leben nimmt seinen Lauf, Dinge ändern sich, manche Menschen gehen über Bord und werden durch andere ersetzt. Viele schicken sich drein und führen ihr Leben weiter. Manche jedoch sträuben sich gegen Veränderung, gegen die Vorstellung von einer Zukunft, die anders ist als die Vergangenheit: ohne die Person, die sie lieben.

Und einige setzen sich in den Kopf, dass irgendjemand für das Geschehene bezahlen muss. Manchmal ist es der Ex, der zu bezahlen hat, manchmal ist es der neue Partner oder das Liebesobjekt. Hier, erkannte Brunetti, geriet er ins Reich des Wahnsinns und konnte nur noch spekulieren.

Wie sollte man vernünftig mit jemandem reden, der sich einbildet, er könne seine ehemalige Geliebte zurückgewinnen, indem er den tötet, den sie jetzt liebt? Kann man die Liebe eines Menschen durch Drohungen erzwingen? Wenn Paola sich in den Gasableser verlieben würde – was hätte Brunetti davon, den Mann umzubringen?

Brunetti tadelte sich für seinen zynischen Schlenker, eine Gewohnheit, die er mit seiner Frau teilte; und auch mit seinen Kindern. Er hoffte, dies sei kein schlechtes Erbe.

Er verließ das Krankenhaus durchs Hauptportal und sah sich nach dem Polizeiauto um. Es parkte zwanzig Meter entfernt auf einer gelben Linie, der Fahrer lehnte rauchend an der Tür. Brunetti ging auf ihn zu, doch plötzlich überkam ihn eine solche Müdigkeit, dass er sich am liebsten erst einmal hingesetzt hätte. Er blieb stehen, und während das Gefühl sich langsam verflüchtigte, fragte er sich, ob er zu viel oder zu wenig gegessen, zu viel oder zu wenig Kaffee getrunken hatte.

Als es wieder ging, wählte er auf seinem Handy die Nummer, die Flavia ihm gegeben hatte. Sie meldete sich nach dem dritten Klingeln mit schwacher Stimme: »Silvana hat es mir erzählt. Sie ist auf dem Weg zum Krankenhaus. Sie sagt, du warst schon da.«

»Es gibt nichts Neues. Er wird noch operiert. Wo war Silvana denn?«, fragte er, während er in den Wagen stieg.

»Hier bei mir. Sie hatte ihr *telefonino* in der Wohnung gelassen. Als sie nach oben ging, wartete schon die Nachricht auf sie, sie solle das Krankenhaus in Mestre anrufen, und da hat sie es erfahren. Sie hat mich aus dem Taxi ange-

rufen. Seitdem nichts mehr.« Er dachte, sie sei fertig, aber
dann stöhnte sie noch: »O mein Gott. Der arme Freddy.
Warum haben sie dir nichts gesagt? Du bist doch Polizist,
Herrgott noch mal.«

»Ich muss mit dir reden.« Brunetti ging über ihre Frage
hinweg. »In einer halben Stunde kann ich bei dir sein.« Er
wusste, das war optimistisch, aber wenn er sich am Piazzale
Roma von einem Boot abholen ließ, wäre es möglich.

»Aber ich weiß nicht …«, fing sie an, bevor Brunetti das
Gespräch beenden konnte.

»Ich bin auf dem Weg. Bleib zu Hause.«

Er hörte sie etwas sagen, verstand aber kein Wort.

»Flavia«, sagte er. »Ich bin gleich da.«

»Na schön«, sagte sie und legte auf.

Als Nächstes rief er in der Questura an und bestellte ein
Boot, das ihn in zehn Minuten am Piazzale Roma abholen
sollte. Der Fahrer vor ihm reckte eine Faust in die Luft und
beschleunigte.

Wie erhofft, war das Boot schon da. Brunetti nannte dem
Bootsführer die Adresse, ging in die Kabine hinunter und
rief noch einmal Signorina Elettra an. Sie kam sofort zur
Sache: »Ich habe einen Richter gefunden, der die Herausgabe der Videoaufzeichnungen angeordnet hat. Und zwei
von Boccheses Leuten sind schon auf dem Weg zum Parkhaus.«

Brunetti wünschte, er könnte umkehren und mit den Männern von der Spurensicherung reden, aber was die heraus-
fanden, würde er noch früh genug erfahren; im Augenblick
war es wichtiger, mit Flavia zu sprechen, solange sie noch
unter Schock stand. Wenn er ihr Zeit ließ, und falls Freddy

nicht lebensgefährlich verwundet war, war sie womöglich nicht länger bereit, Brunetti ihr Inneres zu eröffnen.

Der Bootsführer hielt sich mit der Sirene zurück und schaltete sie nur ein, wenn er ein anderes Boot überholen wollte. Sie fuhren unter der Scalzi- und der Rialto-Brücke hindurch, doch Brunetti hatte kein Auge für die Gebäude auf beiden Seiten. Als die Accademia in Sicht kam, ging er an Deck und bat den Fahrer, ihn bei San Vio abzusetzen.

Während das Boot am *campo* anlegte, sah Brunetti auf die Uhr und stellte fest, dass seit seinem Telefonat mit Flavia exakt zweiunddreißig Minuten vergangen waren. Wie praktisch, wenn man als Polizist so schamlos gegen die Vorschriften verstieß. Man könnte direkt auf den Geschmack kommen. Er stieg auf die *riva*, dankte dem Bootsführer und schlug den Weg zu La Salute ein.

Er bog nach links in die schmale *calle* ein, die zu Freddys Haus führte, und blieb vor der Haustür stehen. An einer Klingel stand kein Name. Dort drückte er.

»*Sì?*«, fragte eine Frauenstimme.

»Ich bin's, Guido.«

Die Tür sprang auf, und er nahm die Treppe. Im ersten Stock stand Flavia halb hinter ihrer Wohnungstür versteckt, von wo sie jeden, der die Treppe herauf oder aus dem Aufzug kam, sehen und notfalls noch rechtzeitig die Tür zuschlagen konnte. Sie trug einen schwarzen Rock und einen beigen Pullover; nicht so recht dazu passen wollten und dann zu Hause niemals anzogen.

Als sie ihn sah, löste sich ihre verkrampfte Haltung, und sie nahm die Hand von der Tür, aber ein Lächeln machte sich erst sehr langsam breit. Brunetti wartete auf dem Treppenabsatz, sie sollte zur Ruhe kommen und sich auf seine Gegenwart einstellen können.

Flavia wich von der Tür zurück und bat ihn hinein.

In der Hoffnung, sie noch mehr zu beruhigen, bat er ausdrücklich um Erlaubnis, bevor er über die Schwelle trat. Drinnen blieb er stehen und machte die Tür sehr langsam hinter sich zu. Dann fragte er: »Die lässt sich ohne Schlüssel nicht von außen öffnen, oder?«

»Nein«, sagte sie. Es klang erleichtert.

Brunetti überließ Flavia die Initiative.

»Lass uns hier reden«, sagte sie und öffnete gleich rechts eine Tür. Er und Paola hatten Freddy oft besucht, und Brunetti nahm an, ihre Wohnung sei genauso geschnitten wie seine.

Ein Irrtum, wie sich an dem winzigen Zimmer zeigte, dessen einziges Fenster auf ein ähnliches Fenster gegenüber in der *calle* ging. Keine großartige Aussicht auf den Canal Grande, nur dieser triste schmale Raum; offenbar hatte man durch Einbau einer Trennwand aus einem normalen Zimmer zwei kleine gemacht und damit dieses hier fast allen natürlichen Lichts beraubt. Einen besonderen Zweck schien es nicht zu haben: An einer Wand aufgereiht standen zwei mit Samt bezogene Sessel, ein runder Tisch und eine kleine Kommode. Keine Bilder, nichts Dekoratives. Es fühlte sich an wie die Verhörräume in der Questura.

»Was schaust du so?«, fragte Flavia.

»Dieses Zimmer«, meinte Brunetti, »ist so anders … als oben bei Freddy.«

Mit ihrem Lächeln kam auch ihre Schönheit zurück.

»Freddy ist so ... untypisch. Nicht wie die anderen Venezianer. Die meisten – du doch wohl auch – hätten aus dieser Wohnung eine Pension gemacht.«

Widerwillig musste Brunetti ihr recht geben.

Sie setzte sich auf die Lehne eines der beiden abgewetzten Sessel. Brunetti ließ sich in dem anderen nieder. »Können wir die Venezianer jetzt einmal beiseitelassen und über das aktuelle Geschehen sprechen?«, fragte er.

Ihr war anzusehen, dass sein schroffer Ton sie kränkte, dennoch antwortete sie. »Silvana hat angerufen. Die Ärzte haben ihr nichts gesagt, nur dass sie ihn morgen früh besuchen kann.« Sie versuchte vergeblich, optimistisch zu klingen, presste die Lippen zusammen und sah zu Boden.

Brunetti ließ etwas Zeit verstreichen. »Wie gesagt, wir sollten jetzt endlich über das Geschehene sprechen. Darüber, dass jemand versucht hat, Freddy umzubringen. Darum geht es jetzt.«

Ihre Reaktion war heftig: »Ich kann mir keinen denken, der ihm weh tun will, geschweige denn, ihn umbringen.« Wieder senkte sie den Blick auf den Teppich. »Ich bin immer in Kontakt mit ihm geblieben, seit ... seit wir Schluss gemacht haben.« Sie sah Brunetti an, als wolle sie sich vergewissern, dass er ihr folgen konnte. Er nickte.

»Und er hat nie von ernsten Problem mit anderen Leuten erzählt.« Sie breitete verzweifelt die Arme aus. »Du kennst ihn doch: Kannst du dir vorstellen, dass Freddy – *Freddy* – irgendwelche Feinde hat?«

»Du sagst es«, antwortete Brunetti.

Sie bedachte ihn mit einem Blick, der Ratlosigkeit ausdrücken sollte, aber damit landete sie bei Brunetti nicht.

Schweigend stand sie von der Lehne auf, setzte sich ihm gegenüber richtig in den Sessel und verschränkte die Arme vor der Brust. »Also gut, was willst du von mir hören?«, fragte sie schließlich, gewandet in der Wahrheit Kleid und Zier.

»Wie lange wohnst du hier schon?«

»Vier Wochen. Ich brauchte nicht von Anfang an bei den Proben dabei zu sein und bin erst eine Woche nach den anderen hier eingetroffen.«

»Und wieso wohnst du ausgerechnet hier?«, fragte Brunetti und wies in die Runde.

»Ich habe Freddy nicht erzählt, dass ich komme«, sagte sie, als müsste sie den Vorwurf der Schnorrerei zurückweisen. »Er hat meinen Namen letzten Herbst in der Programmvorschau gelesen.«

»Und?«

Sie schnaubte gereizt, wie ein Kind, das einem Erwachsenen zeigen will, dass er die Dinge unnötig kompliziert macht. »Er hat mich angerufen und gesagt, ich müsse hier wohnen, in dieser Wohnung.« Sie sah, wie Brunetti das aufnahm, und fügte hinzu: »Eigentlich ist es gar nicht so schlecht. Dieses Zimmer ist das schlimmste. Ich verstehe selbst nicht, warum ich dich hier hereingeführt habe.«

Vermutlich, um ihn leichter wieder loszuwerden, dachte sich Brunetti wegen der Nähe zur Wohnungstür. »Das Theater hat dir keine Unterkunft besorgt?«, fragte er.

»Die?«, versetzte sie, aufrichtig überrascht. »Die schicken einem bloß eine Maklerliste.«

»Hast du welche angerufen?«

Sie wollte schon antworten, überlegte es sich aber anders

und meinte schließlich: »Nein. Dazu hatte ich keine Zeit. Außerdem habe ich es hier doch besser.«

»Verstehe«, sagte er freundlich. »Verbringst du viel Zeit mit ihnen?«

»Mit wem?«

»Freddy und Silvana. Oder nur mit Freddy.«

»Ich war ein paarmal mit den beiden essen«, sagte sie. Brunetti wartete. »Manchmal mit Freddy allein«, fügte sie hinzu. Bevor Brunetti nachhaken konnte, sagte sie: »Silvana interessiert sich kein bisschen für Opern. Und es ist ja auch eine unangenehme ...« Flavia verstummte, anscheinend wusste sie nicht mehr weiter.

Brunetti ging schulterzuckend darüber hinweg. »Man hätte dich also mit ihm sehen können?«

»Anzunehmen«, meinte sie, diesmal wie ein Kind, das schlechte Laune hat.

Brunetti stand langsam auf und ging zum Fenster. Mehr als die Mauer des Hauses gegenüber war dort nicht zu sehen. Warum nur hatte Freddy dieses winzige Zimmer behalten und die Wand nicht entfernen lassen, was doch für mehr Licht, mehr Leben, mehr Freiheit gesorgt hätte? Der Gedanke brachte Brunetti auf die Frage, wie es Freddy wohl gehen mochte und wie viel Licht, Leben und Freiheit seinem Freund noch bleiben würden.

Er drehte sich zu ihr um und sagte ohne jeden Übergang: »Ich brauche Informationen über deine Liebhaber in den letzten Jahren, Flavia. Mich interessieren keine Details, aber ich brauche ihre Namen, und ich will wissen, wie die Affären geendet haben, ob es da böses Blut gegeben hat.« Hätte er sich beim Essen über den Tisch gebeugt und ihr in die Suppe gespuckt, ihre Reaktion hätte nicht heftiger ausfallen können. Schock. Empörung.

»Willst du auch wissen, was ich mit ihnen getan habe?«

»Spar dir die Schauspielerei für die Bühne, Flavia.« Ihm reichte es jetzt. »Wer auch immer Freddy niedergestochen hat, ist derselbe, der dir die Blumen geschickt und dieses Mädchen die Brücke hinuntergestoßen hat. Du bist das einzige Bindeglied.« Brunetti ließ ihr Zeit, etwas einzuwenden oder ihrem Ärger Luft zu machen, aber sie starrte ihn nur mit zornesroter Miene an.

»Ich gehe von Eifersuchtstaten aus«, sagte er. »Jemand klammert sich an etwas, das ihn mit dir verband und das vorüber ist oder das du mit jemand anderem teilst. Alles andere ergibt keinen Sinn.«

»Da bin ich anderer Meinung«, versetzte sie aufgebracht.

»Hast du eine bessere Erklärung?«, fragte Brunetti.

»Nein, natürlich nicht«, sagte sie. »Aber es gibt keinen Beweis, dass die beiden Angriffe miteinander zu tun haben.«

Brunetti baute sich vor ihrem Sessel auf. »Stell dich nicht dumm, Flavia«, sagte er. »Denn dumm bist du nicht, was immer du sonst sein magst.« Dann: »Was für Beweise brauchst du noch? Muss es erst Tote geben?«

Sie stemmte sich wie auf der Flucht vor seinen Worten aus dem Sessel und wich vor ihm zurück.

»Wer muss noch alles zu Schaden kommen, bis du das einsiehst?« Brunetti gab sich keine Mühe mehr, seinen zunehmenden Zorn zu verbergen. »Du bist seit einem Monat hier, und die ganze Zeit hat diese Person dich beobachtet. Du hast bestimmt mit vielen Leuten gesprochen: Wie

222

viele Opfer soll es noch geben, bis du der Realität ins Auge blickst?« Er ging einen Schritt auf sie zu.

Kaum stand er ihr gegenüber, floh sie ans Fenster, drehte sich aber zu ihm um. So standen sie da und warteten jeder auf irgendein Zugeständnis des anderen. Brunetti hatte nicht vor, das Schweigen zu brechen.

»Wie viele Jahre?«, fragte sie und sah aus dem Fenster.

»Zwei. Drei«, sagte Brunetti.

»Da gab es nicht viele«, sagte sie. Es klang, als bekenne sie eine Schwäche. Brunetti zückte sein Notizbuch, schlug es irgendwo auf und holte einen Kugelschreiber aus der Jackentasche. Da sie ihm den Rücken zuwandte, bekam sie nichts davon mit.

»Franco Mingardo. Arzt in Mailand. Ich war mit meiner Tochter bei ihm, als sie Halsschmerzen hatte.« Da Brunetti dazu schwieg, fuhr sie fort: »Vor drei Jahren. Wir waren ein Jahr zusammen. Dann hat er eine andere kennengelernt.« Brunetti notierte den Namen und die dürren Fakten. Er wartete.

»Anthony Watkins«, sagte sie. »Ein englischer Regisseur. Verheiratet, zwei Kinder. Nur für die Dauer von *Così* in Covent Garden.« Sarkastisch fügte sie hinzu: »Ich hatte gedacht, es wäre was Ernstes, aber offensichtlich ist bei ihm die Affäre immer inbegriffen – für die Dauer des Gastspiels.« Falls Brunetti nicht mitkam, oder um sich selbst an ihre Naivität zu erinnern, erklärte sie: »Er denkt, er hätte einen Anspruch auf die Primadonna.« Ihre Stimme klang plötzlich anders; Brunetti blickte auf und sah, dass sie sich zu ihm umgedreht hatte. »Als Despina wäre ich für ihn bestimmt nicht interessant gewesen.«

Brunetti hörte weiter nur zu. »Es gibt noch einen«, sagte sie, »mehr nicht. Gérard Piau. Anwalt in Paris. Den habe ich dort bei einem Essen kennengelernt.«

Brunetti nickte. »Sonst niemand?«, fragte er.

»Nein«, sagte sie.

Um Signorina Elettra Zeit zu sparen, fragte er: »Weißt du, wo diese drei Männer jetzt sind?«

»Franco ist verheiratet und hat einen kleinen Sohn. Anthony inszeniert *I Puritani* an der Met in New York, und natürlich«, sagte sie, »hat er eine Affäre mit der Elvira, nebenbei eine Freundin von mir.« Zuletzt fiel ihr noch ein: »Gérard wird mich in Barcelona besuchen.«

Es widerstrebte ihm, noch einmal nachzufragen, aber es musste sein. »Sonst niemand? Irgendein flüchtiges Intermezzo?«

»Das ist nicht meine Art«, sagte sie schlicht, und er glaubte ihr.

»Würdest du einem dieser Männer solche Taten zutrauen?«

Sie schüttelte, ohne zu zögern, den Kopf. »Nein.«

Wie kampfesmüde Kontrahenten ließen beide sich in ihre Sessel sinken. Die Waffenruhe hielt eine Weile, dann aber fand Brunetti, es sei Zeit weiterzumachen.

»Abgesehen von dem, was du mir von Gegenständen erzählt hast, die aus deiner Garderobe verschwunden sind, von dem Anruf bei deiner Freundin und den Blumen – gab es sonst noch etwas, das mit all dem in Zusammenhang stehen könnte?«

Sie machte eine abweisende Kopfbewegung.

»Hat dir nach einer Vorstellung mal jemand besonders

aufdringlich gratuliert?« Sie sah ihn kurz an, schüttelte aber wieder den Kopf. »Oder sich sonst irgendwie merkwürdig benommen?«

Sie stützte die Ellbogen auf die Oberschenkel, legte ihr Kinn in die Hände und schob ihre Wangen nach oben. Dies tat sie mehrere Male, dann faltete sie die Hände wie zum Gebet und drückte die Lippen an die hochgestreckten Zeigefinger. Sie nickte, blieb aber stumm. Sie nickte entschiedener und sagte schließlich: »Ja. Einmal.«

»Erzähl mir davon.«

Sie hob den Kopf und sagte: »Es war in London, an dem Abend, als zum ersten Mal die gelben Rosen geworfen wurden.« Sie sah ihn an, ließ den Kopf sinken und presste die Finger auf ihren Mund. Aber zu spät: Es gab kein Zurück.

»Eine Frau. Französin, glaube ich, bin mir aber nicht sicher.«

»In welcher Sprache habt ihr euch unterhalten?«, fragte Brunetti.

Sie musste kurz nachdenken. »Italienisch, aber sie sprach mit Akzent. Vielleicht spanisch, könnte aber auch französisch gewesen sein. Irgendwie kam sie mir französisch vor.«

»Wie meinst du das?«, fragte Brunetti.

»Die Spanier sind gutmütiger, freundlicher. Sie duzen dich sofort und streichen dir über den Arm, ohne groß nachzudenken. Da war sie ganz anders. Sie blieb auf Abstand, siezte mich und schien sich sehr unbehaglich zu fühlen. Die Spanier sind viel entspannter.«

»Was hat sie gesagt?«, fragte Brunetti.

»Das Übliche. Dass ihr die Aufführung gefallen habe,

dass sie mich schon öfter auf der Bühne gesehen habe, dass mein Gesang ihr Freude bereite.«

»Aber?«, fragte er in der Hoffnung, sie werde sich erinnern oder ihm verraten, was sie damals gedacht hatte.

Sie nickte und stieß dabei mit der Nase auf ihre Fingerspitzen, was sie aber nicht zu merken schien. »Sie war verrückt.«

»Was?«, rief Brunetti. »Und das fällt dir erst jetzt ein?«

»Ich habe sie nur dieses eine Mal gesehen, vor zwei Monaten. Danach habe ich die Sache vergessen.« Fast zögernd fügte sie hinzu: »Oder mich gezwungen, sie zu vergessen.«

»Was hat dich darauf gebracht, dass sie verrückt ist?«

»Nichts. Überhaupt nichts. Sie war sehr höflich, aber hinter der förmlichen Fassade war diese gierende Sehnsucht zu spüren.« Sie sah ihm an, dass sie das erklären musste. »Man lernt das zu erkennen. Diese Leute wollen etwas von einem: Freundschaft oder Liebe, Anerkennung oder … keine Ahnung.«

Sie hob ihm eine Hand entgegen. »Furchtbar ist das. Was sie alles von einem wollen, während man selbst ihnen gar nichts geben will, ja nicht einmal weiß, *was* sie eigentlich wollen. Wahrscheinlich wissen sie es selbst nicht. Ich hasse das«, sagte sie mit rauher Stimme, legte die Hände flach auf ihre Oberschenkel und drückte sie nieder, als wolle sie ihre Gedanken von sich stoßen.

»Wie sah sie aus?«, fragte Brunetti.

Flavia behielt ihre verkrampfte Haltung bei. »Ich weiß es nicht«, sagte sie schließlich.

»Wie ist es möglich, dass sie diese starke Reaktion bei dir

auslösen konnte und du trotzdem nicht mehr weißt, wie sie aussah?«, fragte Brunetti.

Flavia schüttelte mehrmals den Kopf. »Du weißt nicht, wie das ist, Guido, wenn so viele Leute um dich herumstehen, und alle wollen etwas von dir oder wollen dir etwas von sich erzählen. Sie bilden sich ein, dass sie dir sagen möchten, wie sehr ihnen dein Gesang gefallen hat, tatsächlich aber wollen sie, dass du sie in Erinnerung behältst. Oder dass sie dir sympathisch sind.«

Sie sah ihn angespannt an. »Kann sein, dass sie einen Hut aufhatte. Sie war schlank und trug keinerlei Make-up.« Flavia schloss die Augen, und er nahm an, sie versetzte sich in ihre Situation zurück: erschöpft, in Gedanken noch bei der Vorstellung, zufrieden oder unzufrieden damit, jedoch gezwungen, vor ihren Fans einen gelösten und heiteren Eindruck zu machen. Kein Wunder, dass sie da von ihrer Umgebung nicht alles aufnahm.

Trotzdem hakte er nach: »Weißt du noch irgendetwas, was sie gesagt hat?«

»Nein, ich erinnere mich nur, wie furchtbar unangenehm sie mir war. Sie gehörte einfach nicht dorthin.«

»Warum? Wie?«

»Ich weiß nicht. Vielleicht weil sie unter all den anderen so verloren wirkte. Oder weil ich spürte, wie seltsam sie war, und mir das nicht anmerken lassen wollte.« Sie sank in den Sessel zurück und legte ihre Hände flach auf die Armlehnen. »Schrecklich, dass man das nach einer Vorstellung machen muss. Man sehnt sich nach einem Glas Wein und etwas zu essen, vielleicht in Gesellschaft von Freunden oder Kollegen, aber nein, das geht nicht, man muss freundlich zu irgendwelchen Fremden sein und seinen Namen auf CD-Hüllen und Fotos schreiben, statt gemütlich beieinanderzusitzen und zu plaudern, bis die Anspannung sich allmählich legt und man weiß, dass man einschlafen kann.«

Während sie dies hervorsprudelte, fuhr ihre linke Hand unablässig auf dem Samtbezug des Sessels hin und her. Dabei war ihre Miene so offen, wie Brunetti sie von früher kannte. »Ich sage dir, wenn das Singen nicht wäre, würde niemand sich dazu hergeben«, erklärte sie heftig. »Das viele Reisen, in Hotels wohnen, in Restaurants essen, immer darauf achten, bei nichts ertappt zu werden, das einen die Karriere kosten könnte, immer aufpassen, was man sagt, weil jedes falsche Wort einen in die Schlagzeilen bringen kann, immer dafür sorgen, dass man genug schläft, nicht zu viel essen, nicht zu viel trinken, immer höflich sein, vor allem den Fans gegenüber.«

Brunetti fand, Einschränkungen dieser Art betrafen alle Prominenten, hielt es aber nicht für klug, das jetzt auszusprechen.

»Und dazu die physische Belastung. Täglich stundenlang üben, jeden Tag, Tag für Tag, und dann der Stress bei den Aufführungen, und noch mehr üben, und jedes Jahr mindestens zwei oder drei neue Rollen einstudieren.«

»Und der Glamour?«, fragte Brunetti.

Sie lachte, und er fürchtete schon, sie werde hysterisch, aber dann erkannte er, sie lachte so unbeschwert, als habe er einen guten Witz gemacht. »Der Glamour? Ja natürlich, der Glamour.« Sie streckte die Hand aus und klopfte ihm aufs Knie. »Danke, dass du mich daran erinnert hast.«

»Also schön, lassen wir den Glamour«, ging er zu Wichtigerem über. »Hast du diese Frau auch hier gesehen?«

Flavia schüttelte den Kopf. »Und falls ja, hätte ich sie nicht wiedererkannt.« Sie schob gleich die Erklärung nach: »Sie war mir so unangenehm, dass ich sie nicht ansehen konnte. Die Vorstellung, irgendwie körperlichen Kontakt mit ihr zu haben – und sei es nur ein Händedruck –, war mir zuwider.«

Brunetti konnte sie verstehen. Ihm war es auch schon so gegangen; dieses Gefühl nahm keine Rücksicht auf das Geschlecht: Er hatte es bei Männern ebenso erlebt wie bei Frauen. Es war instinktiv, so wie Tiere manchmal aufeinander reagieren, dachte er. Warum also nicht auch wir?

»Hat sie irgendetwas gesagt, das diese Reaktion bei dir ausgelöst hat? Persönliche Fragen gestellt? Drohungen ausgestoßen?« Er wollte von ihr etwas *Greifbares*, wusste aber, das Gefühl, das Flavia zu beschreiben versuchte, ließ sich mit Worten nicht vermitteln, auch wenn es noch so greifbar gewesen war.

»Nein, überhaupt nicht. Nur was ich von Fans schon seit Jahren zu hören bekomme. Unheimlich war nicht, was sie *gesagt* hat, sondern ihre ganze *Art*.«

Von irgendwo kam ein ersticktes Geräusch. Beide erstarrten. Dann aber sprang Brunetti auf, glitt um Flavias Sessel herum und ging zwischen ihr und der Tür in Stellung. Er beugte die Knie, sah sich nach etwas um, das er als Waffe benutzen könnte, erkannte das Summen jedoch bald als das eines Handys im Flur. Flavia hastete an ihm vorbei aus dem Zimmer, und er hörte sie ihren Namen sagen. Er schalt sich einen Narren und nahm wieder Platz.

Brunetti hatte reichlich Zeit, über seine Reaktion nachzudenken, ehe sie ohne ihr *telefonino* zu ihm zurückkam. »Das war Silvana. Die Ärzte sagen, Fett und Muskelfleisch haben Schlimmeres verhindert. Einmal ist die Klinge von seinem Gürtel ins Gesäß abgeglitten. Zwei Stiche sind zwischen die Rippen gegangen, und einer hätte die Lunge treffen können, wenn die Klinge länger gewesen wäre.«

Er wandte sich von ihrer fassungslosen Miene ab, wie er sich von einem Freund abwenden würde, der plötzlich nackt vor ihm stand. Er dachte an seinen Vorsatz, Freddy nie mehr wegen seiner Körperfülle aufzuziehen. Jetzt nahm er sich vor, ihm die größte Schachtel Pralinen zukommen zu lassen, die er finden konnte.

Ein ersticktes Schluchzen ließ ihn aufblicken. Da stand Flavia, eine Hand auf der Rückenlehne ihres Sessels, die andere vorm Gesicht. Ihre Schultern bebten. Sie weinte wie ein Kind, dessen ganze Welt zusammengebrochen ist. Nach einiger Zeit fuhr sie sich mit einem Ärmel übers Gesicht.

»Ich muss die letzten Vorstellungen absagen«, meinte sie mit zittriger Stimme. »Ich kann nicht mehr. Schlimm genug, unter normalen Umständen auf der Bühne zu stehen, aber das jetzt ist einfach zu viel.« Wieder strömten Tränen aus ihren Augen. Als sie ihre Lippen erreichten, wischte sie noch einmal darüber.

»Ich habe noch nie eine Oper aus den Kulissen gesehen«, sagte Brunetti, ohne nachzudenken.

Sie sah ihn verwirrt an. »Wer hat das schon?«, schluchzte sie.

»Ich könnte zu den Vorstellungen kommen.« Wieder sprach er, ohne an die Konsequenzen seines Vorschlags zu denken, und kaum hatte er ihn gemacht, fragte er sich, ob Vianello ihn wohl begleiten würde.

»Und dann?«, fragte sie irritiert. »Du hast die Oper doch schon gesehen.«

Wie konnte sie nur so begriffsstutzig sein? Er hätte sie schütteln mögen. »Dann passe ich auf, dass dir nichts geschieht«, sagte er und spürte selbst, wie anmaßend sich das anhörte. »Und ich werde nicht allein da sein.«

»Hinter der Bühne?«

»Ja.«

Wieder fuhr sie sich übers Gesicht, aber sie weinte jetzt nicht mehr. »Mit noch einem Polizisten?«

»Ja.«

»In *Tosca*«, sagte sie, »sind alle Polizisten schlechte Menschen.«

»Wir werden beweisen, dass manche es nicht sind«, versprach Brunetti, was Flavia ein Lächeln entlockte, Brunetti aber dachte unwillkürlich wieder an Tenente Scarpa.

23

Als er sich kurz darauf von Flavia verabschiedete, versicherte Brunetti ihr noch einmal, er und Vianello würden während der letzten beiden Vorstellungen Wache stehen. Bei einem Blick auf die Uhr stellte er erstaunt fest, wie spät es schon war. Er rief Paola an und sagte, er werde in fünfzehn Minuten zu Hause sein. Sie brummte etwas, das er nicht verstand, und legte auf.

Er rief Vianello an, der schon zu Hause oder jedenfalls an einem Ort war, wo ein Fernseher lief, denn im Hintergrund waren die unnatürlichen Stimmen italienischer Synchronsprecher zu hören. Vianello bat ihn zu warten, und nachdem er sich von der Geräuschquelle entfernt hatte, erklärte Brunetti ihm, was er Flavia versprochen hatte. Vianello sagte, lieber gehe er in die Oper, als zwei weitere Abende mit Wiederholungen von *Downton Abbey* zu vergeuden; er könne die Serie nicht ausstehen, aber Nadia sei nun einmal verrückt danach. »Kannst du uns nicht eine feste Anstellung besorgen, bis die letzte Folge gelaufen ist?«

Brunetti wünschte ihm lachend eine gute Nacht. An der Accademia-Brücke hörte er von rechts ein Boot herannahen und beschleunigte seine Schritte. Er hatte Glück, es war eine Nummer eins, günstiger für ihn als die Zwei. Er ging in die Kabine und sah sich nach einem Sitzplatz um; in der Wärme des geschlossenen Raums fühlte er sich plötzlich nicht weniger erschöpft als neulich vor dem Krankenhaus. Er konzentrierte sich auf die Nacht vor dem Fenster, doch das änderte nichts an der Hitze und seiner Müdigkeit. In der Hoffnung, frische Luft werde ihm guttun, kehrte er an Deck zurück und lehnte sich gegen ein Kabinenfenster, aber die furchtbare Lethargie wollte nicht weichen. So geht es einem also im Alter, dachte er. Man schläft ein, sobald man einen warmen Raum betritt. Damit man nicht einschläft, muss man sich an einer Wand aufrecht halten. Man möchte nur noch nach Hause und ins Bett.

Bei San Silvestro stieg er aus und erreichte hinter dem Durchgang linkerhand die *calle*, die zu seiner Wohnungstür führte. Während er aufschloss und an die vier Treppenabsätze dachte, die ihm bevorstanden, kam ihm der Gedanke, dass ein Umzug in den Palazzo Falier keinen wirklichen Fortschritt bedeuten würde, denn dort gab es mindestens genauso viele Treppen, auch wenn die Familie die oberen zwei Etagen kaum benutzte.

Vor drei Jahren hatte der Conte einen Ingenieur abklären lassen, ob man in den Palazzo einen Aufzug einbauen könnte; einen Monat lang wurden Wände abgeklopft, vermessen und mit bleistiftdünnen Bohrern angebohrt, dann kam ein abschlägiger Bescheid. Der Conte führte daraufhin ins Feld, dass er mit dem Vater des gegenwärtigen Soprintendente di Belle Arti zur Schule gegangen sei, worauf der Ingenieur antwortete, vor zehn Jahren hätte diese Beziehung sicher einen gewissen Wert gehabt, doch heute nicht mehr, der Conte könne sich den Aufzug aus dem Kopf schlagen.

Wie es dann möglich sei, dass so viele Palazzi seiner Jugendfreunde jetzt zu Hotels umgebaut würden, inklusive Aufzug, wollte Conte Falier daraufhin wissen.

»Ach, Signor Conte«, hatte der Ingenieur geantwortet, »das sind kommerzielle Projekte, und die werden selbstverständlich genehmigt.«

»Und ich bin nur ein alternder Bürger von Venedig?«, hatte der Conte gefragt. »Mein Komfort spielt keine Rolle?«

Woraufhin man ihn beschied, der Komfort wohlhabender Touristen gehe offenbar vor, und damit war das Thema erledigt. Da auch er der Sohn eines Schulfreunds des Conte war, hatte der Ingenieur keine Rechnung geschickt, und der Conte hatte ihm wiederum ein Dutzend Kisten Wein zukommen lassen.

Immerhin war Brunetti am Ende dieser Betrachtungen vor seiner Wohnungstür angelangt. Er schloss auf, hängte seine Jacke an den Haken und ging zum Wohnzimmer, von wo Stimmen zu hören waren. Er fand seine Familie auf dem Sofa vor dem Fernseher, wo Leute, die nach der Mode des frühen 20. Jahrhunderts gekleidet waren, um einen langen, festlich gedeckten Tisch herumsaßen. Die Obstetagere in der Mitte des Tischs war so hoch wie ein Pferd, und für das Waschen und Bügeln der Tischdecke – falls sie je hinreichend trocknen würde – hätten die Filmleute mit Sicherheit einen ganzen Tag gebraucht.

»*Downton Abbey*, schwant mir«, sagte Brunetti, aber die drei zischten nur, er solle still sein. Auf dem Bildschirm erklärte eine ebenso beleibte wie offenbar borniert Frau, sie müsse sich derlei nicht anhören, worauf ihr Gegenüber erwiderte, sie solle es nicht persönlich nehmen, so habe sie das nicht gemeint.

»Ich auch nicht«, sagte Brunetti und ging in die Küche, wo sein Abendessen auf ihn wartete.

Am nächsten Morgen sah er im Büro als Erstes seine E-Mails durch und stieß neben etlichen offiziellen Mitteilungen und Berichten, die er am liebsten als Spam behandelt hätte, auf eine Nachricht von Signorina Elettra: Im Anhang finde er die Aufzeichnungen einer Überwachungskamera im Parkhaus am Piazzale Roma für die Stunden vor dem Überfall auf Federico d'Istria. Sein Auto sei das siebte in der Reihe, schrieb sie noch.

Brunetti öffnete den Anhang und erblickte eine graue Betonmauer und die Kühlerhauben und Heckklappen der Wagen, die daran entlang geparkt waren. Die Uhrzeit war eingeblendet. Um 12 Uhr 35 fuhr ein Auto auf einen freien Platz am Ende der Reihe. Ein Mann stieg aus, schlug die Tür zu und ging davon. Der Film sprang zum nächsten Anzeichen von Bewegung; der Uhr zufolge waren eine Stunde und zweiundzwanzig Minuten vergangen. Ein anderer Mann näherte sich einem anderen Auto, öffnete die Tür und stieg ein. Er setzte zurück und fuhr davon. Zweiundvierzig Minuten später bewegte sich von rechts etwas Undeutliches vor die Kamera, und der Bildschirm wurde schwarz.

Brunetti klickte auf Stopp, schob den Cursor eine Minute zurück und spielte die Stelle noch einmal ab. Sobald die Bewegung kam, stoppte er den Film und sah sich das Bild genau an. Riesige fliegende weiße Stöcke? Etwas sichelförmiges Schwarzes? Er sah sich die Szene zum dritten Mal an, erkannte aber immer noch nichts.

Er wählte Signorina Elettras Nummer, und als sie sich meldete, fragte er: »Was ist das?«

»Ein schwarzer Objektivdeckel, der auf die Linse der Überwachungskamera gesteckt wird.«

»Und was so aussieht wie weiße Stöcke?«

»Finger«, sagte sie, aber im selben Moment war er auch schon darauf gekommen.

»In weißen Handschuhen?«

»Ja.«

»Danke«, sagte Brunetti. »Sonst noch was?«

»Wie Sie sehen, hatte d'Istria seinen Wagen rückwärts eingeparkt. Er wurde etwa fünfzehn Minuten später angegriffen, als er den Kofferraum öffnete. Der war noch offen, als der Krankenwagen eintraf.«

»Neues vom Krankenhaus?«, fragte er.

»Ich habe um acht angerufen, aber nur erfahren, dass er ruhig schläft.«

»Ich warte noch bis zehn, dann rufe ich seine Frau an«, sagte Brunetti. »Wann genau war der Überfall?«

»Der Anruf kam zwei Minuten vor drei, rund zwanzig Minuten nachdem die Kamera zugedeckt wurde.«

»Was hatte er bei sich?«, fragte Brunetti.

»Wie?«

»Wurde etwas bei ihm gefunden? Eine Aktentasche, ein Koffer?«

»Da muss ich nachsehen«, sagte Signorina Elettra. Einen Moment war es still, dann erklärte sie: »Eine Sporttasche mit zwei Tennisschlägern.«

»Danke«, sagte Brunetti. »Versuchen Sie herauszufinden, ob etwa um diese Zeit eine Frau mit einem Taxi aus der Richtung Accademia zum Piazzale Roma gefahren ist.«

»Eine Frau?«

»Ja.«

»Verstehe. Mal sehen, was sich machen lässt«, sagte sie und legte auf.

Offenbar hatte der Täter Freddys Gewohnheiten studiert, und als er ihn mit Tennisschlägern aus dem Haus kommen sah, konnte er sich denken, wohin er wollte. Tennis wurde auf dem Festland gespielt, also würde er zum Parkhaus am Piazzale Roma fahren. Vielleicht hatte er unterwegs einen Freund getroffen und war mit ihm etwas trinken gegangen, oder sein Boot hatte Verspätung, oder er war zu Fuß gegangen: Alles Mögliche konnte ihn lange genug aufgehalten haben, dass ein anderer vor ihm das Parkhaus erreicht hatte – vorausgesetzt, dieser andere kannte seine Gewohnheiten und wusste, wie man schnell durch die Stadt kam.

Brunetti rief noch einmal Signorina Elettra an. »Wir brauchen die Aufzeichnungen aus dem Parkhaus, von dieser Kamera hier und allen, die die Ein- und Ausfahrten überwachen. Und die an den Aufzügen und Treppenhaustüren auf dieser Ebene. Wir suchen wahrscheinlich nach einer Frau, die dort auftaucht, aber nicht zu einem der Autos geht, sondern sich nur umsieht und dann wieder verschwindet. Und zwar an diesem Tag, am besten zur Tatzeit.«

Dann fiel ihm noch ein: »Was genau steht in der richterlichen Anordnung?«

»›Videoaufzeichnungen‹«, antwortete sie prompt. »›Von dem Bereich, in welchem sich der Parkplatz des Geschädigten befindet.‹« Sie holte Luft und meinte: »Einfach herrlich, diese Juristensprache.«

Brunetti ging darüber hinweg. »Gut. Weisen Sie die Leute vom Parkhaus darauf hin und lassen Sie sich die Aufzeichnungen der letzten drei Wochen schicken.«

»Wir brauchen wen, der sich die ansieht«, sagte sie.

Dass sie »wir« sagte, brachte ihn auf die Frage: »Haben Sie den Streik beendet?«

Sie lachte. »Ja, heute früh.«

»Warum?«

»Kollegen von Alvise haben – in ihrer Freizeit – die Zeugenaussagen zu der Demonstration überprüft und die Zeugen noch einmal befragt. Dabei kam heraus, dass einer von ihnen gefilmt hatte, wie das Opfer über eine Fahnenstange der Demonstranten gestolpert ist.« Brunetti, mit Elettras Art vertraut, wartete auf das große Finale.

»Im Hintergrund ist Alvise zu sehen, mindestens drei Meter entfernt. Zusätzlich haben sie zwei Männer gefunden, die neben dem Filmenden standen und bestätigen, dass das Opfer gestolpert und zu Boden gestürzt ist und sich dabei am Kopf verletzt hat.«

»So viel zum Thema gewalttätige Polizei«, sagte Brunetti. »Alvise ist also wieder im Dienst?«

»Ab sofort. Perfektes Timing.«

»Wieso?«

»Francesca Santellos Tante hat sie gestern zu sich nach Hause mitgenommen. Nach Udine. Und eine andere Arbeit für Alvise ist mir nicht eingefallen.«

»Was ist mit ihrem Vater?«, fragte Brunetti.

»Der hat angerufen, nachdem er die beiden in den Zug gesetzt hatte. Am Theater gebe es Gerüchte – er sagte nichts Konkretes, aber wir können es uns ja in etwa denken. Er möchte seine Tochter von der Stadt fernhalten, bis der Zwischenfall aufgeklärt ist.«

Brunetti vernahm erleichtert, dass das Mädchen aus der

Gefahrenzone gebracht worden war: nicht in Sicherheit, aber doch weit weg von Venedig. »Dann soll Alvise sich die Aufzeichnungen aus dem Parkhaus ansehen.«

Signorina Elettra überlegte hin und her, ob Alvise dieser Aufgabe gewachsen wäre. Schließlich meinte sie: »Ja, gut. Das wird er schon schaffen.«

»Kommen die Aufzeichnungen auf Ihren Computer, oder bringt jemand sie vorbei?«, fragte er.

Hörte er sie stöhnen? »Die werden per Mail geschickt, Commissario.«

»Können Sie ihm einen Platz besorgen, wo er sich das ansehen kann?«

»Boccheses Assistent ist in Urlaub. Ich nehme an, Bocchese wird Alvise an dessen Computer lassen. Er mag ihn.«

»Wer mag Alvise? Bocchese oder sein Assistent?«, fragte Brunetti automatisch, wie immer an den Allianzen innerhalb der Questura interessiert.

»Bocchese.«

»Gut. Also fragen Sie Bocchese, dann kann Alvise sofort anfangen, wenn die Aufzeichnungen eintreffen.«

»In Ordnung, Dottore. Ich rufe ihn gleich an«, sagte sie und legte auf.

Brunetti erinnerte sich an Zeiten zu Beginn seiner Karriere, da brauchte man, um einen Fremden in der Stadt ausfindig zu machen, nur mit einer Beschreibung des Betreffenden und, falls bekannt, seiner Nationalität die Hotels und *pensioni* abzuklappern. Davon gab es damals keine hundert. In dem heutigen Gewirr von Hotels, Ferienwohnungen, Kreuzfahrtschiffen, *pensioni*, legalen und illegalen Bed & Breakfasts war es nicht mehr möglich, jemanden aufzuspüren. Kein Mensch wusste, wie viele Unterkünfte es gab, wem sie gehörten oder wie viele Gäste sie hatten. Sie konnte überall und nirgends sein, dachte Brunetti.

Die Hände hinterm Kopf verschränkt, lehnte er sich bequem auf seinem Stuhl zurück und begann über den Zusammenhang von Verlangen und Gewalt nachzudenken. Flavia hatte versucht, ihm die seltsamen Wünsche ihrer Fans zu erklären, aber für ihn hatte sich das alles doch eher passiv angehört: Diese Leute wollten von denen, die sie bewunderten, geachtet werden. Und wer wollte das nicht? Vielleicht war das Leben zu gut zu ihm gewesen, denn die einzige Frau, die er jemals fast bis zum Wahnsinn begehrt hatte, war Paola, die Frau, die er geheiratet hatte und die zu einem Teil von ihm geworden war. Für sie und für seine Kinder mit ihr wollte er Gutes: Er wusste nicht mehr, welcher Philosoph die Liebe so definiert hatte, fand diese Definition aber besser als jede andere.

Wozu entwickelte sich Leidenschaft, die nicht erwidert oder wertgeschätzt, ja nicht einmal anerkannt wurde? Was konnte daraus erwachsen? Was geschah, wenn die begehrte Person einem sagte, man solle verschwinden? Was geschah, wenn all dieses Feuer keinen Ausweg fand?

Ein Klopfen an der Tür riss ihn aus seinen Grübeleien. Er kippte mitsamt dem Stuhl nach vorn und rief »Avanti«. Signorina Elettra trat ein, wieder in ihrem Geschäftsfrauenanzug mit Bluse und Weste, aber heute war die Bluse schwarz und die Weste aus goldenem Seidenbrokat, verziert mit, wie es aussah, handgestickten Bienen. Die Schönheit des Brokats machte Worte überflüssig: Brunetti konnte nur beifällig nicken.

Er bemerkte die Papiere, die sie mitgebracht hatte.

Sie hielt sie hoch. »Eben gekommen.«

»Und was ist das?«, fragte er.

»Informationen über die Halskette.«

Brunetti musste kurz nachdenken, ehe er sich auf die Halskette besann, die jemand auf Flavias Schminktisch gelegt hatte. »Berichten Sie«, sagte er.

»Ich habe Fotos herumgeschickt.«

»Und?«, fragte Brunetti.

»Ein Juwelier in Paris hat sich gemeldet: Er habe die Kette vor achtunddreißig Jahren für einen gewissen Doktor Lemieux angefertigt.« Bevor Brunetti eine so phantastische Gedächtnisleistung kommentieren konnte, fügte sie hinzu: »Er erinnert sich an die Steine.«

»Was hat er sonst noch gesagt?«

»Dass der Arzt sie als Geschenk machen ließ. Für seine Frau, meint der Juwelier, auch wenn er sich nach so langer Zeit nicht mehr sicher ist. Er weiß aber noch, dass der Arzt ihm gesagt hat, er habe die Steine vor langer Zeit aus Kolumbien mitgebracht. Nicht die alleredelste Qualität, aber sehr gute Steine. Sagt der Juwelier.«

»Hat er Ihnen gesagt, was der Arzt dafür bezahlt hat?«

»Er sagte, sein bester Mitarbeiter habe einen Monat gebraucht, die Kette anzufertigen. Das Gold und die Arbeit würden heute etwa zwanzigtausend Euro kosten.«

»Was?«

»Zwanzigtausend Euro.«

»Und die Steine?«

Sie legte ihm ein Foto auf den Schreibtisch. Grüne Steine, auf einem weichen, beigen Hintergrund verstreut. Bei der

Farbqualität der Aufnahme konnte es sich genauso gut um dunkelgrüne Bonbons handeln. Einige waren quadratisch, andere rechteckig, einige größer, einige kleiner, aber alle hatten dieselben abgeschrägten Kanten wie die Steine auf Boccheses Foto.

Sie klopfte mit dem Zeigefinger darauf und sagte: »Der Juwelier hat die Steine damals fotografiert.«

»Wo ist die Kette jetzt?«

»In Boccheses Tresor.« Sie kam weiteren Fragen zuvor: »Ich habe ihn angerufen und gebeten, sie mir genau zu beschreiben: Größe und Form.«

»Es sind dieselben Steine?«

Brunetti spürte aus langjähriger Erfahrung, dass sie noch etwas zurückhielt, vermutlich das Beste. Er dachte an die Befriedigung, die ihr das verschaffen würde, und fragte: »Und der Wert?«

»Der Juwelier sagt, nach heutigem Marktpreis seien sie etwa vierzigtausend Euro wert.« Sie legte eine Kunstpause ein und fügte lächelnd hinzu: »Pro Stück.«

24

Insgesamt also etwa eine halbe Million Euro«, sagte Brunetti verblüfft: Und er hatte die Kette in einer Stofftasche durch die Stadt getragen und über Nacht in der Wohnung herumliegen lassen! Eine halbe Million Euro.

Signorina Elettra dachte eher ans Praktische: »Was jetzt?«

Aus seinen Betrachtungen gerissen, meinte er: »Wir sollten herausfinden, für wen Doktor Lemieux den Schmuck hat anfertigen lassen.« Wie immer, wenn er Signorina Elettra solche Vorschläge machte, sagte er »wir«, als wollte er ihr bei ihren Recherchen am Computer treu zur Seite stehen. »Außerdem müssen wir wissen, wem die Kette jetzt gehört.« Sie sah ihn schweigend an, und er fragte: »Wo lebt er?«

»In Paris. Jedenfalls zu der Zeit, als er die Halskette in Auftrag gegeben hat.«

So locker Brunetti die Vorschriften in seinem eigenen Land handhabe, so peinlich genau nahm er es, wenn er mit der Polizei in anderen Ländern zu tun hatte. »Dann werden wir die dortige Polizei kontaktieren müssen und …« Er überlegte kurz, was dazu alles erforderlich wäre. »Wir können ihnen sagen, im Zuge einer anderen Ermittlung sei ein Schmuckstück aufgetaucht, dessen Herkunft wir zu ihm zurückverfolgt hätten, und jetzt würden wir gern wissen …« Wieder brach er ab. »Die werden uns die Information nicht geben, oder?«

Sie zuckte die Schultern. »Würden wir sie ihnen geben?«

»Vielleicht, aber erst nach Wochen«, antwortete Brunetti. »Falls überhaupt.« Er starrte die Wand seines Büros an und sah nichts als eine Wand.

Schließlich meinte Signorina Elettra: »Jemand dort schuldet mir einen Gefallen.« Vielleicht, um sich die Peinlichkeit zu ersparen, genauer darauf eingehen zu müssen, fügte sie hinzu: »Ich habe ihm vor Jahren ein paar Informationen zukommen lassen.« Brunetti betete, dass sie ihm nicht mehr verraten möge.

Sie schwiegen einträchtig.

Brunetti beschränkte sich auf das Notwendige: »Wir müssen wissen, wem die Kette jetzt gehört und, wenn möglich, wo diese Person sich zurzeit befindet.« Er merkte selbst, wie hilflos das klang. »Woran genau wir arbeiten, brauchen Sie nicht zu sagen: Routineangelegenheiten.« Signorina Elettra verstand es meisterhaft, Dinge zu verharmlosen. »Sie könnten versuchen herauszufinden, ob die Kette jemals als gestohlen gemeldet wurde.« Da sie ihn fragend ansah, erklärte er: »Man kann nie wissen.«

Sie machte sich auf der Rückseite des Fotos der Steine ein paar Notizen. Dann wies sie mit einer vagen Geste in die Runde und fragte: »Wohin jetzt mit der Kette – lassen wir sie in Boccheses Tresor?«

Brunetti war sich da nicht mehr so sicher. In der Vergangenheit waren beschlagnahmte Drogen und Waffen gelegentlich aus Boccheses Labor verschwunden, aus dem Tresor jedoch – soweit Brunetti wusste – noch nie etwas. Aber eine halbe Million Euro?

Ihm wollte kein sicherer Ort einfallen. Bei sich zu Hause

hatte er keinen Tresor: Normale Leute hatten so etwas nicht, weil sie nichts besaßen, was man darin aufheben müsste.

Sein Schwiegervater hatte einen, in dem er Familiendokumente und den Schmuck seiner Frau aufbewahrte. »Wir lassen die Kette hier«, entschied er.

Nachdem Signorina Elettra gegangen war, fragte sich Brunetti, was er tun sollte, bis man ihr die Gefälligkeit erwiesen und sie die Information bekommen hatte. Er beschloss, einstweilen Vianello aufzusuchen und ihn über die Handlung von *Tosca* aufzuklären. Das schien ihm weniger mühsam, als sich in die Hirnwindungen jenes Menschen hineinzudenken, der ihre Anwesenheit bei der Vorstellung am Abend erforderlich machte.

Er hielt seinen Vortrag bei einem Glas Wein in der Bar an der Brücke; Vianello stand neben ihm am Tresen und lauschte Brunettis Ausführungen ebenso aufmerksam wie Bambola, der senegalesische Barmann: sexuelle Nötigung, Folter, Mord, Betrug, Verrat und zur Krönung des Ganzen ein Selbstmord. Vianello fragte: »Wie kann es sein, dass die Polizei einen Gefangenen hinrichten darf?«

Bambola wischte sorgfältig die Theke ab, spülte das Tuch aus und wandte sich an Vianello. »In meinem Land ist es auch so, Ispettore. Wenn man da etwas tut, was denen nicht gefällt, kassieren sie einen, und das war's.« Und mit einer geradezu abfälligen Handbewegung: »Aber nicht so am helllichten Tag, wie die Polizei das hier macht.«

Vianello und Brunetti tauschten einen Blick, sagten aber nichts. Sie gingen zur Questura zurück, und Brunetti beschloss, als er sah, wie spät es war, zum Mittagessen nach

Hause zu gehen. So könnte Alvise die Aufzeichnungen aus dem Parkhaus sichten.

»Aber du hast die Oper doch schon gesehen, *papà*«, meinte Chiara; sie legte ihre Gabel hin und ließ die Gnocchi mit *ragù* erst einmal stehen. »Warum willst du noch einmal hin?«

»Weil es wahrscheinlich jedes Mal anders ist«, bemerkte Raffi zur Überraschung aller Anwesenden.

»Seit wann kennst du dich mit Opern aus?«, fragte Chiara. Brunetti horchte befremdet auf, fand dann aber, ihr Ton sei doch eher neugierig als sarkastisch gewesen.

Nun legte auch Raffi seine Gabel hin und nahm einen Schluck Wasser. »Das sagt einem der gesunde Menschenverstand. Wenn ich zu zwei Konzerten einer Band gehe, bekomme ich nicht beide Male dasselbe zu hören. Auch wenn sie dieselben Songs spielen. Warum sollte das bei Opern anders sein?«

»Aber die Geschichte ist immer dieselbe«, sagte Chiara. »Immer läuft alles genau gleich ab.«

Raffi zuckte die Schultern. »Aber die Sänger sind keine Maschinen. Sie haben gute Tage, sie haben schlechte Tage. Genau wie andere Sänger.«

Nun, dachte Brunetti, immerhin hatte Raffi nicht »richtige« Sänger gesagt. Vielleicht gab es noch Hoffnung.

Anscheinend zufrieden mit dieser Erklärung, fragte Chiara ihre Mutter: »Warum gehst du nicht mit?«

Paola lächelte milde, oft ein Zeichen für Gefahr. »Du gehst zu Lucia und lernst, und Raffi hilft Franco nachher, sein Boot ins Wasser zu lassen, und bleibt dort zum

Abendessen.« Sie stand auf, ließ sich die leeren Teller reichen, stellte sie in die Spüle und kam mit einer riesigen Platte mit gegrilltem Gemüse zurück.

»Ich finde, das ist keine Antwort, *mamma*«, sagte Chiara.

»Wenn du erst verheiratet bist und Kinder hast, *stella*, wirst du es verstehen«, sagte Brunetti.

Sie sah ihn erstaunt an.

»Einmal allein zu Hause sein, Chiara«, sagte Brunetti.

»Und was ist daran so toll?«, fragte Chiara.

Paola, die ihr am Tisch gegenübersaß, maß sie mit einem abgeklärten Blick. Sie kostete ein Zucchinischeibchen, würdigte das Ergebnis ihrer Kochkunst und nahm noch einen Happen. Dann stützte sie einen Ellbogen auf den Tisch und ihr Kinn in die Handfläche. »Das heißt für mich, ich muss kein Essen machen und auf den Tisch stellen und hinterher nicht abwaschen, Chiara. Ich kann einfach nur Brot, Käse und Salat essen, oder auch keinen Salat, kein Brot und keinen Käse, sondern irgendetwas, worauf ich gerade Lust habe. Vor allem aber kann ich essen, wann ich will, und ich kann beim Essen lesen, und danach kann ich den ganzen Abend auf dem Sofa in meinem Arbeitszimmer weiterlesen.« Chiara wollte etwas sagen, aber Paola hob die Hand und fuhr fort: »Und ich kann hier reinkommen und mir ein Glas Wein oder ein Glas Grappa holen oder mir Kaffee oder Tee machen oder einfach ein Glas Wasser trinken und muss mit niemandem reden und für niemanden etwas tun. Und dann kann ich wieder mein Buch nehmen, und wenn ich müde bin, gehe ich ins Bett und lese dort.«

»Und das möchtest du?«, fragte Chiara mit einer Mäus-
chenstimme.

»Ja, Chiara«, antwortete Paola, nun mit mehr Wärme.
»Als Ausnahme, ab und zu einmal, möchte ich das.«

Chiara zerquetschte mit ihrer Gabel eine Karotte zu
einem undefinierbaren Brei. Schließlich fragte sie mit nicht
mehr ganz so zaghafter Stimme: »Aber nicht immer?«

»Nein, nicht immer.«

Auf dem Rückweg dachte Brunetti voller Bewunderung
daran, mit wie viel Gleichmut Paola ihren Kindern den
Gang der Welt erklärte. Als er selbst klein war, wäre ihm nie
in den Sinn gekommen, dass seine Mutter auch ein eigenes
Leben haben könnte. Sie war seine Mutter, Punkt. Das war
ihre Stellung und ihre Aufgabe im Universum. Sie war ein
Planet, der ums Gravitationszentrum ihrer Söhne kreiste.

Chiaras Weltbild war soeben auf den Kopf gestellt worden, insofern die Planeten nicht länger um sie selbst als
Mittelpunkt kreisten, sondern ihren eigenen Bahnen folgten. Erst neulich hatte Brunetti in einem Artikel gelesen,
25 Prozent der Amerikaner wüssten nicht, dass die Erde
um die Sonne kreist. Er fragte sich, wie viele Menschen jemals auf die Idee kamen, dass die Welt sich nicht um sie
drehte. »Besser, sie lernt es jetzt«, murmelte er und sah sich
nervös um, ob ihn jemand gehört habe.

Um halb vier langte er vor der Questura an, gerade als
Foa auf die Anlegestelle zuhielt. Vice-Questore Patta kam
aus der Kabine herauf, bemerkte Brunetti und winkte ihm,
er solle warten. Er sprang leichtfüßig wie eine Antilope auf
die *riva* und entfernte sich, ohne dem Bootsführer zu dan-

ken, der ein Tau um den Poller warf und, als das Boot fest an der *riva* vertäut war, die aktuelle *Gazzetta dello Sport* hinter dem Steuer hervorzog.

Brunetti hielt seinem Vorgesetzten die Tür auf. Vielleicht weil er ein Commissario war, wurde Brunetti mit einem Nicken bedacht. »Kommen Sie in fünf Minuten in mein Büro«, sagte Patta und entschwand.

Ich jedenfalls, dachte Brunetti, bin nicht die Sonne, um die Planet Patta kreist.

Er beschloss, aus den fünf Minuten zehn zu machen; erst einmal wollte er sich erkundigen, ob Alvise etwas auf den Videoaufzeichnungen gefunden hatte. Der Polizist saß in einem winzigen, kärglich mit Stuhl, Tisch und Laptop ausgestatteten Zimmer. Eine Schreibtischlampe mit gebogenem Hals beleuchtete den Bereich um den Computer; ein bisschen natürliches Licht fiel durch das ovale Fenster hinter seinem Rücken.

Alvise sprang auf, als Brunetti auf der Schwelle erschien, zum Salutieren aber war kein Platz. »Guten Tag, Commissario«, sagte er mit ernster Stimme. »Ich glaube, ich habe etwas für Sie.«

»Was denn?«, fragte Brunetti und stellte sich hinter Alvise, um einen besseren Blick auf den Bildschirm zu haben.

»Eine Frau, die ins Parkhaus kommt«, sagte Alvise. Er schielte auf seine Notizen und fuhr fort: »Am achtzehnten – also vor zehn Tagen – um drei Uhr nachmittags.« Er schob den Stuhl näher an den Tisch heran und fragte: »Darf ich mich setzen, Commissario? Dann komme ich besser an den Computer.«

»Ja, natürlich«, antwortete Brunetti und trat beiseite,

damit Alvise sich auf den Stuhl quetschen konnte. Alvise legte seinen Zeigefinger auf das Mousepad und manövrierte den Cursor über den Bildschirm. Brunetti sah ihm über die Schulter. Und da kam auch schon Freddy aus der Treppenhaustür, ging auf die Kamera zu und verschwand. Etwas später zeigte ihn eine andere Kamera von hinten an einer Reihe geparkter Autos entlanggehen. An einem blieb er stehen, öffnete den Kofferraum und warf seine Schultertasche hinein. Dann machte er die Fahrertür auf, stieg ein und fuhr davon.

Alvise schob den Cursor weiter, und aus derselben Tür kam jetzt eine Frau und ging hinter einer Betonsäule in Deckung. Ein paarmal spähte sie kurz dahinter hervor, zog den Kopf aber schnell wieder ein. »Wie viele Minuten später ist das?«, fragte Brunetti, der sich die Uhrzeit auf dem Film davor nicht genau gemerkt hatte.

»Vierunddreißig Sekunden, Commissario.«

Die Frau blieb zwei Minuten und sieben Sekunden hinter der Säule, dann machte sie kehrt und ging mit unbeholfenen Schritten zur Tür zurück.

»Taucht sie noch einmal auf?«, fragte Brunetti.

»Nein, Commissario. Die Kamera, die auf die Tür gerichtet ist, ist zwei Tage später ausgefallen.«

»Von allein, oder hat jemand nachgeholfen?«

»Ich habe deswegen im Parkhaus angerufen. Angeblich passiert das ständig.«

»Ich danke Ihnen, Alvise. Das muss anstrengend sein, wenn man als einzigen Orientierungspunkt ein geparktes Auto hat«, sagte Brunetti in dem Ton, in dem er früher die Zeichnungen seiner Kinder gelobt hatte.

»Ich habe mir alle Aufzeichnungen zweimal angesehen. Sie war die Einzige, die hereingekommen, aber nicht zu einem Auto gegangen und weggefahren ist.«

Brunetti richtete sich auf und klopfte Alvise anerkennend auf die Schulter. »Gute Arbeit«, sagte er, und damit Alvise gar nicht erst auf die Idee käme, ihm für das Lob zu danken, fügte er rasch hinzu: »Sie können jetzt in den Bereitschaftsraum zurück. Sie haben wieder normalen Dienst.« Alvise erhob sich so hastig, dass er seinen Stuhl umwarf. Brunetti nahm dies zum Vorwand, das Feld zu räumen.

Da er Signorina Elettra nicht an ihrem Arbeitsplatz vorfand, klopfte er bei Patta.

»Avanti«, rief sein Vorgesetzter. Brunetti musste daran denken, dass Tosca dasselbe Wort benutzt, nachdem sie Scarpia erstochen hat. »Hebe dich weg von mir, Satan«, murmelte er und öffnete die Tür.

»Was soll der Unsinn, diesen Trottel Alvise bei der Suche nach einem Verdächtigen einzusetzen?«, fragte Patta zur Begrüßung.

Brunetti trat näher und nahm unaufgefordert dem Vice-Questore gegenüber Platz. »Er ist kein Trottel«, sagte er. »Er hat sie gefunden.«

»Was?«

»Er hat sie gefunden«, wiederholte Brunetti.

»Sie?«, fragte Patta und wollte anscheinend noch etwas nachschieben, überlegte es sich aber anders.

Brunetti fuhr ruhig fort: »Er hat die Aufzeichnungen der Überwachungskameras aus dem Parkhaus durchgesehen und die Person entdeckt, die aller Wahrscheinlichkeit

nach den Mordanschlag auf Marchese d'Istria verübt hat.«
Konnte es sein, fragte er sich, dass er soeben zum ersten
Mal in seinem Leben Freddys Titel benutzt hatte?

»Was für Aufzeichnungen? Wo stammen die her? Wieso
hat Alvise die gesehen?«

Brunetti schlug die Beine übereinander und erklärte see-
lenruhig, dass sie eine richterliche Anordnung zur Prüfung
der Aufzeichnungen beantragt und bekommen hätten; wie
immer, wenn er den Dienstweg eingehalten hatte, um an
Informationen zu gelangen, achtete er sorgfältig darauf,
seinem Vorgesetzten auch die unwichtigsten Details gewissenhaft vorzutragen.

»Sie sagten ›aller Wahrscheinlichkeit nach‹. Heißt das,
Sie sind sich nicht sicher?«, fragte Patta, als hätte die Ver-
dächtige besser bereits ein Geständnis unterschrieben.

»Als er einmal in das Parkhaus kam, schlich sie ihm nach,
versteckte sich hinter einer Säule, beobachtete ihn, bis er in
sein Auto gestiegen und weggefahren war, und verzog sich
dann wieder«, berichtete Brunetti.

»Könnte es für dieses Verhalten nicht auch eine andere
Erklärung geben?«

»Durchaus«, räumte Brunetti freundlich ein. »Sie könnte
einen geeigneten Ort zum Platzieren einer Bombe ausspio-
niert haben, oder vielleicht wollte sie nachsehen, wie breit
die Parkplätze sind, oder es war eine Touristin, die das
Parkhaus mit der Basilica di San Marco verwechselt hat.«

Er verzichtete auf weitere Scherze und erklärte kurz und
knapp: »Sie ist ihm gefolgt, hat sich versteckt und ihn beobachtet. Wenn Sie eine bessere Erklärung für dieses Verhalten
anbieten können, Dottore, ziehe ich sie gerne in Betracht.«

»Schon gut, schon gut«, sagte Patta und wedelte die lästigen Tatsachen unwirsch beiseite. »Wer ist diese Frau?«

»So weit sind wir noch nicht, Signore«, antwortete Brunetti. »Vermutlich eine Französin. Das überprüfen wir gerade.«

»Aber warten Sie nicht, bis sie noch jemanden erstochen hat«, sagte Patta.

»Ich werde mein Bestes tun, Vice-Questore«, versicherte Brunetti und erhob sich. »Ich mache mich sofort an die Arbeit.« In Gedanken an Alvises Ehrerbietung gegenüber einem Höhergestellten tippte Brunetti sich an die Schläfe und verließ Pattas Büro.

Signorina Elettra saß an ihrem Schreibtisch und telefonierte. Sie legte eine Hand über die Sprechmuschel und hob fragend das Kinn. Brunetti zeigte zur Decke, und sie nickte zustimmend, schielte noch kurz in Richtung Pattas Büro und konzentrierte sich dann wieder auf ihr Telefonat.

Erst nach über einer halben Stunde kam sie herauf. Sie schloss die Tür hinter sich, nahm vor dem Schreibtisch Platz, mit mehreren Blatt Papier im Schoß. Sie senkte den Blick auf das oberste Blatt, sah Brunetti an, dann wieder das Papier und sagte schließlich: »Docteur Maurice Lemieux – Chemiker – besitzt ein Unternehmen, das pharmazeutische Produkte an das staatliche französische Gesundheitssystem liefert. Er ist Witwer und hat zwei Töchter: Chantal, sechsunddreißig, verheiratet mit einem Ingenieur, der für Airbus arbeitet, drei Kinder, lebt in Toulouse. Und Anne-Sophie, vierunddreißig, ledig, hat bis vor drei Jahren bei ihrem Vater gelebt, hat nie gearbeitet und ihr Studium am Konservatorium ohne Abschluss abgebrochen.«

»Was hat sie studiert?«, fragte Brunetti, obwohl er die Antwort schon zu wissen glaubte.

»Gesang.«

Brunetti legte den linken Arm auf seinen Bauch, stützte den rechten Ellbogen darauf und rieb sich das Kinn. Dabei entdeckte er am Mundwinkel eine kleine Stelle, die ihm morgens beim Rasieren entgangen war, und strich sachte mit zwei Fingern darüber.

»Berichten Sie weiter«, bat er.

Sie legte das erste Blatt umgedreht auf den Tisch. Mit gesenktem Kopf fuhr sie fort: »Vor drei Jahren hat Doktor Maurice Lemieux eine einstweilige Verfügung gegen seine Tochter Anne-Sophie erwirkt: Demnach hat sie von ihm und ihrer Schwester Chantal, deren Mann und Kindern mindestens zweihundert Meter Abstand zu halten.«

»Weil?«

»Weil Anne-Sophie ihren Vater beschuldigt hat, er versuche einen Keil zwischen sie und ihre Schwester zu treiben.« Signorina Elettra sah kurz zu Brunetti, dann wieder in ihre Papiere.

»Darüber hinaus hat sie ihren Vater beschuldigt, Gegenstände aus seinem Haus – Gegenstände, die seine Frau den beiden Töchtern zu gleichen Teilen hinterlassen hatte, die bis zum Tod des Doktor Lemieux in seinem Besitz bleiben sollten – ihrer Schwester zu schenken, die sie angeblich in ihr Haus in Toulouse gebracht hat.« Sie kam Brunettis Frage zuvor: »In der Anklageschrift wurden Gemälde von erheblichem Wert, seltenes Porzellan, Mobiliar, der Schmuck ihrer Mutter und andere Gegenstände aufgeführt, die auch im Testament seiner verstorbenen Frau Erwähnung finden.«

»Anne-Sophie ist also die Geschädigte?«, fragte Brunetti ruhig.

»Die Polizei war anderer Auffassung. Das Gericht auch.«

»Und weiter?«

Signorina Elettra legte das zweite Blatt beiseite und warf einen Blick auf das dritte. »Sie rief ständig ihren Vater an und warf ihm Verrat und Unehrlichkeit vor. Als Doktor Lemieux ihre Anrufe nicht mehr entgegennahm, schickte Anne-Sophie ihm E-Mails, die nicht mehr Anschuldigungen, sondern Drohungen enthielten. Nachdem das ein Jahr lang so gegangen war, wandte er sich mit Kopien ihrer E-Mails an die Polizei und reichte Klage ein.«

Signorina Elettra berichtete das alles mit einer Stimme, als lese sie ein Märchen vor. »Nachdem die Polizei die Echtheit der Mails bestätigt und der Doktor die beeidigte Erklärung eines vom Gericht bestellten Anwalts vorgelegt hatte, wonach sich die von der Klägerin aufgelisteten Gegenstände immer noch vollständig in seinem Besitz befanden, wurde ein Strafverfahren eingeleitet.« Signorina Elettra blickte kurz auf und nahm das nächste Blatt.

»Nach einem Jahr wurde das Urteil schließlich gefällt.« Und mit etwas lebhafterer Stimme: »Bei uns wäre es auch nicht schneller gegangen, oder?«

»Noch langsamer«, bemerkte Brunetti knapp.

Sie fuhr fort: »Das Urteil ist rechtskräftig: Sie muss sich von ihrer Familie fernhalten.«

»Und hält sie sich daran?«

»Anscheinend«, sagte Signorina Elettra. »Möglicherweise hat sie das Land verlassen. Auf jeden Fall hatte sie seit über einem Jahr keinen Kontakt mehr mit ihnen.«

»Weiß die Familie, wo sie sich aufhält?«

Signorina Elettra schüttelte den Kopf. »Mit ihnen direkt habe ich nicht gesprochen, ich kenne nur die Polizeiakten.«

Brunetti dachte an die gelben Rosen und die Smaragde und daran, dass Anne-Sophie nie gearbeitet hatte. »Ist die Familie wohlhabend?«, fragte er.

Signorina Elettra wich einer direkten Antwort aus: »Bei einem der Gemälde, die ihr Vater angeblich ihrer Schwester überlassen hat, handelt es sich um einen Cézanne. Ein Manet soll auch darunter sein.«

»Ah«, sagte Brunetti. »Hat die Mutter ihren Töchtern Geld hinterlassen?«

Sie warf einen, wie Brunetti glaubte, überflüssigen Blick auf ihre Papiere und sagte: »Jede bekam gut zwei Millionen Euro, und mein Pariser Gewährsmann hat auch die Schweiz erwähnt.«

Die Schweiz, wusste Brunetti aus Erfahrung, kam immer ins Spiel, wenn von Leuten die Rede war, die Cézannes besaßen.

»Gibt es ein Foto?«, fragte er.

Man könnte schon fast meinen, sie habe ihm einen Chip ins Hirn gepflanzt und könne seine Gedanken lesen, denn sie hatte bereits ein Foto hervorgezogen, das sie ihm jetzt reichte. »Die Dritte von links in der zweiten Reihe.«

Ein Klassenfoto: junge Mädchen vor einem verschneiten Hang, alle in Skianzügen, die Skier jeweils links neben ihnen aufgepflanzt. Die Dritte von links in der zweiten Reihe war auffällig groß und zeigte ein strahlendes Lächeln. Sie hätte die Schwester von jedem der Mädchen auf dem Foto sein können: Eigentlich sahen sie alle aus wie eine große Familie.

»Wann und wo?«, fragte er.

»St. Moritz, vor etwa zwanzig Jahren. Skiurlaub mit der Klasse.«

»Was für eine Schule?«, fragte er und dachte an die rissigen Tafeln und zerschrammten Stühle und Pulte in seinem *liceo*.

»Eine Schweizer Privatschule. Teuer.«

»Andere Fotos?«

»Es gab einige Familienfotos, aber die hat sie bei ihrem Auszug aus dem Haus ihres Vaters alle mitgenommen.«

»Und während dieses langwierigen Gerichtsverfahrens, das die Presse doch geliebt haben muss, hat niemand ein Foto von ihr machen können?«, fragte er.

»Es gibt einige, aber nur von der Seite oder aus großer Entfernung«, sagte Signorina Elettra in einem Ton, als müsste sie sich dafür entschuldigen. »Die Franzosen sind zurückhaltender als wir. Da wird nicht jeder Prozess zu einer Zirkusveranstaltung.«

»Die Glücklichen«, sagte Brunetti, und da er ahnte, dass sie noch nicht fertig war, fragte er: »Was noch?«

»Vor fünf Jahren hatte sie einen Autounfall und lag fast zwei Monate im Krankenhaus.«

»Was ist passiert?«

»Jemand fuhr bei Rot über eine Kreuzung und stieß mit ihr zusammen.« Sie sah Brunetti an und sagte, ohne auf ihre Papiere zu blicken: »Ihre Mutter saß neben ihr und kam bei dem Unfall ums Leben. Übrigens auch der Unfallverursacher und seine Begleitung.«

Wie ein Geier stürzte sich Brunetti darauf. »Fragt sich nur, wer dann bei Rot über die Ampel gefahren ist.« Plötzlich sah er alles vor sich: Schuldgefühle, Verleugnung, Verantwortung für den Tod ihrer Mutter und den Tod zweier weiterer Menschen, im Krankenhaus monatelang Zeit, darüber nachzudenken, sich die Schuld einzugestehen und sie schließlich zu verdrängen. Wer konnte unversehrt aus so einer Sache herauskommen?

»Nach Aussage der Leute im Auto hinter ihr war die Ampel grün«, machte Signorina Elettra seinen wilden Spekulationen ein Ende. »Ihr rechtes Bein war dreimal gebrochen, seitdem hinkt sie.«

Die Frau, die Freddy im Parkhaus nachspioniert hatte – Brunetti erinnerte sich an ihren unbeholfenen Gang, als sie dann zur Tür gegangen war. Und da war noch etwas gewesen, aber er kam nicht drauf. Er versuchte mit seinem inneren Auge woanders hinzusehen, wie man es im Dunkeln tut, um einen Gegenstand zu erkennen. Aber da war nichts.

Er wandte sich wieder Signorina Elettra zu und sah, dass keine Papiere mehr übrig waren.

»Sonst noch etwas?«

»Nein. Ich bin noch hinter ihrer Krankenakte her, aber in Frankreich ist das gar nicht so einfach.«

Sie schien so bekümmert, dass Brunetti neugierig fragte: »Warum?«

»Weil die besser auf ihre Daten aufpassen.« Und mit einer Spur von Selbsttadel: »Oder aber, weil ich mich in ihrem System nicht so gut auskenne.«

»Vielleicht kann Ihr Freund Giorgio von Telecom bei der Suche helfen«, erinnerte sich Brunetti an den Namen ihres Freundes, der ihr gelegentlich bei Recherchen geholfen hatte.

»Er ist nicht mehr bei der Telecom«, sagte sie.

Brunettis Panik legte sich schnell wieder, kein Freund von ihr würde jemals Namen nennen. »Hat er den Job gewechselt?«, fragte er und betete, sie werde »ja« sagen.

Sie nickte. »Er hat seine eigene Internetsicherheitsfirma gegründet. In Liechtenstein. Dort ist man freundlicher zu Unternehmern, sagt er.«

»Ist er schon lange da?«, fragte Brunetti.

Sie sah ihn so durchdringend an, als prüfe sie, ob der Computerchip in seinem Kopf noch an Ort und Stelle sitze.

»Nein«, sagte sie nach einer längeren Pause. »Er ist da nicht hingezogen. Nur die Firma hat dort ihren Sitz, er selbst lebt immer noch in Santa Croce neben seinen Eltern.«

»Aha«, sagte Brunetti. »Ich hatte Sie so verstanden, dass er dort hingezogen ist.«

»Nein, nur die Firma. Er hat einen Proxyserver eingerichtet, den er von hier aus betreiben kann, auch wenn es so aussieht, als ob er dort leben würde.«

Brunetti nickte, als hätte er auch nur ein Wort verstanden. »Vielleicht könnte er Ihnen in dieser Sache behilflich sein«, schlug er vor.

»Er arbeitet bereits daran«, sagte Signorina Elettra und erhob sich.

25

Brunetti fand, er sollte auch seinen Teil zu der Suche beitragen, und gab bei Google Doktor Lemieux' Namen ein. Die meisten Einträge waren auf Französisch, doch nachdem er sich durch ein paar hindurchgekämpft hatte, stieß er auf einen fünf Jahre alten Artikel aus *Il Sole 24 Ore*; darin ging es um eine mögliche Fusion von Lemieux Research mit einem Pharmaunternehmen in Monza. Aus der Fusion wurde jedoch nichts, wie er einem weiteren Artikel entnahm. Mehr war auf Italienisch nicht zu finden.

Er überflog die Titel der restlichen französischen Einträge, entdeckte einen über den Autounfall, bei dem Anne-Sophie verletzt und ihre Mutter getötet worden war, erfuhr aber nichts, was er nicht schon von Signorina Elettra gehört hatte.

Da er den Namen des Mannes der anderen Schwester nicht kannte, suchte er nach Chantal Lemieux, fand aber nichts. Anne-Sophie wurde, abgesehen von dem Artikel über ihren Unfall, nur noch ein einziges Mal kurz erwähnt, nachdem sie vor Jahren bei einer Aufführung von *Orfeo* am Pariser Konservatorium in einer Nebenrolle mitgewirkt hatte.

Er besann sich auf Signorina Elettras ständige Ermahnung, man könne nie wissen, was in den Tiefen des Internet alles verborgen sei, nahm das Erscheinungsdatum des Artikels und überprüfte gewissenhaft sämtliche Spielpläne der

Pariser Opernhäuser in den Wochen vor und nach Anne-Sophies Auftritt in der Studentenaufführung.

Vier Tage danach hatte Flavia Petrelli im Palais Garnier in *La Traviata* gesungen. Über seinen rechten Arm lief eine Gänsehaut, und er kratzte sich fest, bis das Gefühl sich legte. Fehlte nur noch, dass er Hühner auf der Terrasse schlachtete und in ihren Eingeweiden las.

Dann gab er als Suchbegriff »Stalker« ein und war wenig überrascht, dass die meisten Artikel zu dem Thema auf Englisch waren. Über ein Viertel aller Stalker belästigten Prominente; in Fällen, wo Stalker von ihrem Opfer geliebt werden wollten, dauerten die Nachstellungen im Durchschnitt länger als drei Jahre, und die meisten dieser Stalker waren Frauen. Die Opfer litten an Schlaflosigkeit, wechselten häufig den Wohnsitz und manchmal sogar die Arbeitsstelle, um den Drangsalierungen zu entkommen – ständig mit der furchterregenden Tatsache konfrontiert, von jemandem verfolgt zu werden, der sich nicht an die Regeln des menschlichen Zusammenlebens hielt.

Bei seiner letzten Begegnung mit Flavia hatte er ihr die Anspannung deutlich angemerkt. Wie konnte sie sich mit einem solchen Damoklesschwert über dem Kopf noch auf ihren Gesang konzentrieren? Er war drauf und dran, sie anzurufen, um sie ... was zu fragen? Ob noch andere, mit denen sie gesprochen hatte, angegriffen worden waren? Ob jemand versucht habe, sie zu töten? Das Beste, was er tun konnte, war wohl doch sein Angebot, zusammen mit Vianello die letzten beiden Vorstellungen zu besuchen. Und abzuwarten, was geschah.

Er rief Vianello an: »Hast du schon Alvise gesehen?«

»Man könnte glauben, er sei ein frischgebackener Bräutigam«, sagte Vianello so fröhlich, als sei er bei der Hochzeit dabei gewesen. »Fehlt bloß noch die Nelke im Knopfloch.«

»Wo hast du ihn eingesetzt?«, fragte Brunetti, der davon ausging, dass Alvise sogleich wieder seine Amtspflichten übernehmen wollte.

»Er sah so gut aus, dass ich ihn auf Streife zwischen San Marco und Rialto geschickt habe.«

»Gibt es dort Probleme?«, fragte Brunetti.

Vianello lachte. »Nein. Aber er strahlte so, da sollten auch die Touristen etwas davon haben. Nächstes Jahr beim Karneval gehen bestimmt Hunderte von ihnen als Polizisten.«

Brunetti lachte mit, sagte dann aber: »Er hat die Videoaufzeichnungen wirklich gut ausgewertet«, und hoffte, Vianello werde das den Kollegen gegenüber erwähnen.

»Er hat mir von deinem Lob erzählt.« Vianello ging nicht weiter darauf ein und fragte: »Wie viel Uhr heute Abend?«

»Um acht geht es los. Halb acht treffen wir uns am Bühneneingang.«

»Bekomme ich ein Autogramm von ihr?«, fragte Vianello.

»Lass die Scherze, Lorenzo«, spielte Brunetti den Gestrengen.

»Nein, im Ernst. Nadias Nichte ist Opernfan, und als sie hörte, dass ich heute Abend hingehe, bat sie mich, ihr ein Autogramm zu besorgen.«

Beunruhigt, dass Vianello ihr zu viel verraten haben könnte, fragte Brunetti: »Nadia hat sich nicht gewundert, dass du in die Oper gehst?«

»Nein, ich habe ihr erzählt, ich sei einer Gruppe zugeteilt, die den Prefetto und einen russischen Diplomaten begleiten soll. Und ich habe klargestellt, dass ich mich niemals freiwillig gemeldet hätte.«

»Das stimmt aber nicht, oder?«, fragte Brunetti.

»Nein«, sagte Vianello. »Das heißt, zuerst hatte ich wirklich keine große Lust, aber dann habe ich mir Teile der Oper auf YouTube angesehen, und jetzt bin ich doch gespannt, wie das im Ganzen wirkt.«

Brunetti war sich nicht sicher, wie viel sie in den Kulissen mitbekommen würden, aber auf jeden Fall würden sie eine Vorstellung so erleben, wie es nur wenigen vergönnt war: weniger Glamour, mehr Wahrheit.

Er sagte nur noch »Bis später«, und legte auf. Seine Gedanken kehrten zu Flavia und der Frage zurück, was er von ihr wusste und was nicht: Er kannte die Namen ihrer letzten drei Liebhaber, konnte sich aber nicht an die Namen ihrer Kinder erinnern; er wusste, dass die wilden Nachstellungen eines gewalttätigen Fans ihr Angst machten, aber er wusste nicht, was ihre Lieblingsbücher und -filme oder -speisen waren. Vor Jahren hatte er sie vor einer Mordanklage bewahrt und ihrer Geliebten das Leben gerettet, aber er wusste nicht, warum ihm so viel daran lag, ihr zu helfen.

Er warf einen Blick auf die Dokumente, die sich in den letzten Tagen auf seinem Schreibtisch angesammelt hatten: ungelesen, ohne Belang. Er zog den ersten Stapel zu sich heran, nahm die Brille aus der Schublade und zwang sich zum Lesen. Die ersten drei waren so langweilig, dass er sie am liebsten zu anderen nicht vertraulichen Schriftstücken in den Papierkorb geworfen hätte, aber dann schob er den Packen nur von sich fort und stand auf. Bis jetzt hatte er sich über Freddys Befinden nur aus dritter Hand informiert. Er sah auf die Uhr und stellte fest, dass noch Zeit genug für einen Besuch im Krankenhaus war, bevor er nach Hause musste, um sich für die Oper umzuziehen.

Vom Polizeiauto aus erklärte Brunetti erst der Zentrale und dann der chirurgischen Station, er sei Commissario Guido Brunetti und auf dem Weg zu ihnen ins Krankenhaus, um mit Marchese d'Istria über den Mordanschlag auf ihn zu sprechen. Weder sein Rang noch Freddys Titel schienen auch nur den geringsten Eindruck auf seine Gesprächspartner zu machen, aber bei »Mord« spurten sie dann doch, und nachdem er in der Chirurgie eingetroffen war, führte man ihn unverzüglich und ohne weitere Fragen in Freddys Zimmer.

Marchese Federico d'Istria schien in keiner schlechten Verfassung zu sein. Zwar sah er müde und erschöpft aus und litt offensichtlich Schmerzen, aber Brunetti hatte schon viele Opfer von Überfällen gesehen, und Freddy machte einen vergleichsweise guten Eindruck. Er saß aufrecht gegen einen Wall aus Kissen gelehnt, an jedem Arm ein Tropf. Unter der Bettdecke kam ein Plastikschlauch hervor, an dessen Ende ein durchsichtiger, halb mit einer rosa Flüssigkeit gefüllter Beutel hing.

Brunetti trat an das Bett heran und legte Freddy eine Hand auf den Arm, möglichst weit von der Kanüle entfernt. »Tut mir sehr leid, Freddy.«

»Schon gut«, flüsterte Freddy und schnalzte abfällig mit der Zunge. Was war denn schon passiert?

»Kannst du dich an irgendetwas erinnern?«, fragte Brunetti.

»Bist du hier als Polizist?«, fragte Freddy. Die letzte Silbe kam nur noch als Hauch.

»Ich bin immer Polizist, Freddy«, sagte er. »So wie du immer ein Gentleman bist.«

Zu Brunettis Freude musste Freddy grinsen. Dann aber zuckte er heftig, schloss die Augen, sog zischend Luft durch die zusammengebissenen Zähne und stieß sie mit gespitzten Lippen wieder aus, wie Brunetti es schon oft bei Leuten beobachtet hatte, die starke Schmerzen litten.

Er sah Brunetti an. »Über dreißig Stiche.« Brunetti fragte sich, ob der sonst so bescheidene Mann nicht ein wenig übertreibe. »Einstiche«, verbesserte sich Freddy.

»Sicher sehr unangenehm«, stimmte Brunetti zu. »Wenn ich das hier alles sehe.« Er wies auf die Tropfständer und den für Freddy nicht sichtbaren Schlauch. Fast fühlte er sich wie ein Darsteller in den britischen Kriegsfilmen, die er in seiner Jugend gesehen hatte. Dann müsste er Freddy jetzt raten, Haltung zu bewahren. Aber das tat sein Freund ja offenkundig schon von selbst.

»Kannst du dich an irgendetwas erinnern?«, fragte er noch einmal.

»Und wenn ich nichts sage, ziehst du mir die Kanülen raus?«

»So was in der Richtung«, sagte Brunetti kopfschüttelnd. Dann wieder ernst: »Erzähl schon.« Als er Freddy die Augen schließen sah, drängte er: »Diese Person wird Flavia weh tun.«

Freddy riss die Augen auf.

»Im Ernst. Sie ist das eigentliche Ziel. Wer dich niederge-stochen hat, ist derselbe, der ihr die Blumen geschickt hat.«

»*Maria Santissima*«, flüsterte Freddy. Seine Augen fielen wieder zu, und als er die Schultern bewegte, fuhr er vor Schmerz zusammen. »Ich werfe die Tasche in den Kof-ferraum. Hinter mir ist jemand. Schmaler Schatten. Dann Schmerz im Rücken. Sehe ihre Hand und das Messer. Stoße sie mit dem Ellbogen weg, aber gehe zu Boden.« Er starrte Brunetti an, und auf einmal erschlafften seine Züge. »Fla-via«, begann er, aber es kam nichts mehr. Brunetti konnte nur noch zusehen, wie er atmete, ein und aus. Er hätte gern etwas für Freddy getan, ihm vielleicht die Decke höher über die Brust gezogen, wollte aber nicht an die Kanülen stoßen. Also legte er nur eine Hand auf seine und ließ sie dort. Lange. Dann drückte er sanft Freddys Hand und ver-ließ das Zimmer.

26

Seinem Kollegen Vianello, der vor dem Theater wartete, erzählte Brunetti nur, Freddy habe gesagt, er sei von einer Frau angegriffen worden. Sein Freund leide Schmerzen, befinde sich aber nicht in Lebensgefahr; alles Weitere schien ihm so persönlich, dass er nicht einmal Vianello davon berichten wollte. Was hatte Freddy über Flavia sagen oder ihr womöglich ausrichten lassen wollen? Freddy und Flavia hatten, als sie zusammen waren, in Mailand gelebt, Brunetti hatte Flavia erst Jahre später kennengelernt. Tatsächlich war ihr Zusammentreffen auf der Accademia-Brücke das einzige Mal, dass er die beiden zusammen gesehen hatte, sonst nur auf Fotos. Vianello hielt ihm die Tür auf, und Brunetti kam in die Gegenwart zurück und trat ein.

Vor der Pförtnerloge herrschte noch größerer Trubel als bei Brunettis letztem Besuch. Das Stimmengewirr schien ihm eher wütend als aufgeregt, doch er beachtete es nicht weiter und ging, ohne seinen Dienstausweis zu zeigen, am Pförtner vorbei die Treppe hinauf. Er sah sich nach dem Inspizienten um, der ihm auf die Bitte von Signora Petrelli hin erlaubt hatte, sich während der letzten Vorstellungen hinter der Bühne aufzuhalten.

Nach einigem Hin und Her fanden sie sein Büro, wo ihnen ein gehetzt wirkender Mann entgegenkam, ein *telefonino* am linken Ohr, ein zweites an die Brust gedrückt: »… oft muss ich Ihnen das noch sagen? Es geht nicht«, schimpfte er und wechselte die Handys – und die Stimme.

»Aber ja, selbstverständlich, wir tun alles, was wir können, Signore, bis zum Ende des zweiten Akts wird der Direktor gewiss eine Lösung gefunden haben.« Er nahm das Handy vom Ohr und bekreuzigte sich damit. Dann hörte er wieder zu, sagte »Wir sehen uns dort« und stopfte beide Handys in seine Jacke.

Er begrüßte Brunetti und Vianello mit den Worten: »Ich lebe in einem Zirkus. Ich arbeite in einem Zirkus. Inmitten von gefräßigen Tieren. Wie kann ich Ihnen helfen?«

»Wir suchen den Inspizienten«, sagte Brunetti, der es nicht für nötig hielt, sich vorzustellen.

»Tun wir das nicht alle, *tesoro*?«, fragte der junge Mann und ging davon.

»Ich habe einmal zu meiner Mutter gesagt, es müsse wunderbar sein, als Filmschauspieler zu arbeiten«, bemerkte Vianello, ohne eine Miene zu verziehen.

»Und?«

»Sie hat geantwortet, wenn ich so etwas noch einmal sage, werde sie sich bei lebendigem Leib verbrennen.«

»Eine kluge Frau«, stellte Brunetti fest. Er sah auf die Uhr. Viertel vor acht.

»Am besten postieren wir uns zu beiden Seiten der Bühne«, meinte er. »Flavia hat gesagt, auf dem Weg von und zu ihrer Garderobe werde sie sich von zwei Sicherheitsleuten begleiten lassen.«

Eine Frau in Jeans und mit Kopfhörer auf den Ohren kam ihnen entgegen. Brunetti fragte: »Wo geht es zur Bühne?«

»Folgen Sie mir«, antwortete die Frau, und auch sie erkundigte sich nicht, wer sie waren und was sie hier wollten. Hatte man erst einmal den Styx überquert, zweifelte offenbar niemand mehr am Aufenthaltsrecht in der Hölle. Die Frau ging ihnen voran den Korridor hinunter, durch eine Tür, eine Treppe hinauf, durch einen weiteren Korridor mit Türen links und rechts und schließlich eine kleine Treppe hinab. »*Avanti*«, sagte sie, öffnete eine Tür am Fuß der Treppe und verschwand.

Es war düster, aber von oben hörten sie Geräusche. Brunetti ging voraus. Er hätte die Taschenlampe an seinem Handy benutzen können, blieb aber lieber kurz stehen und wartete, bis seine Augen sich an das Halbdunkel gewöhnt hatten. Dann öffnete er die Brandschutztür und trat in einen Streifen Licht. Gedämpfte Stimmen erfüllten den Raum.

Er brauchte einen Moment, um sich zu orientieren: Sie befanden sich zuhinterst auf der rechten Seitenbühne, so weit vom Orchestergraben entfernt wie nur möglich. Ein Blick auf die Kulissen zeigte Brunetti das Innere der Kirche Sant'Andrea della Valle und ein Gerüst, das zu einer Plattform vor einem unvollendeten Frauenporträt führte. Unterhalb der Plattform standen zwei Kirchenbänke und ein Altar, an der Wand dahinter hing ein riesiges Kruzifix. Der schwere Bühnenvorhang, der diese Szenerie vom Bühnenraum trennte, war geschlossen.

Brunetti versuchte sich zu erinnern, ob Tosca die Bühne von links oder von rechts betrat, kam aber nicht drauf. Bis zu ihrem Auftritt würde es jedenfalls noch ein Weilchen dauern, Zeit genug, eine möglichst günstige Stellung zu beziehen. »Du bleibst auf dieser Seite, ich übernehme die andere.«

Vianello sah sich um, als solle er das Bühnenbild auswendig lernen und einen Bericht darüber schreiben.

»Werde ich dich dort drüben sehen können?«, fragte er.

Brunetti schätzte die Entfernung ab und vergegenwärtigte sich den Hergang der Oper. Da die Kulissen für den ersten Akt bereits aufgebaut waren, konnten sie in aller Ruhe Plätze aussuchen, von denen aus sie nicht nur die Bühne, sondern auch einander im Blick hatten. Der zweite Akt spielte in Scarpias Amtsstube, der dritte auf dem Dach der Engelsburg: eine Treppe, die Mauer, an der Cavaradossi erschossen wurde, und die niedrige Brüstung, über die Tosca in den Tod sprang. Brunetti rätselte, wo er sich da postieren sollte; am besten wohl neben dem Inspizienten, falls sie den jemals fanden: Der müsste doch die ganze Vorstellung über alles im Auge behalten.

»Wir können uns per SMS verständigen«, meinte er, fragte sich jedoch, ob das so tief im Bauch des Theaters gelang. »Du bleibst hier, und ich versuche unter das Gerüst zu kommen.«

»Wir suchen also nach einer Frau?«, fragte Vianello.

»Freddy hat eine Frauenhand gesehen, andere Fakten deuten ebenfalls auf eine Frau«, antwortete Brunetti und fasste das Übrige zusammen: »Unser Verdacht richtet sich auf eine Französin, vierunddreißig, großgewachsen und mit hinkendem Gang. Mehr wissen wir nicht.«

»Wissen wir, was sie vorhat?«

»Das wissen nur sie und Gott allein«, sagte Brunetti. Er tätschelte Vianello den Arm und wandte sich zum Gehen. Kaum hatte er einen Schritt getan, wurde er von zwei Bühnenarbeitern angezischt, und eine Frau, auch sie mit übergestülptem Kopfhörer, sprang zu ihm hin und zog ihn wieder in Vianellos Nähe.

»Polizei. Ich muss da hinüber«, sagte Brunetti ohne weitere Erklärung und entwand sich ihrem Griff.

Ohne weitere Fragen und Umstände packte sie ihn am Ärmel. Behende schlüpfte sie hinter die Sperrholzwand, die den Altar und die Apsis der Kirche darstellte, und überquerte so die Bühne mit ihm. Am anderen Ende deponierte sie ihn einen Meter hinter dem Gerüst unterhalb des angefangenen Porträts, bedeutete ihm, er solle sich nicht von der Stelle rühren, und eilte in ihren Tennisschuhen davon.

Brunetti stellte sich so unter das Gerüst, dass ihn die Treppe verdeckte und man ihn weder vom Zuschauerraum noch von der Bühne aus sehen konnte. Durch eine Lücke zwischen den Sperrholzbrettern spähte er zu Vianello hinüber. Sein Freund bemerkte ihn und gab ihm ein Handzeichen.

Das Gemurmel der Zuschauer hinter dem Vorhang klang wie leises Plätschern von Wellen am Strand. Ein Mann mit Headset hastete über die Bühne, stellte einen Picknickkorb an die Treppe, die zu dem Porträt hinaufführte, lief zurück und verschwand flink durch das Gitter vor der *cappella* der Attavanti-Familie.

Die Zuschauer verstummten nach und nach, zaghafter Applaus erhob sich, dann war es längere Zeit ganz still. Und plötzlich erklangen sie, jene unheilverheißenden Akkorde, mit denen die Oper beginnt. Der Vorhang rauschte auf, unmittelbar gefolgt von der lebhaften Musik, die den aus Scarpias Kerker entflohenen Gefangenen ankündigte, und schon waren sie mittendrin.

Brunetti nahm eine bequeme Haltung ein, breitbeinig,

immerhin würde er den ganzen Akt lang dort stehen bleiben müssen. Vorsichtig lehnte er sich an einen Querbalken des Gerüsts. Er sah zu Vianello, dann zu den Sängern auf der Bühne. Zeit verging, die vertraute Musik lullte ihn ein, auch wenn sie nur gedämpft zu ihm drang.

Flavia hatte recht mit ihrer Kritik an dem Dirigenten: Alles dümpelte vor sich hin, sogar die erste Arie des Tenors. Brunetti suchte immer wieder die Bühne und den für ihn sichtbaren Bereich dahinter nach irgendwelchen verdächtigen Anzeichen ab. Einmal tauchte die Frau mit dem Kopfhörer neben Vianello auf, aber die beiden nahmen keine Notiz voneinander.

Brunetti war so damit beschäftigt, alles im Auge zu behalten, dass er Flavias Auftrittsmelodie verpasste und erst wieder genauer hinhörte, als sie laut nach »Mario, Mario, Mario« rief.

Die Zuschauer begrüßten sie mit einem Beifallssturm; dabei hatte sie noch gar nichts Nennenswertes getan und würde auch, wie Brunetti wusste, im ersten Akt noch nicht groß in Erscheinung treten. Sie stand höchstens sechs oder sieben Meter von ihm entfernt; aus so naher Distanz sah er nicht nur ihr theatralisches Make-up, sondern auch einige abgeschabte Stellen an ihrem samtenen Kostüm. Die Nähe steigerte jedoch auch das Kraftfeld, das von ihr ausging, während sie, halb sprechend, halb singend, ihren Geliebten mit eifersüchtigen Vorwürfen überhäufte. Der Tenor, bei seiner ersten Arie noch steif und gekünstelt, erwachte in ihrer Gegenwart zum Leben und sang seine kurzen Passagen mit einer Intensität, die Brunetti mit sich riss und gewiss auch das Publikum erfasste. Brunetti hatte schon manche Leute verhört, die aus Liebe sogar jemanden umgebracht hatten. Er kannte dieses Bangen und diese Entrücktheit.

Das Geschehen nahm seinen Lauf. Flavia trat ab, und sogleich verflachte die Spannung der Aufführung. Brunetti wäre am liebsten zu ihr in die Garderobe gegangen, entschied sich aber dagegen, weil er sie nicht mitten in einer Vorstellung stören wollte, aber auch, weil er fürchtete, gesehen oder gehört zu werden, wenn er sich aus seinem Versteck entfernte.

Ihm fiel auf, wie sehr der Tenor sein Mienenspiel übertrieb, damit es über die Rampe kam. Scarpia war so abgrundtief böse, dass er nicht überzeugte, aber sobald Flavia zurückkam und er seine Begierde auf sie richten konnte, nahm die Dramatik wieder zu; sogar die Musik klang angespannt.

Am ganzen Leib vor Eifersucht zitternd, suchte sie die Bühne nach ihrem Geliebten ab. Der doppelzüngige Scarpia wurde zur Spinne und spann sein Netz, bis sie sich darin verfing und – rasend vor Zorn, weil ihr Verdacht zur Gewissheit geworden war – vom Schauplatz floh. Nur die feierliche Prozession und das *Te Deum* verhinderten, dass nun, nachdem Flavias Ausstrahlung fehlte, alles den Bach hinunterging. Puccini, der raffinierte Entertainer, ließ den ersten Akt mit einer packenden Szene enden, in der Scarpia verzweifelt ausrief, er habe seine Seele verloren.

Der Vorhang fiel, und der Applaus brandete durch alle Ritzen. Brunetti sah die drei Hauptdarsteller Hand in Hand zur Bühnenmitte und durch die Öffnung im Vorhang schreiten, um den Applaus entgegenzunehmen.

Während der Beifall verebbte, überlegte Brunetti, ob er nicht doch zu Flavia in die Garderobe gehen sollte. Aber die Sicherheitsleute hatten den ersten Akt aus den Kulissen heraus verfolgt und Flavia von der Bühne eskortiert. Also wollte er ihr lieber nicht noch mehr Stress machen und sich stattdessen gemeinsam mit Vianello hinter der Bühne umsehen, ob da noch jemand herumschlich, der genau wie sie beide hier eigentlich nicht hingehörte.

Zwanzig Minuten später standen er und Vianello an der Brandschutztür und sahen dem Treiben zu: Bühnenarbeiter stellten den Leuchter auf Scarpias Tisch und zündeten die Kerzen an, richteten die Kissen auf dem Sofa, auf dem Tosca vergewaltigt werden sollte, und legten das Messer an seinen Platz rechts neben eine Obstschale. Ein Mann kam dazu, arrangierte umständlich das Obst, schob das Messer einen Zentimeter nach rechts, trat zurück, um sein Werk zu bewundern, und hastete wieder davon.

Scarpia schlenderte, lässig telefonierend, über die Bühne und nahm an seinem Schreibtisch Platz. Er stopfte das Handy in die Tasche seiner Brokatjacke und griff nach dem Federkiel. Applaus von der anderen Seite des Vorhangs verkündete das Erscheinen des Dirigenten. Sie bezogen wieder ihre Plätze, und die ersten Töne erklangen.

Brunetti fiel auf, wie harmlos die Musik war: Nichts wies auf die kommenden tragischen Ereignisse hin. Bald aber schwand die Leichtigkeit, und Scarpia steigerte sich in seine Vergewaltigungsphantasien, Worte, die Brunetti zutiefst beunruhigten, weil er ganz Ähnliches schon oft aus dem Mund von Tätern gehört hatte. »Das gewaltsame Erobern ist mehr nach meinem Geschmack als zuckersüßes

Einverständnis«, »Gott schuf das Weib und den Wein. Nach Kräften auskosten will ich sie, seine Schöpfung.«

Den Worten folgten Taten, und das grausame Geschehen nahm seinen Lauf. Cavaradossi wurde Folter angedroht, Tosca freundlich empfangen, aber hinters Licht geführt; ihr Geliebter wurde fortgeschleppt und schrie vor Schmerzen. Schrecken über Schrecken ereilte Tosca, bis die Schergen den blutüberströmten Cavaradossi herein- und ebenso schnell wieder hinaustrugen.

Die Musik wurde sanfter, ja tändelnd, ein seltsames Vorspiel zu dem wahren Horror sexueller Nötigung. Brunetti wandte seine Aufmerksamkeit gerade noch rechtzeitig wieder Tosca zu, als sie das Messer auf dem Tisch entdeckte, das zierliche kleine Obstmesser – eine winzige Klinge, aber lang genug für das, was ihr augenblicklich in den Sinn kam. Ihre Hand packte den Griff, und er sah förmlich ihren Bizeps schwellen, so entschlossen fasste sie zu. Hatte die Waffe sie wachsen lassen? Hoch aufgerichtet stand sie plötzlich da, alle Schwäche war von ihr abgefallen.

Scarpia legte die Feder nieder, stemmte sich vom Tisch hoch – ganz der Arbeiter, der seinen wohlverdienten Lohn einstreichen will –, schritt auf sie zu und hielt ihr den Schutzbrief hin wie einen Bonbon, als wolle er sie zu sich ins Auto locken: Komm schon, Kleine. Und als er sie in die Arme nahm, stieß sie ihm das Messer in den Bauch und riss es bis zum Brustbein hoch. Brunetti hatte schon vorige Woche bei dieser Szene aufgestöhnt, und jetzt, so nah dran und noch mehr überzeugt von der Realität des Geschehens, tat er es wieder.

Scarpia wandte sich vom Publikum ab, und Brunetti

sah, wie er sich aus einer Tube in seiner Hand Blut auf die Brust spritzte. Dann drehte er sich zu Tosca um und griff nach ihr. Und sie, das Gesicht von Zorn entstellt, rief, dies sei ihr Kuss für ihn gewesen, eine Frau habe ihn getötet. »Sieh mich an, ich bin Tosca!«, schrie sie dem Sterbenden ins Gesicht. Brunetti, entsetzt von ihrer Tat, wunderte sich dennoch, dass keine Frau im Publikum aufsprang und ihr zujubelte.

Sie riss Scarpia den Schutzbrief aus der schlaffen Hand, stellte eine Kerze neben ihn und warf ihm das Kruzifix auf die Brust, und während Scarpia in der Musik endgültig sein Leben aushauchte, lief sie aus dem Zimmer, um ihren Geliebten zu retten.

Der Vorhang fiel; Applaus setzte ein. Scarpia stand mühsam auf, klopfte sich ab und streckte Flavia, die in den Kulissen gewartet hatte, die Hände entgegen. Cavaradossi gesellte sich mit nicht ganz so blutverschmiertem Gesicht dazu, dann schritten die drei Hand in Hand durch die Öffnung im Vorhang und erhielten stürmischen Applaus.

»Mein Gott, ich hatte ja keine Ahnung«, hörte er plötzlich Vianello neben sich. »Das ist einfach wunderbar!«

Ein Bekehrter, dachte Brunetti, sagte aber: »Ja, allerdings, oft jedenfalls. Wenn sie gut sind, gibt es kaum etwas Besseres.«

»Und wenn nicht?«, fragte Vianello, aber es klang nicht so, als ob er sich das vorstellen konnte.

»Gibt es auch kaum etwas Besseres«, sagte Brunetti.

Der Beifall verebbte, und Flavia stand auf der anderen Bühnenseite zwischen ihren Bewachern. Brunetti winkte, aber sie bemerkte ihn nicht und verließ mit den zwei Männern die Bühne. Brunetti und Vianello wollten sich ein wenig die Füße vertreten und fragten einen Bühnenarbeiter nach dem Weg zur Bar. Sie folgten seinen Angaben, verliefen sich trotzdem ein paarmal, bis sie endlich hingefunden hatten, tranken ihren Kaffee und hörten den Kommentaren der anderen Gäste zu. Brunetti vernahm nichts Denkwürdiges, während Vianello die Ohren spitzte, als ließe sich aus dem Geplauder der Leute etwas lernen.

Kurz bevor der Vorhang aufging, nahmen sie wieder ihre Posten zu beiden Seiten der Bühne ein. Das Gerüst, hinter dem Brunetti sich versteckt hatte, war unterdessen zu der Treppe umgebaut worden, die auf das Dach der Engelsburg führte, eine Treppe, die nicht genügend Deckung bot. Er tappte in den finsteren Kulissen umher und fand schließlich ein Eckchen, von dem aus er den Schauplatz des dritten Aktes überblicken konnte.

Und schon geleiteten die zwei Wachmänner Flavia an die Treppe zur Brustwehr und warteten, bis sie oben war, bevor sie sich an den Bühnenrand verzogen.

Ein großes Sterben stand bevor, aber die Szene begann mit sanften Flöten und Bläsern, Kirchengeläute kündigte friedlich den nahenden Morgen an. Brunetti bemerkte, wie das Licht auf der Bühne allmählich heller wurde, konzentrierte sich dann aber auf die Leute ihm gegenüber, die mit nach hinten geneigten Köpfen das Geschehen auf der Brustwehr verfolgten.

Brunetti hatte, seitlich in den Kulissen postiert, fast den gesamten Schauplatz des dritten Akts im Blick, über allem die Riesengestalt des Engels mit dem Schwert, nach dem die Burg benannt war. Im Gegensatz zu den Zuschauern im

Saal konnte er auch durch die Stützbalken der Brustwehr hindurch die etwa einen Meter darunter befindliche Hebebühne mit dem Schaumstoffpolster erkennen, die Toscas Sturz abfedern sollte. Von der Hebebühne führte eine Leiter auf die Bühne hinunter, wo die wiederauferstandene Tosca ihren Beifall entgegennehmen würde.

Das Schicksal nahm seinen Lauf. Der Tenor sang seine Arie, Tosca stürmte herbei, Brunetti jedoch hatte nur Augen für den Bereich hinter der Bühne, immer auf der Suche nach etwas Auffälligem. Über ihm fielen Schüsse: Mario lag im Sterben, was aber Tosca noch nicht wusste. In aller Ruhe wartete sie, bis die Bösen sich verzogen hatten, dann erst bat sie Mario aufzustehen, aber Mario war tot. Die Musik brauste auf, Tosca geriet außer sich und schrie. Die Musik tobte ebenfalls, Tosca lief an die Brüstung, sie wandte sich um, eine Hand nach vorn gestreckt, die andere nach hinten. *»O Scarpia, avanti a Dio«*, sang sie. Und sprang in den Tod.

Der Applaus übertönte Brunettis Schritte, und der fallende Vorhang verbarg seinen Anblick vor den Zuschauern, als er um die Kulisse herum auf die Leiter zuging. Über ihm prallte etwas dumpf auf, dann ragte ein Fuß und ein Bein über den Rand der Plattform. Flavia stieß den Saum ihres Kleids beiseite und machte sich an den Abstieg.

Brunetti trat zur Seite und rief laut genug, dass es in dem anhaltenden Beifallssturm zu hören war: »Flavia, ich bin's, Guido.«

Sie wandte sich um, sah nach unten, erstarrte, klammerte sich an die Leiter und ließ die Stirn gegen eine Sprosse sinken.

»Was ist?«, fragte er. »Stimmt was nicht?«

Sie richtete sich wieder auf und kam ganz langsam nach unten. Auf dem Bühnenboden angelangt, behielt sie eine Hand an der Leiter und schloss die Augen. Nach einer Weile sah sie ihn an und erklärte: »Ich habe Höhenangst.« Endlich ließ sie die Leiter los. »Dieser eine Sprung ist schlimmer, als die ganze Oper zu singen. Ich fürchte mich jedes Mal davor.«

Bevor er etwas sagen konnte, tauchte zwischen ihr und der Hebebühne ein junger Mann mit einem Werkzeugkoffer auf. Er war mindestens eine Generation jünger als sie, sagte aber mit bewunderndem Lächeln: »Ich weiß, Sie hassen dieses Ding, Signora. Dann wollen wir es mal abbauen und aus dem Weg schaffen, ja?« Er schwenkte seinen Schraubenschlüssel und machte sich an die Arbeit.

Sie setzte ihr strahlendstes Lächeln auf. »Das ist sehr freundlich von Ihnen«, dankte sie dem jungen Mann und trat gleichzeitig einen Schritt zurück, Richtung Vorhang.

Brunetti hatte ihren Wortwechsel und den handfesten Charme des Bühnenarbeiters fasziniert beobachtet. »Jetzt bist du ja unten und in Sicherheit«, sagte er. Ihr Lächeln verflog und ließ nur ihre erschöpfte Miene zurück. »Es war wunderbar«, fügte er hinzu und zeigte auf den Vorhang, hinter dem der Beifall nicht enden wollte. »Sie wollen dich sehen«, sagte er.

»Dann gehe ich wohl besser«, meinte sie und legte ihm eine Hand auf die Schulter. »Danke, Guido.«

27

Brunetti und Vianello standen links in den Kulissen, während die Sänger einzeln vor den Vorhang traten. Bariton, Tenor, Sopran: je höher die Stimmlage, desto lauter der Applaus. Flavia trug den Sieg davon, was Brunetti nur recht und billig fand. Er beobachtete sie durch die Öffnung im Vorhang, während sie sich alleine verbeugte. Keine Rosen, stellte er erleichtert fest.

Das Klatschen wollte kein Ende nehmen, überlagerte das Gehämmer und die schweren Schritte hinter der Bühne. Das Hämmern endete lange vor dem Applaus, und als dieser nachzulassen begann, erschien der Inspizient – der junge Mann von vorhin mit den *telefonini* – und machte Sängern und Dirigenten ein Zeichen, nicht mehr vor den Vorhang zu treten. Er gratulierte ihnen zu der gelungenen Vorstellung: »Ihr wart entzückend, Kinder. Ich danke euch allen. Wir sehen uns hoffentlich bei der letzten Vorstellung.« Er klatschte in die Hände und rief: »Und jetzt ab mit euch zum Abendessen!«

Jetzt erst bemerkte er Brunetti und Vianello: »Entschuldigen Sie meine Unhöflichkeit vorhin, *signori*, aber ich hatte alle Hände voll zu tun, eine Katastrophe abzuwenden.«

»Und, haben Sie sie verhindert?«, fragte Brunetti. Der Applaus hatte sich mittlerweile ganz gelegt.

Der junge Mann schnitt eine Grimasse. »Ich wiegte mich in dem Glauben, bis vor fünf Minuten eine sms alle Hoffnungen zunichtemachte.«

»Das tut mir leid«, sagte Brunetti, der dieses Original unwillkürlich ins Herz geschlossen hatte.

»Danke, sehr liebenswürdig«, versetzte der Mann, »aber wie gesagt, ich arbeite in einem Zirkus, inmitten von gefräßigen Tieren.« Er verabschiedete sich mit einer knappen Verbeugung und begann auf den Tenor einzureden.

Außer dem Inspizienten und dem Tenor waren nur noch Brunetti und Vianello auf der Bühne zurückgeblieben; keine Spur von dem hektischen Treiben nach dem Ende einer Aufführung. Offenbar hatte die Belegschaft ihren Streik angetreten.

Nun kam Flavia zurück und sprach mit dem Inspizienten. Der junge Mann zeigte in den Bühnenhintergrund, breitete die Arme aus und zuckte dann demonstrativ mit den Schultern. Sie tätschelte ihm lächelnd die Wange, und er eilte offenbar besänftigt davon.

Als sie Brunetti bemerkte, kam sie zu ihm herüber, und der Commissario nutzte die Gelegenheit, ihr Vianello vorzustellen. Der Ispettore reagierte seltsam verlegen, brachte nur ein paarmal »Danke« hervor.

»Wir bringen dich nach Hause«, sagte Brunetti.

»Ich denke nicht, dass das ...«, fing sie an, aber Brunetti unterbrach sie.

»Wir bringen dich nach Hause, Flavia, bis vor deine Wohnungstür.«

»Und dann gebt ihr mir heiße Schokolade und Kekse?«, fragte sie, aber nicht abwehrend, sondern mit einem Lächeln.

»Nein, aber wir könnten unterwegs etwas essen, falls wir an einem offenen Restaurant vorbeikommen.«

»Habt ihr noch nicht gegessen?«, fragte sie.

»Echte Männer haben immer Hunger«, sagte Vianello mit der tiefen Stimme eines echten Mannes, und diesmal lachte sie wie befreit.

»Na schön. Aber ich muss noch meine Kinder anrufen. Das tue ich nach jeder Vorstellung. Wenn nicht, sind sie beleidigt.«

Sie griff lässig nach Brunettis Handgelenk, aber nur, um auf seine Uhr zu sehen. Plötzlich wirkte sie sehr müde. »Ich würde lieber die Lauretta singen«, sagte sie. Angesichts von Brunettis verständnisloser Miene erklärte sie: »In *Gianni Schicchi*.«

»Weil die nicht springen muss?«, fragte Brunetti.

Sie lächelte, erfreut, dass er ihre Angst nicht vergessen hatte. »Das auch, natürlich, vor allem aber, weil sie nur eine einzige Arie hat.«

»Ah, Künstler«, sagte Brunetti.

Wieder lachte sie, die Erleichterung über das Ende der Vorstellung war ihr anzumerken. »Ich brauche noch eine Weile. Es dauert ewig, bis ich mich da herausgeschält habe«, sagte sie und strich mit beiden Händen über ihr Kostüm.

Brunetti sah sich vergeblich nach ihren Bewachern um. »Wo sind deine Gorillas?«

»Na ja«, sagte sie, »ich habe ihnen erzählt, nach den Vorhängen würde die Polizei auf mich aufpassen und mich zur Garderobe begleiten.«

Wie Ariadne kannte sie den Weg und ging ihnen mit sicheren Schritten voran; nach wenigen Minuten waren sie vor ihrer Garderobe angelangt. Eine Frau, die vor der Tür gesessen hatte, stand auf und sagte zu Flavia: »Ich streike nicht, Signora.« Mit kaum verhohlenem Zorn fügte sie hinzu: »Nur die Bühnenarbeiter, diese Faulpelze.«

Brunetti unterdrückte eine Bemerkung zur Solidarität der Arbeiterschaft und fragte stattdessen: »Wann hat das angefangen?«

»Oh, vor ungefähr zwanzig Minuten. Gedroht haben sie schon seit Wochen damit, aber heute Abend hat ihre Gewerkschaft grünes Licht gegeben.«

»Und Sie wollen nicht mitmachen?«

»Mitten in der Finanzkrise rufen diese Idioten zum Streik auf«, schimpfte sie. »Natürlich machen wir da nicht mit. Die sind doch verrückt.«

»Und was passiert jetzt?«, fragte Brunetti.

»Alles bleibt, wie es ist. Und morgen Nachmittag bei dem Brahms-Konzert kann sich das Publikum dann das Dach der Engelsburg ansehen.«

Darum war es also bei dem Telefonat gegangen, erkannte Brunetti. Das war die Katastrophe, die der Inspizient befürchtet hatte: Dass die letzte Vorstellung womöglich ausfallen musste.

Vielleicht bereute die Frau ihren barschen Tonfall, denn jetzt erklärte sie: »Ich weiß ja, sie haben seit sechs Jahren keinen neuen Vertrag mehr bekommen, aber das haben wir auch nicht. Wir brauchen die Arbeit, wir haben Familie.«

Brunetti hatte sich schon vor Jahren geschworen, sich niemals mit Fremden auf Diskussionen über Politik oder die Zustände einzulassen – er hielt dies für den sichersten Weg, bewaffnete Konflikte zu vermeiden. »Dann wird also die letzte Vorstellung nicht …«, fing er an, wurde aber von Flavia unterbrochen: »Ich werde mich jetzt umziehen und meine Anrufe erledigen. Ihr könnt mich in zwanzig Minuten abholen.« Brunetti und Vianello zogen los, um sich ein wenig auf dieser Etage des Theaters umzusehen.

Als sie verschwunden waren, zupfte Flavia an ihrem Rock und sagte: »Ich hänge das Kostüm auf einen Bügel. Du kannst nach Hause gehen, Marina. Du hast doch einen Schlüssel, dass du morgen hereinkommen kannst?«

»Ja, Signora.« Und dann nachdrücklich: »*Ich* werde arbeiten.«

Flavia ging in die Garderobe, machte das Licht über dem Schminktisch an und schloss die Tür von innen ab.

»Guten Abend, Signora«, sagte hinter ihr eine leise Frauenstimme. Flavia zuckte zusammen. Hätte sie nur Brunettis Warnungen ernst genommen, ihre Kinder hätte sie doch später anrufen können!

»Ihre Vorstellung heute Abend war phantastisch.«

Flavia zwang sich, ruhig zu bleiben, setzte ein Lächeln auf und drehte sich um: Neben dem Schminktisch stand eine Frau. In einer Hand hielt sie einen Strauß gelber Rosen, in der anderen ein Messer. War es das Messer, mit dem sie Freddy niedergestochen hatte?, dachte Flavia unwillkürlich, sah dann aber, dass die Klinge länger war als das, was man ihr als Tatwaffe beschrieben hatte.

Die Frau verschwamm vor Flavias Augen, sie konnte sie nicht als Ganzes erfassen, nur einzelne Teile. Sosehr sie sich auch konzentrierte, sah sie nur Augen, eine Nase, einen Mund, konnte das alles aber nicht zu einem Gesicht zusammenfügen. Genauso erging es ihr mit der Gestalt der Fremden. War sie groß? Was hatte sie an?

Ohne den Schemen aus den Augen zu lassen, setzte Flavia eine entspannte Miene auf. Hunde wittern Angst, hatte sie gelernt; wenn sie Schwäche spüren, greifen sie an.

Sie dachte an einen alten Spruch ihrer Großmutter: »*Da brigante uno; a brigante, uno e mezzo.*« Sei dem Bösewicht immer einen Schritt voraus. Zuvor aber galt es, den Bösewicht zu beschwichtigen, das Monster in Sicherheit zu wiegen.

Das Messer blinkte bedrohlich, doch Flavia ignorierte es, so gut sie konnte, wies auf die Blumen und sagte: »Die Rosen stammen also von Ihnen. Freut mich, dass ich Ihnen endlich dafür danken kann. Ich kann mir gar nicht vorstellen, wo Sie die in dieser Jahreszeit aufgetrieben haben. Und dann gleich so viele.« Sie plapperte wie eine dumme Gans, vollkommen durchsichtig, aber ihr fiel einfach nichts Besseres ein. Die Frau musste ihre Angst wittern; und bald auch spüren.

Aber die andere reagierte, als fände sie Flavias Bemerkungen völlig normal, was sie in gewisser Hinsicht ja auch waren. »Ich wusste nicht, welche Farbe Sie mögen, aber dann fiel mir ein, dass Sie vor ein paar Jahren in Paris einmal ein gelbes Kleid beim Ausgehen getragen haben, und da dachte ich, Gelb könnte Ihnen gefallen.«

»Ach, das alte Ding«, wiegelte Flavia ab, wie man ein Kompliment abwehrt. »Das habe ich im Schlussverkauf entdeckt, ein Spontankauf – Sie wissen ja, wie das ist –, und, na ja, ich war mir nie sicher, ob es mir überhaupt steht.«

»Ich fand, es stand Ihnen wunderbar«, sagte die Frau gekränkt, als sei das Kleid ein Geschenk von ihr, und Flavia habe es zurückgewiesen.

»Vielen Dank«, sagte Flavia, trat so ungezwungen wie

möglich an den Schminktisch heran, setzte sich vor den Spiegel und wies auf das Sofa: »Möchten Sie nicht Platz nehmen?«

»Nein, ich stehe lieber.«

»Stört es Sie, wenn ich mich abschminke?«, fragte Flavia und griff nach den Einwegtüchern.

»Mir gefallen Sie so besser.« Die Antwort kam mit einer solchen Eiseskälte, dass Flavias Hand über der Schachtel erstarrte; weder konnte sie ein Tuch nehmen noch die Hand sinken lassen. Sie musste ihre ganze Willenskraft aufbieten, bis es ihr endlich gelang, sie in den Schoß zu legen, wo sie sich um die andere schlang.

»Sie haben gelogen«, sagte die Frau ruhig.

»Ach, wann denn?«, fragte Flavia. Es sollte neugierig klingen, nicht abwehrend.

»Als Sie das über die Blumen gesagt haben.«

»Aber die sind *wirklich* schön.«

»Aber dieser Mann, mit dem Sie mal eine Affäre hatten, der hat die Blumen auf die Straße geworfen, kurz nachdem ich sie vor Ihre Tür gelegt hatte«, ereiferte sich die Frau. Und dann wieder eisig: »Ich habe ihn gesehen.«

»Freddy?«, sagte Flavia und lachte leichthin. »Dieser Pantoffelheld! Als er den Strauß sah, geriet er in Panik. Er sagte, seine Frau könnte denken, er habe ihn mir hingelegt, er müsse ihn sofort aus dem Haus schaffen.«

»Und trotzdem quartiert er Sie bei sich zu Hause ein«, gab sie in einem zweideutigen Ton zurück.

»Darauf hat seine Frau bestanden«, meinte Flavia beiläufig. »Auf die Weise könne sie uns besser im Auge behalten, hat sie gesagt.« Sie wollte noch eine verächtliche Bemerkung über eifersüchtige Frauen hinzufügen, aber ein Blick ins Gesicht ihrer Besucherin brachte sie zum Schweigen. »Außerdem weiß sie ganz genau, dass zwischen uns nichts mehr läuft.« Und dann, als werde ihr das jetzt erst klar: »Schon seit zwanzig Jahren nicht mehr.«

Die Frau, die sie nun vor sich im Spiegel sah, antwortete nicht, und Flavia war versucht, selbst das Versteckspiel aufzugeben, doch da blitzte das Messer im Spiegel, und sie ließ sich zu der Frage hinreißen: »Warum sind Sie hier?« Sie hatte einmal die Manon zusammen mit einem Tenor singen müssen, der sie während einer Probe angespuckt hatte. Jetzt legte sie dieselbe Wärme in ihre Stimme wie damals in die Duette mit ihm. Und dieselbe Verstellung.

»Ich habe Sie schon oft gesehen«, sagte die Frau.

Flavia hätte gern gestichelt, das sei wenig überraschend, wenn sie wisse, dass sie in Paris ein gelbes Kleid getragen hatte, meinte aber nur: »Und vermutlich haben Sie mich auch singen hören.«

»Und ich habe Ihnen geschrieben«, zischte die andere erbittert.

»Hoffentlich habe ich geantwortet«, sagte Flavia und lächelte in den Spiegel.

»Allerdings. Sie haben nein gesagt.«

»Wozu?«, fragte Flavia mit einer Neugier, die sie nicht zu heucheln brauchte.

»Gesangsstunden. Ich habe Ihnen vor drei Jahren geschrieben, weil ich Gesangsstunden wollte, aber Sie haben abgelehnt.« Flavia beobachtete, wie die Frau den Strauß auf den Boden legte. Aber nur den Strauß.

»Tut mir leid, daran kann ich mich nicht erinnern.«

»Sie haben abgelehnt«, wiederholte die Frau.

»Tut mir leid, wenn ich Sie gekränkt habe«, sagte Flavia. »Aber ich gebe grundsätzlich keinen Gesangsunterricht.« Und sie schob erklärend nach: »Dazu habe ich kein Talent.«

»Aber Sie haben mit dieser Schülerin gesprochen«, sagte die Frau mit überschnappender Stimme.

»Sie meinen die Kleine?«, warf Flavia abfällig ein. »Ihr Vater ist der beste *ripetitore* hier, ich brauche ihn zum Arbeiten. Was hätte ich anderes tun sollen?«, fragte sie verständnisheischend.

»Hätten Sie *ihr* Unterricht gegeben, wenn *sie* darum gebeten hätte?«, fragte die Frau.

Wie im ersten Akt von *La Traviata*, wo Alfredo ihr seine Liebe gesteht, ließ Flavia ein verächtlich perlendes Lachen hören. »Dass ich nicht lache! Wenn ich eine Gesangsstunde geben würde, dann doch nicht so einem jungen Ding: Die hält Solfeggio für eine Schuhmarke!«

Zum ersten Mal, seit dieser Alptraum begonnen hatte, sank die Hand mit dem Messer ein wenig tiefer. Die Frau beugte sich vor, und Flavia bekam ihr Gesicht zu sehen. Sie mochte Mitte dreißig sein, hatte aber einen verbitterten Zug um die Augen, der sie älter aussehen ließ. Ihre Nase war klein und gerade, ihre Augen unverhältnismäßig groß, als habe sie durch eine schwere Erkrankung stark abgenommen.

Die Frau presste die Lippen zusammen, aus Verbitterung oder aus Schmerz, doch das lief letztlich auf dasselbe hinaus. Sie trug einen schlichten schwarzen Wollmantel, offen, darunter war ein dunkelgraues, knielanges Kleid zu sehen.

»Könnten Sie nicht einmal eine Ausnahme machen?«, fragte sie.

Flavia sah im Schlüsselloch der Zelle, in der diese Frau sie gefangen hielt, ein winziges Licht aufblitzen. Eine Gesangsstunde?

Es klopfte an die Tür. »Flavia, bis du da drin?«, hörte sie Brunetti fragen.

»*Ciao*, Guido«, rief sie, um einen unbeschwerten Ton bemüht. »Ja, ich bin hier, aber noch nicht fertig. Meine Tochter spricht gerade über Skype mit ihrem Freund und hat gesagt, ich soll in fünf Minuten zurückrufen. Und mit meinem Sohn habe ich auch noch nicht gesprochen.« Das zumindest war die Wahrheit. »Ich möchte lieber doch nichts mehr essen, also geh mit deiner Frau nach Hause, wir sehen uns dann morgen!« Sie verstummte, senkte den Blick und sah, dass die Fingernägel ihrer Rechten zwei Streifen aus dem Samt ihres Kostüms gerissen hatten.

Wieder Brunettis Stimme, locker und lässig: »Verstehe, du musst ja hundemüde sein. Wir gehen noch zu Antico Martini. Wenn du Lust hast, komm auf dem Heimweg einfach vorbei. Ansonsten sehen wir uns morgen Vormittag, gegen elf. *Ciao*, und danke für die Vorstellung.«

Als hätte dieser Wortwechsel nicht stattgefunden, wiederholte die Frau ihre Frage: »Könnten Sie nicht eine Ausnahme machen?«

Flavia zwang sich zu einem Lächeln. »Nicht, solange ich dieses Kostüm anhabe. Die Leute haben keine Ahnung, wie anstrengend es ist, mit diesem Zeug am Leib zu singen«, erklärte sie und strich erschöpft über das Oberteil und die schweren Falten ihres Kleids.

»Wenn Sie sich umziehen könnten, würden Sie dann eine Gesangsstunde geben?«, ließ die Frau nicht locker.

Flavia ließ ihr Lächeln noch heller erstrahlen und erwiderte: »Wenn ich mich umziehen dürfte, würde ich mich sogar aufs Stepptanzen verlegen.« Sie verkniff es sich, laut loszulachen, und überließ es der Frau zu verstehen, dass es ein Scherz war. Aber die schien das nicht komisch zu finden. Wie sie denn überhaupt, fiel Flavia jetzt auf, während ihres ganzen Gesprächs alles todernst und wortwörtlich genommen hatte. Mit dieser Frau war nicht zu spaßen.

»Nun, wenn ich es mir bequem machen dürfte, wäre das denkbar«, sagte sie.

»Dann ziehen Sie sich um.« Die Frau fuchtelte mit der Hand herum, die das Messer hielt. Beim Anblick der Spitze, die auf ihr Gesicht, ihre Brust oder ihren Bauch zielte – kam es darauf noch an? –, erstarrte Flavia. Sie konnte sich nicht bewegen; sie konnte nicht sprechen, sie konnte kaum atmen. Sie sah in den Spiegel, ohne sich selbst oder die Frau hinter sich wirklich wahrzunehmen, und dachte nicht zum ersten Mal an die Dinge, die sie in ihrem Leben vernachlässigt hatte, an die Menschen, die sie verletzt hatte, all die Nebensächlichkeiten, die ihr wichtig gewesen waren.

»Ich sagte, Sie können sich umziehen«, herrschte die Frau Flavia an, als wollte sie, dass man ihr Folge leistete.

Flavia kam mühsam auf die Beine und wandte sich zur Badezimmertür. »Meine Sachen sind da drin«, sagte sie.

Die Frau machte einen unsicheren Schritt auf sie zu. »Die können Sie hier hereinbringen«, sagte sie mit einer

Stimme, der man weder widersprechen noch etwas abhandeln konnte.

Flavia ging in den winzigen Raum und raffte Hose, Pullover und Schuhe zusammen. Gesenkten Kopfs spähte sie in den Spiegel, ob sie sich womöglich umdrehen und blitzschnell die Tür zuschlagen könnte, doch die Frau stand dicht hinter ihr und ließ sie nicht aus den Augen. So brechen sie deinen Willen, dachte Flavia. Sie hindern dich, die kleinen Dinge zu tun, und dann hast du keine Chance, dich an die großen zu wagen.

Die Frau wich, wobei sie das rechte Bein nachzog, ein wenig zurück, blockierte aber weiterhin die Tür. Flavia schob sich an ihr vorbei und warf ihre Sachen über die Stuhllehne. Sie griff sich in den Nacken und tastete mit nervösen Fingern nach dem Reißverschluss, bekam ihn zu fassen, verlor ihn, erwischte ihn wieder und zog ihn halb hinunter, langte mit beiden Armen nach hinten und bekam ihn schließlich ganz auf. Sie ließ das Kleid zu Boden fallen und entledigte sich der engen Samtschuhe.

Sie vermied es, sich in Unterwäsche zum Spiegel umzudrehen, und griff nach der alten blauen Hose, die sie oft im Theater anhatte, was freilich, wie sie sich einbildete, nicht auf Aberglauben beruhte. Während sie den Reißverschluss an der Seite zuzog, hielt sie den Kopf gesenkt, konnte aber durch die Locken ihrer Perücke einen Blick auf die Frau erhaschen. Deren Miene erinnerte Flavia an einige der Nonnen, die sie im *liceo* unterrichtet hatten: plakatives Desinteresse, hinter dem sich ein dürstendes Verlangen verbarg, das auf junge Mädchen ebenso beunruhigend wie verwirrend wirkte.

Ohne zuvor das alberne Diadem abzulegen, zerrte sie die Perücke herunter und warf sie auf den Tisch, dann streifte sie mit einem kurzen Blick in den Spiegel die Gummikappe ab. Sie zog den Pullover über ihr schweißnasses Haar, und kaum verdeckte er ihre Brust, überkam sie ein Gefühl von Geborgenheit. Sie schlüpfte in ihre eigenen, festen Schuhe mit den Gummisohlen und band sie zu.

Noch während sie sich an den Schnürsenkeln zu schaffen machte, probierte sie ein Lächeln und dachte dabei voller Schrecken, ihr Gesicht – oder ihr Herz – gehe jeden Moment in Stücke. Als ihr Mund sich richtig anfühlte, richtete sie sich auf und fragte: »Sind Sie es, die eine Gesangsstunde haben möchte?«

»Ja, gerne«, sagte die Frau höflich. Sie schien sich zu freuen wie ein Kind, als könnte sie jeden Moment in Jubelgeschrei ausbrechen.

Flavia versuchte sich zu erinnern, was ihr eigener Lehrer sie vor ihrer ersten privaten Gesangsstunde gefragt hatte. Ihr Gedächtnis ließ sie nicht im Stich: »Woran arbeiten Sie zurzeit?«

Die Frau senkte den Blick auf ihre Schuhe, bewegte ihre Hände aufeinander zu, bekam sie aber wegen des Messers nicht zu fassen und murmelte etwas, das Flavia nicht verstand.

»Verzeihung?«

»*Tosca*«, sagte die Frau, und Flavia atmete zweimal tief durch. Ich werde sie fragen. Ich werde sie fragen. Ich werde mit ganz normaler Stimme fragen: »Welcher Akt?«

»Der dritte. Die Schlussszene.«

»Ja, die ist in der Tat schwierig, weil da ihre Gefühle vollkommen durcheinander sind. Was meinen Sie, was sind das für Gefühle?«, fragte Flavia so sachlich, wie es nur eben ging.

»Darüber habe ich nie nachgedacht«, sagte die Frau und sah sie verständnislos an. »Ich denke nur an die Musik, und wie ich das singen soll.«

»Aber das hängt doch von ihren Gefühlen ab; nur darauf kommt es an.« Der letzte Akt von *Tosca* – und sie hatte nie über die Gefühle nachgedacht? Dann würde sie Flavia auch ohne nachzudenken mit diesem Messer durchbohren. Flavia machte ein ernstes Gesicht. »Sie kommt auf das Dach und findet Mario. Sie hält das sichere Geleit in der Hand, für das sie Scarpia erstochen hat. Sie empfindet Genugtuung und Gewissensbisse, soeben einen Menschen getötet zu haben. Dann bittet sie Mario, sich tot zu stellen, wenn sie auf ihn schießen, und als die Schüsse fallen, glaubt sie, alles sei überstanden, und lobt Mario innerlich für seine Schauspielerei. Schließlich sind sie allein, doch er ist tot, sie begreift, dass sie alles verloren hat. Und schon kommt man sie holen, und sie weiß, ihr einziger Ausweg ist der Tod. Eine Achterbahn der Gefühle, finden Sie nicht?«

Die Miene der Frau blieb ungerührt. »Ich weiß, das ist schwierig zu singen, besonders das Duett kurz davor.«

Besser ihr zustimmen, besser sie in dem Glauben lassen, sie wisse alles, was es über diese Oper zu wissen gebe. »Ja, das stimmt«, räumte Flavia ein. »Da haben Sie sicherlich recht.«

»Und dann stirbt sie«, sagte die Frau, und Flavia stockte der Atem. Sie wollte etwas sagen, aber ihr Gehirn, ihre Phantasie, ihr Geist, ihre ganze Persönlichkeit versagte ihr den Dienst. Sie ließ den Kopf sinken, sah ihre Schuhbänder und dachte, wie schön die seien, wie vollkommen, was für eine wunderbare Erfindung, und überhaupt, wie nützlich Schuhe waren, welch guten Schutz sie den Füßen boten. Schutz.

Sie richtete sich auf. »Möchten Sie den letzten Teil einmal versuchen?«

»Ja.«

Damit bot sich ein Weg ins Freie. »Aber hier geht das nicht gut«, sagte Flavia. »In einem so kleinen Raum kann ich Ihnen nichts über Ihre Stimme sagen.« Sie musste die Frau dazu bringen, das einzusehen. »Das ist der dramatischste Moment der ganzen Oper, finden Sie nicht?«, fragte sie im Plauderton, während die Musikerin in ihr nur an die billige, haarsträubende Banalität dieser Szene denken konnte. »Vielleicht sollten wir dafür in einen Proberaum gehen?«, meinte sie unschlüssig, bewusst die Frage vermeidend, wo sonst sie ihre Gesangsstunde abhalten könnten.

»Die sind auch alle zu klein«, sagte die Frau, und Flavia fragte sich, woher sie das wusste.

»Dann bleibt uns nichts übrig, als hierzubleiben«, sagte Flavia und näherte sich widerstrebend dem Klavier an der Wand gegenüber.

»Warum nehmen wir nicht die Bühne?«, meinte die Frau, und Flavia, die genau das erwartet, erhofft, mit jeder Faser ihres Seins ersehnt hatte, fragte zurück: »Wie bitte?«

»Die Bühne. Warum können wir das nicht auf der Bühne machen?«

»Weil …«, fing Flavia an. »Aber das ist doch …« Und dann, völlig überrascht, als gehe ihr plötzlich ein Licht auf: »Aber ja! Natürlich. Da ist jetzt niemand mehr. Warum nicht die Bühne!« Lächelnd drehte sie sich um, verzog aber gleich wieder das Gesicht, als sträube sie sich dagegen, zuzugeben, dass eine Amateurin auf eine so schlaue Idee gekommen war, wenn sie, die das Theater wie ihre Westentasche kannte, nicht darauf kam.

»Ich kenne den Weg«, sagte die Frau, machte zwei Schritte zur Tür und öffnete sie. Sie trat beiseite, nahm Flavias rechten Arm mit festem Griff in ihre Linke, und Flavia spürte, wie kräftig sie war, und Flavia sah jetzt auch, dass die Frau fast einen Kopf größer war als sie. Diese Hand auf ihrem Arm, auch mit dem Ärmel des Pullovers dazwischen, machte ihr eine Gänsehaut, auch wenn dies ein eigenartiger Ausdruck war. Was hatten Gänse damit zu tun, wenn ihr vor dieser Berührung graute?

Die Frau fasste sie nicht mit Samthandschuhen an; und wenn es auch nicht weh tat, so war es doch empörend. Flavia hielt Schritt, bemerkte den leicht unregelmäßigen Gang der Frau und fragte sich, wo Brunetti sein mochte, oder sein Kollege, dessen Namen sie vergessen hatte. Waren sie vor ihr oder hinter ihr? Wie sollten sie sich verstecken, wenn sie sich in dem Theater nicht auskannten? Sprich, du Närrin, du musst reden, reden, reden.

»Haben Sie auch an ›Vissi d'arte‹ gearbeitet?«, fragte sie im Ton echter Anteilnahme. Flavia hasste diese Arie, seit sie die zum allerersten Mal als Schülerin gesungen hatte, und heute Abend – und wie lange war das her, großer Gott! – war es ihr auch nicht anders ergangen. Alles daran war ihr zuwider, das sich jammervoll dahinschleppende Tempo der Musik, Toscas endloses Lamentieren, der Handel, den sie mit Gott abzuschließen versucht: Ich gab dir dies, du schuldest mir das. »Das ist eine seiner schönsten Arien.«

»Ich hatte Probleme mit dem langsamen Tempo«, antwortete die Frau.

»Ja«, sagte Flavia nachdenklich, »das ist eine der Schwierigkeiten daran, besonders wenn man mit einem Dirigenten arbeitet, der das noch mehr in die Länge zieht.« So wie sie das Ganze in die Länge zu ziehen versuchte, um Brunetti Gelegenheit zu geben, sich auf ihr Kommen einzustellen. »Auf der Bühne«, erklärte sie ein wenig lauter, »ist es einfacher, denke ich, da funktioniert es meistens.«

Die Frau blieb stehen und zog Flavia zu sich herum. »Ich habe gesagt, dass ich an der letzten Szene arbeiten will, nicht an ›Vissi d'arte‹.« Die Frau starrte ihr ins Gesicht, und zum ersten Mal sah Flavia ihre Augen. »Das hat mir zu viel Gefühl.«

Von diesen Worten zum Schweigen gebracht, nickte Flavia nur und machte unwillkürlich einen halben Schritt von der anderen weg.

Ein Schraubstock spannte sich um ihren Arm, klemmte einen Nerv ein, ob absichtlich oder zufällig, spielte weiter keine Rolle. Will sie meinen Schmerz sehen?, fragte Flavia sich, oder ist es besser, mir nichts anmerken zu lassen?

»Der dritte Akt«, fragte Flavia zuvorkommend. »Von welcher Stelle an?«

»Von da, wo es die Treppe hinaufgeht.«

»Hmm«, sagte Flavia. »Da ist viel Geschrei, und die Musik ist sehr intensiv, da müssen Sie darauf achten, dass Ihre Stimme über all dem noch gut zu hören ist.« Sie glaubte, es riskieren zu können, und setzte dort ein, wo die Soldaten aufs Dach stürmen. »*Morto, morto, o Mario, morto tu, così*«, stimmte sie an. Das war ein alter Partygag von ihr: mitten im Satz plötzlich aus vollem Hals loszusingen.

Der Schraubstock spannte sich wieder, und die Frau riss sie zu sich heran. Wie eine Maus im Bann der Katze konnte Flavia sie nur anstarren, dann senkte sie den Blick auf die umklammernde Hand. Eine andere Hand, mit einem Messer darin, näherte sich und strich mit der Klinge ganz langsam über Flavias Handrücken, eine stählerne Liebkosung, die eine dünne rote Linie hinterließ. »Seien Sie nicht so laut«, sagte die Frau. »Sparen Sie sich das für die Bühne auf.«

Flavia nickte. Winzige Tröpfchen quollen aus der aufgeritzten Haut und vereinten sich zu einem Rinnsal wie Regentropfen an einem Zugfenster. Wann würde der erste hinuntertropfen?, fragte sie sich.

Die Frau zog eine rote Brandschutztür auf, und sie standen auf der Bühne.

28

Brunetti und Vianello hatten sich so vor dem Vorhang postiert, dass sie von der Bühne aus nicht zu sehen waren, konnten aber durch die schmale Öffnung im Vorhang den von der Notbeleuchtung erhellten Bereich gut überblicken. Die Brustwehr der Engelsburg, nach vorne hin ausgeschnitten, damit die Zuschauer das Geschehen auf dem Dach verfolgen konnten, zeichnete sich deutlich vor ihnen ab, während sie vorhin von der Seite aus nicht zu sehen gewesen war. Flavia stürzte durch die Brandschutztür und kam, von der Frau hinter ihr gestoßen, beinahe zu Fall. In dem Dämmerlicht waren die Gesichter der Frauen nicht zu erkennen, aber dass Flavia in Panik war, zeigte sich an ihrem steifen Gang und an ihrem Zurückzucken bei jeder Bewegung der anderen.

Beide Männer hielten den Atem an, als die größere Frau Flavia über die Bühne ans untere Ende der Treppe lotste, die auf das Dach der Engelsburg führte. Erzengel Michael mit seinem Schwert ragte über ihnen; Brunetti flehte ihn stumm um Hilfe an, den Feind zu besiegen.

Flavia ließ sich von der Frau mit dem Messer zur Treppe drängen, aber dort machte sie halt und schüttelte trotzig den Kopf. Die Frau riss Flavia zu sich herum, hielt ihr das Messer an den Bauch und flüsterte etwas, das Brunetti nicht hören konnte. Flavias Miene erstarrte in Todesangst, und er glaubte zu hören, wie sie »Nein, bitte« flüsterte. Sie ließ den Kopf sinken, sackte in sich zusammen, als habe die Klinge sie schon durchbohrt, nickte dann schwach und wandte sich wieder der Treppe zu. Sie setzte einen Fuß auf die erste Stufe, packte mit der linken Hand das Geländer und hievte sich, die Frau mit dem Messer immer rechts neben sich, nach oben.

Auf der letzten Stufe hielt Flavia plötzlich an, denn nun waren es nur noch wenige Meter bis zu der Stelle, von wo sie keine Stunde zuvor in den Tod gesprungen war. Die Bühnenarbeiter hatten alles stehen- und liegenlassen, stellte Brunetti fest, nicht einmal den blauen Soldatenmantel, mit dem Marios Leichnam zugedeckt worden war, hatten sie weggeräumt. Ein Gewehr lehnte nachlässig oben an der Mauer neben der Treppe. Durch den Streik war jegliche Arbeit zum Erliegen gekommen, und bis zu seinem Ende würde die Engelsburg dort stehen bleiben.

Flavia ging auf den Mantel zu; die Frau, wie eine Klette an ihrer Seite, hielt sie zurück und sagte etwas zu ihr.

Brunetti tippte Vianello auf die Schulter und zeigte zur Treppe, dann auf seine Brust, und machte mit zwei Fingern kleine Gehbewegungen. Er verschwand nach rechts: Wenn er von dieser Seite auf die Bühne kam, konnten ihn die zwei Frauen nicht sehen, Brunetti sie so lange aber auch nicht mehr. Während er um den Vorhang herum auf die Seitenbühne glitt, hörte er ihre Stimmen, aber erst unten an der Treppe konnte er verstehen, was sie sagten.

»Von hier aus singen Sie, und Sie müssen unbedingt darauf achten, sich dem Publikum zuzuwenden, sonst kommt Ihre Stimme dort nicht an«, erklärte Flavia hektisch. »Wenn ich mich zur Seite wende«, fuhr sie fort, und gleich wurde ihre Stimme leiser, »hört man mich nicht so gut, erst, wenn ich mich zurückdrehe.« Bei den letzten Worten wurde sie wieder lauter. »Bedenken Sie, was für ein großes Orchester das ist: über siebzig Musiker. Wenn Sie nicht laut genug singen, dringen Sie da nicht durch.«

»Sollte ich mich vielleicht auf die andere Seite seiner Leiche stellen?«, fragte die Frau.

»Ja. Gut. Von dort haben Sie nicht nur das Publikum im Blick, sondern auch die Treppe, über die allein man auf das Dach gelangt – wo also Scarpias Leute auftauchen werden, um Sie zu holen.« Brunetti interpretierte dies als Flaschenpost, die sie ihm persönlich zuschickte.

Als über ihm Schritte erklangen, nutzte er die Chance, ein paar Stufen hinaufzuschleichen. Dann wurde es oben wieder still, und er erstarrte auf halber Strecke.

»Ich sollte zwischen Ihnen und der Treppe stehen, von dort kann ich am besten hören, ob Ihre Stimme gegen die laute Konkurrenz ankommt.« Und eine Sekunde später: »Ich laufe Ihnen nicht davon. Ich brauche nur ein wenig Abstand, damit ich Sie besser beobachten und mir eine Vorstellung davon machen kann, wie gut Ihre Stimme trägt.« Erschöpft und ohne jede Ironie fügte Flavia hinzu: »Von hier oben gibt es kein Entkommen.« Falls die Frau darauf antwortete, bekam Brunetti es nicht mit.

»Also gut, beginnen Sie bei ›Andiamo. Sù‹.« Plötzlich sprach Flavia wie eine Lehrerin. Gute Idee, auf diese Weise ein wenig Autorität zu behaupten, auch wenn Brunetti an ihren Erfolgschancen zweifelte.

»Jetzt beugen Sie sich über sein Gesicht. Nein, näher ran. Sie müssen glauben, dass er lebt, und wenn Sie singen ›Presto. Sù‹, muss sich das heiter anhören, besonders das ›sù‹. Sie haben gerade allen Ihren Feinden einen phantastischen Streich gespielt, und jetzt können Sie beide nach Civitavecchia fliehen und in alle Ewigkeit glücklich sein.« Flavia unterbrach sich, und Brunetti stellte sich vor, wie sie über diese Bemerkung nachdachte. Viele Menschen können glücklich sein, und bestimmt hatte auch sie in ihrem Leben glückliche Zeiten gehabt, aber niemand war in alle Ewigkeit glücklich. Niemand hatte ein ewiges Leben.

Er schlich noch zwei Stufen höher, bis sein Kopf fast hinausragte, und setzte sich geduckt auf die Treppe, damit die beiden ihn ja nicht sehen konnten.

Eine Frau, nicht Flavia, rief laut: »›Presto! Sù, Mario. Andiamo‹« – rauh, unschön und völlig emotionslos –, und kaum war sie so weit gekommen, fuhr Flavia ihr dazwischen: »Nein, nicht so. Sie müssen *glücklich* sein. Sie bringen ihm gute Neuigkeiten. Er lebt, Sie beide sind in Sicherheit. Sie werden leben.« Es klang völlig überzeugend, nur bei dem letzten Wort brach Flavia die Stimme.

Flavia kaschierte die Schwäche, indem sie lauter fortfuhr: »Versuchen Sie jetzt einmal das ›Morto, morto‹, aber das muss aus tiefster Seele kommen. Sie weiß jetzt, dass er tot ist, und sie ist klug genug zu wissen, dass sie als Nächste sterben wird, und zwar bald.«

»Machen Sie mir das einmal vor«, sagte die Frau ruhig. »Ich verstehe nicht, wie sich das anhören soll.«

»›Morto, morto‹«, sang Flavia mit erstickter Stimme. »›Finire così. Così? Povera Flavia.‹« Es war gespenstisch. Die Stimme einer Frau, die wusste, dass sie sterben würde, und zwar bald. Die guten Zeiten waren vorbei. Mario war tot, und sie war als Nächste an der Reihe.

Brunetti hatte seine Pistole eingesteckt, war sich aber im Klaren, was für ein schlechter Schütze er war. Schießtraining war für ihn sinnlose Zeitverschwendung, und das hatte er jetzt davon. Unmittelbar vor seinen Augen wurde jemand mit dem Tod bedroht, und er konnte nichts dagegen tun. Wenn er sich jetzt zeigte, würde sie Flavia erstechen – oder auch ihn.

»Sie heißt Floria, nicht Flavia«, korrigierte die Frau.

»Ja, natürlich«, hörte er Flavia sagen, gefolgt von einem Geräusch, halb Schluchzen, halb Schluckauf.

»Das ist die Stelle, wo sie die Soldaten bemerkt, oder?«, fragte die Frau.

»Richtig. Sie kommen die Treppe herauf.«

War das ein Signal, eine Aufforderung an ihn oder einfach nur das, was in der Oper geschah? Flavias Stimme gab keinen Hinweis.

»Und da steigt sie auf die Brüstung?«

»Ja. Dort drüben. Die Brüstung ist recht niedrig. Das ist immer so, damit man leicht hinaufsteigen kann, und vom Zuschauerraum sieht sie sowieso höher aus.«

»Und der Sprung?«

»Gleich darunter steht eine Plattform mit einer großen dicken Matratze. Wenn man Pech hat, ist sie so gut gefedert, dass die Leute in den oberen Rängen einen noch mal hochspringen sehen.« Flavia hatte sich wieder gefangen und geriet jetzt fast ins Plaudern. »Das ist mir vor Jahren mal in Paris passiert. Ein paar Zuschauer lachten, aber das war's auch schon. Hier haben wir ungefähr zehn Schichten Schaumstoff. Macht Spaß, daraufzufallen.« Dann aber lenkte Flavia die Frau – und Brunetti – mit der Bemerkung ab: »Sie müssen gut aufpassen, wenn Sie Scarpias Namen rufen und sagen, dass Sie ihn vor Gott wiedersehen werden. Sie begeht Selbstmord, und dafür wird sie sich verantworten müssen, aber sie ist überzeugt, dass sie Vergebung erlangen wird. Und sie erinnert Scarpias Seele daran, dass auch er sich wird verantworten müssen und ganz bestimmt keine Vergebung erlangen wird.«

»Aber er hat sie doch geliebt«, sagte die Frau aufrichtig verwirrt.

»Aber sie hat ihn nicht geliebt«, sagte Flavia, und Brunetti vernahm die Resignation in ihrer Stimme, als sei ihr bewusst, dass diese Worte ihr Todesurteil bedeuten konnten, und es sei ihr inzwischen egal.

Lange Zeit hörte er nichts, und schließlich riskierte er einen Blick. Er spähte dicht über dem Boden in die Richtung, aus der die Stimmen gekommen waren. Flavia sah in den leeren Zuschauerraum, die Frau neben ihr stand so, dass sie Brunetti den Rücken zuwandte. Flavia, leger in Pullover und Hose, trug noch das volle Make-up Toscas, war allerdings ohne Diadem und Perücke. Ihr maskenhaftes Gesicht wirkte umso grotesker, als die Schminke um ihre Augen verschmiert und an anderen Stellen von Schweiß durchzogen war.

Flavia stieg auf die Brustwehr, sah an der noch unter ihr stehenden Frau vorbei und bemerkte Brunetti. Ihre Miene blieb vollkommen ausdruckslos. Sie wollte der Frau auf die niedrige Mauer helfen, aber die ignorierte die ausgestreckte Hand und das Blut daran, kletterte nicht ohne Schwierigkeiten allein hinauf und stand neben ihr. Als sie, um nicht aus dem Gleichgewicht zu geraten, die Arme ausstreckte,

kam das Messer Flavias Gesicht so nahe, dass sie sich weg-
ducken musste.

Brunetti tauchte wieder ab und sah nach dem Vorhang.
Vianellos Gesicht hing wie ein Gespenst in der schmalen
Öffnung. Brunetti gab ihm ein Zeichen, und Vianello hob
einen Finger und schwenkte ihn verneinend hin und her.
Brunetti blieb in Deckung und lauschte.

»Ja, er hat sie geliebt«, stimmte Flavia grimmig zu. »Aber
Tosca hat ihn nicht geliebt und wünscht ihn zur Hölle.
Wenn Ihnen daran liegt, dass die Szene funktioniert, müssen Sie genau das vermitteln.« Kaum hatte Brunetti den
Zorn in ihrer Stimme registriert, wechselte Flavia den Tonfall und sagte freundlich aufmunternd: »Versuchen Sie's
mal. Wenn Sie wollen, können Sie ruhig einen rauhen Ton
anschlagen, Hauptsache, Toscas Abscheu wird hörbar. Das
könnte sogar hilfreich sein.«

»Meine Stimme ist niemals rauh«, entgegnete die Frau.

»Natürlich nicht«, sagte Flavia hastig, als wolle sie keine
Zeit mit Selbstverständlichkeiten vergeuden. »Ich meinte
nur, Sie könnten Ihre Stimme mit Absicht ein wenig rauh
machen, um den Effekt zu verstärken. Etwa so.« Und sie
sang ihr die Stelle vor, »O Scarpia«.

»Was meinen Sie?«, fragte Flavia. »Der raue Klang macht
ihren Zorn echt. Schließlich hat sie allen Grund, zornig zu
sein.« So wie sie das sagte, fühlte Brunetti sich veranlasst,
den Kopf anzuheben und nachzusehen, woher diese Wut
kommen mochte. Hatte die Frau sie mit dem Messer bedroht?

Nein, sie stand nur da und lauschte gebannt Flavias Worten. Und Flavia sagte: »Recken Sie die Arme zum Himmel,

Sie glauben ja, dass Gott dort auf sie wartet, und rufen Sie Scarpias Namen.« Die Frau rührte sich nicht, starrte nur Flavia an.

»Nur zu. Versuchen Sie's. Szenen wie diese können sehr befreiend wirken«, sagte Flavia.

Die Frau stand mit dem Rücken zu Brunetti; sie hob den linken Arm, dann den rechten, das Messer noch in der Hand. Und schrie: »*O Scarpia, avanti a Dio*« und streckte die Arme nach vorn, von den nicht vorhandenen Zuschauern ab. Ihre Stimme war so grob und hässlich, dass Brunetti vor Mitleid schauderte. Drei Jahre am Konservatorium – und das war das Ergebnis? Großer Gott, wie erbärmlich, was für eine entsetzliche Verschwendung.

Er schloss die Augen bei dem Gedanken, und als er sie wieder aufmachte, sah er, wie Flavia bei dem Versuch, dem Messer auszuweichen, seitlich an der Frau vorbeitaumelte. Flavia drohte auf der schmalen Brüstung das Gleichgewicht zu verlieren und schlug, heftig mit den Armen rudernd, der anderen beinahe ins Gesicht. Die ließ vor Schreck das Messer fallen und beugte sich vor, um es aufzufangen; ihr Schwung und die Schwerkraft beförderten sie bis an die Mauerkante. Sie geriet ins Stolpern und stürzte. Brunetti sprang hoch und horchte auf das Geräusch, mit dem sie auf die Matratzen klatschen würde, auf die Flavia zwei Wochen lang jeden Abend gefallen war.

Stattdessen vernahm er – nach einer, wie ihm schien, endlosen Stille, die aber nur einen Augenblick gedauert haben konnte – einen schweren Schlag von weit unterhalb der Stelle, wo er Flavia sah.

Flavia stand auf der Brustwehr und starrte ins Leere,

dann stieg sie hinunter, kauerte sich an die Mauer und verbarg den Kopf zwischen den Knien. Er hörte Schritte über die Bühne eilen, ignorierte sie und kletterte die restlichen Stufen hinauf.

Er lief zu Flavia hin und ließ sich auf ein Knie nieder. »Flavia, Flavia«, sagte er und achtete darauf, sie nicht zu berühren. »Flavia, alles in Ordnung?« Ihre Schultern bebten unter krampfartigen Atemstößen, sie presste beide Hände an die Brust. Er sah Blut über ihren Handrücken laufen. Die Wunde war so tief, dass sicher eine Narbe zurückbleiben würde, dachte er und fragte sich im selben Augenblick, wie er jetzt an so etwas denken konnte.

»Flavia, alles in Ordnung?« – er konnte nur hoffen, dass sie nicht noch mehr Schnittwunden hatte. »Flavia, ich lege dir jetzt eine Hand auf die Schulter. Darf ich?«

Es hatte den Anschein, als nicke sie. Er legte ihr die Hand auf und ließ sie da, als wolle er ihr ein wenig Kontakt zum Rest der Welt vermitteln. Wieder nickte sie, und allmählich ging ihr Atem ruhiger, auch wenn sie immer noch nicht aufblickte.

Als er Vianello herannahen hörte, sagte er: »Hol Hilfe, dann geh runter und sieh nach ihr.«

»Hab ich schon«, sagte der Ispettore. »Sie ist tot.«

Als sie das hörte, hob Flavia den Kopf und sah Brunetti an. Und plötzlich erinnerte er sich an den jungen Mann mit dem Schlüssel, und wie er lächelnd zu Flavia gesagt hatte, er werde die Hebebühne mit den Matratzen abbauen, weil sie die so hasse.

Vianello entfernte sich und begann zu telefonieren.

Brunetti zog seine Hand zurück, was Flavia nicht verborgen blieb. »Sie hat gesagt, sie wisse, wo meine Kinder wohnen«, erklärte Flavia.

Er stand auf und sah zu ihr hinunter. Dann nahm er sie am Arm und half ihr auf die Beine.

»Komm, wir bringen dich jetzt nach Hause«, sagte Brunetti.

Das Diogenes Hörbuch zum Buch

Donna Leon
Endlich mein
Commissario Brunettis vierundzwanzigster Fall

Ungekürzt gelesen von JOACHIM SCHÖNFELD

7 CD, Spieldauer 519 Min.

Donna Leon
im Diogenes Verlag

Venezianisches Finale
Commissario Brunettis erster Fall
Roman. Aus dem Amerikanischen von
Monika Elwenspoek

Skandal in Venedigs Opernhaus ›La Fenice‹: In der
Pause vor dem letzten Akt der ›Traviata‹ wird der
deutsche Stardirigent Helmut Wellauer tot aufgefunden. In seiner Garderobe riecht es unverkennbar nach
Bittermandel – Zyankali. Ein großer Verlust für die
Musikwelt und ein heikler Fall für Commissario
Guido Brunetti. Und es scheint, als ob einige Leute allen Grund gehabt hätten, den Maestro unter die Erde
zu bringen. Mit ihrem ersten Kriminalroman zeichnet
Donna Leon ein intimes Portrait Venedigs und stellt
mit Guido Brunetti einen absolut unwiderstehlichen
Detektiv vor.

»Ein spannender Kriminalroman mit wunderbaren
Studien der Menschen und des Lebens in dieser Stadt
– und mit einem völlig unvorhersehbaren Ende.«
Waltraud Meier / Vogue, München

Endstation Venedig
Commissario Brunettis zweiter Fall
Roman. Deutsch von Monika Elwenspoek

Die aufgedunsene Leiche eines jungen Mannes
schwimmt in einem stinkenden Kanal in Venedig.
Und zum Himmel stinken auch die Machenschaften,
die sich hinter diesem Tod verbergen: Mafia, amerikanisches Militär und der italienische Machtapparat
sind gleichermaßen verwickelt. – Eine harte Nuss für
Commissario Brunetti, der sich nicht unterkriegen
lässt: Venedig durchstreifend und seine Connections

nutzend, ermittelt er ebenso sympathisch wie unkonventionell.

»Mit einer überzeugenden Handlung, leisem Humor und liebevoll gezeichneten Nebenfiguren gelingt der Autorin nicht nur ein lesenswerter Kriminalroman, sondern auch, gleichsam nebenbei, die Diagnose von Verfaulungsprozessen eines an Raffgier orientierten Systems.« *Erich Demmer / Die Presse, Wien*

Venezianische Scharade
Commissario Brunettis dritter Fall
Roman. Deutsch von Monika Elwenspoek

Eigentlich wollte Brunetti ja mit seiner Familie in die Berge fahren, statt den brütendheißen August in Venedig zu verbringen. Doch dann wird beim Schlachthof vor Mestre die Leiche eines Mannes in Frauenkleidern gefunden. Ein Transvestit? Wird Streitigkeiten mit seinen Freiern gehabt haben – so die allgemeine Meinung, auch bei Teilen der Polizei. Brunetti schaut genauer hin und lernt bei seinen Ermittlungen, weniger schnell zu urteilen als die ach so ehrenwerten Normalbürger. Ein rasanter Krimi mit höchst raffiniertem Plot, atmosphärisch dicht und und mit Eleganz geschrieben.

Vendetta
Commissario Brunettis vierter Fall
Roman. Deutsch von Monika Elwenspoek

Niemand hätte wohl je erfahren, warum jemand von einer venezianischen Bar aus in die ganze Welt telefoniert; und warum einige der angewählten Nummern in den Adressbüchern zweier Männer stehen, die binnen einer Woche sterben; wären nicht acht rumänische Frauen verunglückt, die nach Italien geschmuggelt werden sollten. Dieser Fall führt Commissario Brunetti tief in die Unterwelt Venedigs.

»Die grandios gestrickte Geschichte ist bis zuletzt subtil beängstigend.«
Ingeborg-Sperl / Der Standard, Wien

Acqua alta
Commissario Brunettis fünfter Fall
Roman. Deutsch von Monika Elwenspoek

Wie jeden Winter bedroht Hochwasser das größte Museum der Welt: Venedig. Eine Archäologin wird vor ihrer Wohnung zusammengeschlagen, ein renommierter Museumsdirektor wird ermordet. Ganz Venedig ist entsetzt. Commissario Brunetti will beide Fälle mit der ihm eigenen Hartnäckigkeit aufklären. Und bald steht das Wasser auch denjenigen bis zum Hals, die so falsch sind wie die Kunst, mit der sie handeln.

»Eine spannende Parabel über öffentliche Verkommenheit und private Moral. Und dazu ein wunderbares Gemisch aus Mord, Mafia, Kunstfälschung, Geld- und anderer Gier – mitreißend bis zum klatschnassen Finale.« *Norddeutscher Rundfunk, Hamburg*

Sanft entschlafen
Commissario Brunettis sechster Fall
Roman. Deutsch von Monika Elwenspoek

Brunetti hat nicht viel zu tun, als sein Chef im Urlaub ist und Venedig erst allmählich aus dem Winterschlaf erwacht. Doch da beginnen die Machenschaften der Kirche sein Berufs- und Privatleben zu überschatten: Suor Immacolata, die aufopfernde Pflegerin von Brunettis Mutter, ist nach dem unerwarteten Tod von fünf Patienten aus ihrem Orden ausgetreten. Sie hegt einen schrecklichen Verdacht.

»Sensible, ungeheuer farbige Sozialporträts, Nahaufnahmen einer in Teilen verkrusteten, mitleidlosen Gesellschaft.« *Der Spiegel, Hamburg*

Nobiltà
Commissario Brunettis siebter Fall
Roman. Deutsch von Monika Elwenspoek

Als bei der Renovierung eines Hauses am Fuß der Dolomiten die Leiche eines jungen Mannes gefunden wird, führt die Spur zum venezianischen Adelsgeschlecht der Lorenzonis und weiter hinter die Kulissen der Mächtigen und Einflussreichen. Commissario Brunetti gräbt in seinem siebten Fall tiefer, als die Leiche lag. Nicht immer sind die Motive des Handelns so edel wie das Geblüt, aus dem man stammt.

»Donna Leon ist wieder auf Höhenflug: Ihre neue Milieustudie aus der Serenissima, in der sie hinter ehrwürdige Patrizierfassaden blickt, ist zwingend komponiert und gnadenlos entlarvend.«
Brigitte, Hamburg

In Sachen Signora Brunetti
Der achte Fall
Roman. Deutsch von Monika Elwenspoek

Es beginnt mit einem Telefonanruf am frühen Morgen. Im kühlen venezianischen Frühdunst ist ein Akt von Vandalismus verübt worden. Bald allerdings muss Commissario Brunetti feststellen, dass der Täter kein kleiner Ganove ist. Am Tatort wartet auf die Festnahme keine andere als Paola Brunetti, seine Frau.

»Donna Leon greift ein nicht alltägliches Thema mit viel Temperament auf und zeigt Paola, die sonst immer weise und besonnen auftritt, als impulsive Frau mit eigenem Kopf und noch mehr Gefühl.«
Margarete von Schwarzkopf /
Norddeutscher Rundfunk, Hannover

»Einfühlsam und wunderbar erzählt – und das ist ebenso spannend wie die Lösung des Falls.«
Karin Weber-Duve / Brigitte, Hamburg

Feine Freunde
Commissario Brunettis neunter Fall
Roman. Deutsch von Monika Elwenspoek

Eine Ermittlung gegen Brunetti? Unmöglich. Zwar geht es nur um seine Eigentumswohnung und die Baubewilligung, doch Brunetti muss das Schlimmste befürchten. Als der zuständige Beamte wenig später von einem Baugerüst stürzt, weiß Brunetti mit Sicherheit, dass es in diesem Fall keineswegs nur um seine eigene Wohnung geht. Seine Ermittlungen führen Brunetti in die venezianische Drogenszene, zu Wucher und Korruption. Nur ›Feine Freunde‹ können da noch helfen.

»Noch selten wurde Venedig und wie man in ihm lebt so plastisch wie in diesem Buch.«
Elmar Krekeler / Die Welt, Berlin

»Die Spannung steigert sich genussvoll langsam wie die Menüfolge eines italienischen Mittagessens.«
Stefanie Schild / Abendzeitung, München

Das Gesetz der Lagune
Commissario Brunettis zehnter Fall
Roman. Deutsch von Monika Elwenspoek

Brunettis zehnter Fall – dramatischer als alle vorherigen: Der Commissario ermittelt nicht in den vertrauten Calli von Venedig, sondern in der Lagune, im kleinen Fischerdorf Pellestrina.
Nach dem Tod von zwei Fischern sind alle im Dorf so verschlossen wie verdorbene Vongole. Der Commissario gibt dennoch nicht auf. Den Amtsweg ist Brunetti noch nie gegangen, doch diesmal bringen seine Methoden die halbe Questura in Gefahr.

»Der zehnte ›Brunetti‹ wirkt noch ebenso frisch wie der erste.«   *Lübecker Nachrichten*

Die dunkle Stunde der Serenissima
Commissario Brunettis elfter Fall
Roman. Deutsch von Christa E. Seibicke

Eine von Paolas Studentinnen erkundigt sich bei Brunetti nach Möglichkeiten, die Ehre ihres Großvaters wiederherzustellen. Das Verbrechen liegt Jahre zurück, und so misst Brunetti der Frage zunächst wenig Bedeutung bei – bis Claudia Leonardo erstochen in ihrer Wohnung aufgefunden wird.

»Der politisch brisanteste Brunetti-Roman.«
Karin Grossmann / Sächsische Zeitung, Dresden

Verschwiegene Kanäle
Commissario Brunettis zwölfter Fall
Roman. Deutsch von Christa E. Seibicke

Ein Fall, der Brunetti näher geht als jeder andere: der vermeintliche Selbstmord eines Jugendlichen, so alt wie sein eigener Sohn. Ein Fall auch, der in eine unheimliche Welt führt: hinter die verschlossenen Tore der Kadettenschule von San Martino.

»Donna Leon hat die Charaktere diesmal besonders fein gezeichnet.«
Jörg Isringhaus / Rheinische Post, Düsseldorf

»Brunetti in Bestform!« *Der Spiegel, Hamburg*

Beweise, dass es böse ist
Commissario Brunettis dreizehnter Fall
Roman. Deutsch von Christa E. Seibicke

Als die 83-jährige Maria Grazia Battestini ermordet in ihrer Wohnung aufgefunden wird, tragen nicht nur die Gondeln keine Trauer: Familie und Freunde gibt es keine, und die Nachbarn sind regelrecht erleichtert, als der Fernseher nicht mehr durch die Calli dröhnt. Nur Brunetti gibt keine Ruhe, bis er weiß, was sich hinter dem Tod der alten Frau verbirgt.

»Einer der raffiniertesten und witzigsten Fälle aus der
Serie um Kultkommissar Guido Brunetti.«
Dagmar Kaindl/News, Wien

Blutige Steine
Commissario Brunettis vierzehnter Fall
Roman. Deutsch von Christa E. Seibicke

Tod eines Schwarzafrikaners auf dem Campo Santo
Stefano. Ein Streit unter Immigranten? Oder steckt
mehr hinter der Ermordung eines Illegalen? Brunetti
hakt trotz Warnungen von höchster Stelle nach und
entdeckt Verbindungen, die weit über Venedig hin-
ausreichen.

»In *Blutige Steine* zieht uns Donna Leon in die
schummrige Atmosphäre des vorweihnachtlichen Venedig, spannend wie immer, aber politischer als je
zuvor.« *Cosmopolitan, München*

Auch als Diogenes Hörbuch erschienen,
gelesen von Achim Höppner

Wie durch ein dunkles Glas
Commissario Brunettis fünfzehnter Fall
Roman. Deutsch von Christa E. Seibicke

Tod vor dem Brennofen. Ist ein Familienzwist zwischen dem Fabrikbesitzer und seinem Schwiegersohn
schuld? Oder musste der Nachtwächter der Glasma-
nufaktur dafür büßen, dass er ein fanatischer Umwelt-
schützer und Leser ist? In einer Ausgabe von Dantes
Inferno entdeckt Brunetti die entscheidende Spur.

»Donna Leon überzeugt mit ihrem spannenden Stoff
um Klimawandel und Umwelt – unterfüttert mit wun-
derbarer Lebensart aus der Lagunenstadt.«
Isabell Voigt/Heilbronner Stimme

Auch als Diogenes Hörbuch erschienen,
gelesen von Jochen Striebeck

Lasset die Kinder zu mir kommen
Commissario Brunettis sechzehnter Fall
Roman. Deutsch von Christa E. Seibicke

»Lasset die Kinder zu mir kommen, und wehret ihnen nicht« – so steht es in der Bibel. Die Wirklichkeit sieht anders aus: Bambini sind knapp, auch im kinderlieben Italien. Was ist geschehen, wenn schwerbewaffnete Carabinieri die Wohnung eines Kinderarztes stürmen und ihm sein 18 Monate altes Baby entreißen? Brunetti gibt keine Ruhe, bis er die Hintergründe kennt. In Donna Leons sechzehntem Fall dringen Korruption und Bestechlichkeit in Medizinerkreise vor.

»Beispielhaft, mit wie viel Anteilnahme die Autorin dieses sensible Thema aufgreift. Donna Leons 16. *Brunetti*-Roman gehört fraglos zu ihren besten.« *The Times, London*

Auch als Diogenes Hörbuch erschienen,
gelesen von Jochen Striebeck

Das Mädchen seiner Träume
Commissario Brunettis siebzehnter Fall
Roman. Deutsch von Christa E. Seibicke

Ein Mädchen treibt tot im Canal Grande und wird von niemandem vermisst. Brunetti aber geht die Elfjährige bis in die Träume nach. Aus einem venezianischen Palazzo kommt sie nicht, wohl aber aus einer Roma-Wagenburg auf dem Festland.

»Da es mit der offiziellen Gerechtigkeit nicht weit her ist in Donna Leons wunderbar geschriebenem, nachdenklichem Buch, muss Commissario Brunetti weniger einen Fall lösen als vielmehr einen Weg finden, Schmerz und Schrecken zu ertragen.« *The New York Times*

»Donna Leons Romane werden immer frischer und eleganter.« *Rundfunk Berlin-Brandenburg, Berlin*

Schöner Schein
Commissario Brunettis achtzehnter Fall
Roman. Deutsch von Werner Schmitz

Nichts als schöner Schein – das denken sich wohl die Leute, wenn sie »la Superliftata« in der Calle begegnen. Brunetti aber merkt, dass sich hinter den starren Zügen von Franca Marinello Geheimnisse verbergen. Nicht anders als hinter den feinen Fassaden von Venedig: Den Machenschaften der Müllmafia auf der Spur, entdeckt Brunetti die Kehrseite der Serenissima.

»Commissario Brunetti läuft zur Hochform auf, dies ist einer seiner besten Fälle!« *Stiftung Lesen, Mainz*

Auch als Diogenes Hörbuch erschienen,
gelesen von Jochen Striebeck

Auf Treu und Glauben
Commissario Brunettis neunzehnter Fall
Roman. Deutsch von Werner Schmitz

Venedig kann sehr heiß sein: Im Sommer fliehen die Venezianer aus der stickigen Lagunenstadt. Doch aus Ferien in den kühlen Bergen wird für Commissario Brunetti nichts. Dafür sorgen eine Leiche und dubiose Machenschaften am Tribunale.

»Auch in diesem brillant konstruierten 19. Fall erweist sich Brunetti als Mann der Gerechtigkeit und Liebhaber venezianischer Kultur.« *Krimi, München*

Auch als Diogenes Hörbuch erschienen,
gelesen von Jochen Striebeck

Reiches Erbe
Commissario Brunettis zwanzigster Fall
Roman. Deutsch von Werner Schmitz

Herzversagen – das diagnostiziert der penible Pathologe Rizzardi beim Tod von Signora Altavilla. Kein

Fall für Brunetti mithin? Der Commissario traut dem Frieden nicht. Wer sucht, der findet ...

»Nachdenklich war Brunetti schon immer, aber so feinfühlig und hilflos wohl noch nie. Und Donna Leon findet dafür das passende Tempo und den richtigen Ton.« *Frank Dietschreit / Mannheimer Morgen*

Auch als Diogenes Hörbuch erschienen,
gelesen von Jochen Striebeck

Tierische Profite
Commissario Brunettis einundzwanzigster Fall
Roman. Deutsch von Werner Schmitz

Ein toter Mann, der von niemandem vermisst wird, weder von den Venezianern noch von Touristen. Und ein teurer Lederschuh am Fuß dieser Leiche. Brunetti muss all seine Menschenkenntnis aufbieten und sein ganzes Kombinationstalent, um diesen Fall zu lösen, der ihn bis aufs Festland nach Mestre führt.

»Mit diesem Buch ist Donna Leon bei Commissario Brunettis 21. Fall angelangt, aber die Liebe der Fans zur Serie ist frisch wie am ersten Ermittlungstag.« *Angela Wittmann / Brigitte, Hamburg*

Auch als Diogenes Hörbuch erschienen,
gelesen von Jochen Striebeck

Das goldene Ei
Commissario Brunettis zweiundzwanzigster Fall
Roman. Deutsch von Werner Schmitz

Für Patta ermittelt Brunetti diesmal nur pro forma, doch Paola ist unerbittlich: Sie will wissen, was für ein Mensch der Tote war, der bei den Brunettis in der Nachbarschaft umgekommen ist. Dabei sieht alles – zunächst – nach einem Unfall aus. Niemand will etwas gewusst haben. Doch auch Nichtstun kann zum Verhängnis führen.

»Donna Leon ist noch genauer, filigraner und selbstironischer geworden: Sie spielt furios mit unseren Venedig-Klischees und mit ihren immer gleichen und doch jedes Mal etwas anderen Figuren.«
Frank Dietschreit / Mannheimer Morgen

»Als treuer Gatte bietet Brunetti all seinen Humor und Verstand auf – was diese Serie so liebenswert macht.« *Publishers Weekly, New York*

Auch als Diogenes Hörbuch erschienen,
gelesen von Joachim Schönfeld

Tod zwischen den Zeilen
Commissario Brunettis dreiundzwanzigster Fall
Roman

Brunetti auf der Jagd nach Raritäten: Als in der altehrwürdigen Biblioteca Merula Illustrationen aus alten Büchern, ja ganze Folianten verschwinden, ist Brunetti mehr gefordert denn je. Der Fall mit dem höchsten Einsatz. Zu *Tod zwischen den Zeilen* hat Donna Leon sich durch einen der größten Bücherdiebstähle in der Geschichte inspirieren lassen.

»Wenn ich ein schlimmes Verbrechen anprangern sollte, wäre es nicht ein Banküberfall, da geht es nur um Geld. Alte Bücher aber können nie mehr ersetzt werden.« *Donna Leon*